DONDE SOPLE EL VIENTO

SIMONE BEAUDELAIRE

Traducido por
ALICIA TIBURCIO

Sitio web de la autora: http://simonebeaudelaire.com

Correo electrónico de la autora: simonebeaudelaireauthor@hotmail.com

AGRADECIMIENTOS

Quiero agradecerle a Julie.

Por todos tus muchos roles... amiga, compañera de crítica, editora, y mucho más.

No podría haberlo hecho sin ti.

Para el Dr. V. Los directores de orquesta con corazón hacen la diferencia.
Los mejores deseos para su retiro.

"'El Priiinciiiipeee de Paaaaaz'", cantó Brooke, con los ojos cerrados mientras el sonido resonaba en toda la sala del coro de la universidad. La música se extendía, por debajo y a través de ella, aliviando el estrés del día. *De eso es de lo que estoy hablando.*

"Suena genial", dijo el Dr. Davis, aplaudiendo con las manos juntas. "De hecho, todas las secciones del Mesías están saliendo muy bien. Este concierto va a ser increíble. Ahora, para los villancicos. Por favor, saquen los paquetes que les di la última vez. ¿Sopranos?"

Brooke levantó la cabeza de su partitura y miró atentamente al director.

"¡Hay un descendiente en Hark! ¡Los Ángeles de Harold cantan! Sólo hazlo en el verso cinco. El resto del tiempo, planea llevar la melodía. Tendremos los primeros altos sólo en la línea de alto, y los segundos altos en la línea de tenor. ¿Todos entienden?"

Las cabezas asintieron alrededor de la sala del coro.

"Y hay un solo de bajo en 'Mirad, Qué Rosa'. Kenneth, sé que no lo mencioné cuando te pedí que hicieras los solos de bajo en el Mesías, pero ¿te importa?"

"No, está bien", respondió una voz baja y melodiosa.

A pesar de prometerse a sí misma que no miraría, el sonido atrajo su mirada hacia la fila superior, donde un negro alto y barbudo, organizaba su partitura.

"¿En alemán?" Kenneth preguntó.

"Sí", el Dr. Davis estuvo de acuerdo. "Ese es el único verso que haremos en alemán. Después de tu verso, invitaremos al público a unirse a nosotros, y terminaremos con luz baja, velas y 'Noche de Paz'".

Se produjeron murmullos en el coro. "Será encantador", dijo la anciana junto a Brooke.

"Estoy de acuerdo", susurró Brooke. Un mechón de pelo castaño medio se deslizó de su desordenada cola de caballo y oscureció su visión del majestuoso bajo. Con impaciencia, lo alisó. *Deja de mirar*, se ordenó a sí misma. *Tienes treinta años, no trece. Sólo porque alguien tenga talento... y sea guapo, no significa que debas babear. Canta, Brooke. Los ojos en la música.* Su mirada permaneció fija, observando los detalles del tan guapo Kenneth Tyrone Hill.

"Muy bien, todo el mundo", dijo el Dr. Davis, llamando la atención de la sala hacia él. Su voz nunca se elevó por encima de un susurro, pero la forma en que pasó la mano por su brillante y calva cabeza y arrugó los mechones de pelo plateado sobre sus orejas mostró que estaba listo para seguir adelante. Se volvió hacia la sección del tenor. "Caballeros, por favor, observen que en la página doce el arreglista ha cambiado su línea armónica. Es una línea genial, pero una que quizás no estaban esperando, así que por favor observen los cambios."

Los papeles crujieron. Los lápices comenzaron a escribir. Brooke continuó mirando a Kenneth. *Un momento más*, se prometió a sí misma, *y luego volveré a concentrarme.*

En ese momento, como si hubiera detectado su mirada, Kenneth se volvió en su dirección. Sus cálidos ojos marrones se iluminaron y arrugaron en los costados, mientras le regalaba una sonrisa amistosa.

Las mejillas de Brooke se ruborizaron. Al tragar con fuerza, se dispuso a mirar a otro lado, pero era imposible. Kenneth Hill tenía la mirada de ojos marrones más convincente.

"Ken, ¿podrías, por favor?" El Dr. Davis dijo.

Kenneth rompió el contacto visual con Brooke, y sus mejillas se enrojecieron. "Ciertamente. ¿Acompañado?"

"No", respondió el director. "Aquí está tu nota. Te conseguiré un diapasón la próxima vez. ¿Srta. Schoeppner?"

La acompañante aclaró su garganta y tocó una sola nota en el piano con la gravedad de una interpretación para un rey o emperador.

Kenneth levantó su partitura, inhaló profundamente. Un momento después, la voz del robusto bajo rodó por toda la sala de ensayos. "Es ist ein rose entsprungen"(ha salido una rosa), cantó.

El bajo y dulce tono de su voz se deslizó por la espalda de Brooke, y agradables escalofríos recorrieron sus brazos, haciendo que las puntas de sus dedos hormiguearan. *No me he sentido tan atraída por nadie en mucho tiempo. Incluso mejor que no esté disponible.*

Sonriendo para sí misma, devolvió su atención al director, esperando la señal.

"'Mirad, cómo una rosa está floreciendo'", cantó, disfrutando de la vieja y familiar melodía. A través y alrededor de las muchas voces del coro sinfónico, pudo distinguir el atractivo tono de Kenneth. Le produjo emoción. *¿Cómo sería cantar a dúo con él? Creo que lo disfrutaría.*

Mostró una sonrisa en sus labios mientras los villancicos familiares tejían un hechizo mágico en sus sentidos. *Una cosa de lo agradable de cantar es que podemos empezar la Navidad en octubre y nadie se preocupa por ello. Por supuesto que tenemos que practicar.*

El ensayo terminó felizmente, con charlas y fragmentos de música de varios cantantes.

Ella echó otra mirada persistente a su bajo favorito, mientras se abría paso lentamente por la sala de ensayos y salía por la puerta. Entonces, sin nada que le interesara, se dirigió al perchero y recuperó su chaqueta. *No es tan avanzado en el año... todavía, pero por la noche, ciertamente hace frío.*

"Vaya, Brooke", dijo la Sra. Schumacher con delicadeza, "deberías tomarle una fotografía. Duraría más tiempo".

Las mejillas de Brooke se ruborizaron. "Es tan talentoso. Espero que no haya sido demasiado obvio".

"Lo fue", le aseguró su colega, "y por eso deberías hablar con él".

"Oh, no podría", respondió Brooke. "Tendré que ser más discreta".

"¿Por qué no puedes? También te estaba mirando a ti, cuando no estabas prestando atención. Ya sabes, dos minutos."

Brooke se rió nerviosamente. Poniendo la partitura encima del dispensador de agua, se encogió de hombros dentro de su abrigo. "No se burle de mí, Sra. Schumacher".

"Deberías llamarme Nancy. No estamos en la escuela frente a hordas de adolescentes aquí".

"Nancy, entonces", Brooke estuvo de acuerdo. "Está fuera de mi alcance; un cantante de ópera profesional a punto de embarcarse en una gira europea. Soy la asistente de dirección de un coro de secundaria."

"Una muy prestigiosa escuela de artes", corrigió Nancy.

Brooke abrió a empujones las pesadas puertas metálicas de la sala de ensayos. Salió a un patio con una fuente en el centro, con su amiga a cuestas. Los rociadores de agua arrojaron luces de colores en el cielo nocturno, captando la mirada de la mujer y haciéndola sonreír.

"Y", continuó Nancy, "no eres sólo mi asistente. También eres la directora de un galardonado coro de niñas y de un coro de novatos".

"Lo sé", dijo Brooke, "pero no es igual". Oh, ¡cuidado con lo que haces!" Empujó un palo de escoba abandonado fuera de la pasarela con el dedo del pie.

"Gracias, Brooke", dijo Nancy, dándole una palmadita en el brazo. "Oh, y deberías saber que presenté mi jubilación al departamento de recursos humanos y al director el viernes pasado, a partir del último día de clases." Ella sonrió con alegría. "Arizona, aquí voy, y que éste sea el último invierno en el que vuelva a palear nieve, mientras viva."

"Eso es genial, Nancy." Brooke hizo una pausa apretando suavemente la mano de su amiga.

"Sí, estoy tan preparada, pero eso también cambia las cosas, ya ves. Quiero decir, piénsalo. Una vez que me retire, necesitaremos un nuevo *director*, que es un puesto aún más prestigioso. Suena exactamente adecuado para ti. Además, siempre he oído que él es muy agradable."

"Yo también", murmuró Brooke. Luego, sin querer decir nada más, dio un gran bostezo falso. "Escucha, estoy agotada, y tengo clase mañana temprano, además de los interescolares. Será mejor que me vaya a casa mientras pueda".

Las luces de la fuente cambiaron de color, iluminando la dudosa expresión de Nancy en un suave brillo rosa. "Muy bien, entonces. Nos vemos en la mañana."

Brooke se metió en el estacionamiento, esquivando varios coches y motos mientras se dirigía a su envejecida Freestar. Girando rápidamente la llave de encendido, eludió la fila de cantantes que salían y se dirigió a la salida trasera del estacionamiento, prefiriendo el largo viaje por las calles de la ciudad a la autopista. Incluso a última hora de la noche, no le importaba la velocidad o la densidad del tráfico.

Veinte minutos después de dar vueltas, girar y esperar en los semáforos en rojo, llegó a la base de un edificio de cuatro pisos. Una vez, había sido una casa señorial, pero ahora, el interior había sido dividido en departamentos, incluyendo el ático que ella compartía. Agradecida por un espacio angular designado a lo largo de la acera, estacionó su vehículo, lo cerró con alarma y se dirigió al interior.

La antigua gran escalera sólo contenía vestigios de su antigua belleza. El tiempo había hecho que la lujosa alfombra escarlata, se volviera fina y plana. Los ornamentados pasamanos mostraban arañazos y huellas. La necesidad de privacidad había llevado a los propietarios a cerrar las escaleras con paneles de yeso, para crear departamentos a ambos lados.

Subiendo y subiendo, Brooke llegó hasta el ático, pasando por puertas baratas decoradas con zombis de plástico y fantasmas de papel en preparación para Noche de Brujas. Su propia puerta sin adornos la esperaba, con su pintura blanca descascarada. Llamó dos veces y esperó. Nadie respondió, así que sacó la llave de su bolso y entró.

El oscuro interior tenía el silencio vacío de una habitación desocupada. Otro minuto de escucha silenciosa no reveló la respiración tranquila de su compañera de cuarto detrás de su cortina de privacidad en la alcoba del lado este, así que Brooke encendió la luz de arriba, revelando un sofá desnudo que daba a un pequeño televisor de pared, una mesa con dos sillas en el centro, una cocina pequeña a lo largo de la pared trasera y un pequeño recinto que daba un toque de privacidad al baño diminuto.

Brooke rápidamente rodeó su propia cortina de privacidad y colgó su bolso en el pie de su cama. Bostezando, se escabulló de nuevo y se dirigió a la cocinilla, donde sacó un litro de leche del refrigerador de 3/4 de tamaño y vertió un poco en una taza, añadiendo un poco de canela y nuez moscada, y metiéndola en el microondas.

Menos mal que Jackie no está aquí. A ella siempre le interesa mi leche caliente con especias, aunque no me molesta que la beba. Me pregunto en la cama de quién pasará la noche... o si tendrá que quedarse hasta tarde en el hospital.

El microondas sonó. Brooke llevó su taza humeante al sofá, extendiéndose en los cojines verdes descoloridos. No sintió la necesidad de encender el televisor. En su lugar, Brooke sorbió su leche caliente, con los ojos desenfocados, mientras su mente errante vagaba por el resto de la semana laboral.

El coro de mujeres. Intercolegiales. Período de planificación. Ensayos después del colegio los martes y jueves, y luego el viernes, la ópera. Me pregunto qué pensará la Sociedad Vocal de MJAMA. Son músicos bastante intensos, pero también son estudiantes de secundaria.

Brooke vació su bebida, pero removió la copa en sus manos otro minuto, disfrutando lo que quedaba del calor. El calor del edificio luchaba por compensar el fino aislamiento de su ático, dejando una corriente de aire frío en la habitación. Sus ojos se deslizaron cerrados. *Chica, no te desmayes en el sofá otra vez. Ve a la cama.*

Moviéndose rápidamente, antes de que la fatiga se apoderara de ella, Brooke enjuagó su taza y se metió en el pequeño baño para lavarse los dientes. Para entonces, los últimos vestigios de su fuerza se habían agotado. Atravesó el departamento hasta la entrada y apagó la luz, y luego se dirigió con tacto a su cama. Tiró sus jeans y su suéter al suelo, sacó su camisón de debajo de la almohada y se desplomó. El sueño se apoderó de ella en momentos.

2

"*S*uena maravilloso, señoritas", Brooke aplaudió, haciendo un movimiento de cierre con sus manos. "Esta va a ser la mejor parte de todo el concierto."

Grandes sonrisas, algunas con abrazos, se dibujaron en los rostros de los que estaban delante de ella.

"No se sientan satisfechos. Falta mucho para nuestro concierto, y tenemos piezas mucho, mucho más difíciles de aprender. Ahora, váyanse a casa, y no lo olviden; aquellos de ustedes que van a venir a la salida al teatro tienen que volver en una hora y ni un minuto más."

Una chica rubia levantó la mano.

"No, no entregaste tu papeleo a tiempo. Te dije que necesitaba los permisos y pagos a más tardar ayer o no ibas a estar en la lista. Tendrás que venir con tu padre".

La chica se enfurruñó como sólo puede hacerlo una niña rica, decepcionada, mientras el resto de su clase serpenteaba por las bandas, con sus zapatillas pisando las tablas de metal. La pesada puerta de la sala del coro se abrió con un chirrido, mientras las chicas se dispersaban en una manada parlanchina.

"¿Brooke?" Nancy llamó desde su oficina, que estaba situada en la parte trasera de la sala del coro, con una pared de cristal para poder supervisar los ensayos que no dirigía.

Brooke cruzó la habitación. "¿Sí, Nancy?"

"¿Seguro que no te importa quedarte hasta tan tarde? Sé que trabajas hasta las siete todas las noches."

"¿En contraposición a qué?" Brooke se burló. "Comparto la eficiencia con un casi desconocido. No hay nada que me llame la atención. Prefiero estar aquí. Este es mi verdadero hogar".

"Podrías intentar una cita", sugirió Nancy.

"¿Qué es eso?" Brooke se puso la mano alrededor de la oreja y fingió estar sorda. "No puedo oírte". Se rió y cambió de tema. "De todos modos, no estaré aquí hasta las siete de la noche. El autobús escolar sale para la sala de la ópera a las seis. Y en ese sentido, tengo un par de cosas que terminar antes de irme".

Nancy frunció su boca. "Antes de que salgas corriendo, oí un rumor de que están planeando publicar el puesto de director general. Estoy segura de que es una formalidad. Reglas, ¿sabes? Pero tienes que seguir las reglas. Sólo quería hacértelo saber. Estate atenta".

"Gracias", dijo Brooke a su colega sinceramente. "Ciertamente lo haré".

Saludando a Nancy, se dirigió a su oficina, escondida entre la de Nancy y la esquina. A diferencia de la de su jefa, la suya tenía una pared sólida y una puerta no insonorizada. Aun así, era un buen lugar para escapar.

Brooke se sumergió en su cómoda silla de oficina y giró el mouse para activar el ordenador. Con un solo clic comenzó la banda sonora de su música clásica. Otro trajo a Internet, donde rápidamente actualizó sus notas de participación antes de hacer una revisión final de sus planes para el resto de la noche. *Los permisos. Boletos. Papeleo para el autobús. Lista de control.* El ritual confortó su siempre presente ansiedad, hasta cierto punto. Los minutos pasaron rápidamente mientras se ocupaba de tareas triviales, hasta que llegó el momento de encontrarse con los estudiantes frente a la escuela en el carril del autobús.

La oscuridad había caído hacía mucho tiempo, y el clima se había convertido en un frío invernal. *El invierno. Ugh. Va a hacer mucho frío. No importa cuántos años pase en esta ciudad, no puedo adaptarme.* Cerrando la cremallera de su abrigo, salió al lado del autobús. El conductor operó el brazo para abrir la puerta.

Varios coches esperaban en el estacionamiento de los estudiantes. Algunos arrojaban vapor de sus tubos de escape, mientras los padres temblorosos esperaban la entrega segura de sus hijos al autobús. Otros estaban vacíos, los estudiantes se reunían en el vestíbulo de la escuela para pasar el tiempo charlando.

A la llegada de Brooke, los estudiantes se agitaron a su alrededor como una ola del océano. *O tal vez del Lago Superior*, pensó irónicamente. *El océano está muy lejos de aquí.* Aunque el número real de estudiantes que asistían a la ópera era pequeño, una manada de estudiantes de secundaria siempre suena como una bandada de pájaros tropicales; una cacofonía de chirridos y charlas, de hormonas y conversación. A Brooke le encantaba su energía.

"Señorita Daniels", gritó una joven, no porque estuviera enfadada, sino porque su voz normal era increíblemente alta. "Señorita Daniels, mi padre envió el dinero después de todo. ¿Puedo ir?"

"Melissa, tú y tu padre deberían conducir detrás de nosotros, por si no puedo conseguir entradas de última hora".

"¿No las compró?", exigió la chica, incrédula. "Le dije que iba a ir".

"Y te dije", le recordó a su estudiante gentilmente, "que tenías que pagar antes de ayer. No estoy diciendo que no. Sólo digo que no querrás quedar atrapada en el vestíbulo. Haz que tu padre te lleve al teatro de la ópera. Si podemos conseguir entradas, bien, pero no puedo garantizarlo en este momento".

Melissa suspiró y se dirigió al Mercedes de su padre.

Algún día, espero que aprenda que los plazos se aplican a ella, al igual que a todos los demás, independientemente de los ingresos de su padre.

"Ahora bien", levantó la voz más alto, para que todos los adolescentes parlanchines pudieran oírla. Continuaron sin cesar, así que bajó el volumen. "Me voy a parar aquí, en la puerta del autobús.

Todos ustedes escuchen su nombre. Pueden subir al autobús cuando los llame. Janet Anzaldua."

Janet dio un paso adelante obedientemente, y Brooke sonrió. La tranquila estudiante de último año siempre es un buen ejemplo para sus compañeros más jóvenes y alborotadores.

"Janet, tengo tu carta de recomendación lista para salir. La enviaré por correo mañana".

"Gracias, Srta. Daniels", dijo Janet seriamente. Se ajustó la chaqueta deportiva alrededor de su cuerpo, se colocó los guantes y subió los ruidosos escalones del autobús.

"Aimée Borden. Sophia Cardini. Damián Fernández. Jorge Gutiérrez". Uno por uno, ella marcó a los estudiantes y los llevó al autobús. Luego se subió detrás de ellos.

La bestia apestosa se alejó de la acera, arrastrándose con cautela hacia el flujo de tráfico que continuamente pasaba por la Academia de Arte y Música Mahalia Jackson. Se dirigió al centro, al salón de la ópera, donde los estudiantes iban a disfrutar la primera experiencia con el teatro musical en vivo.

Siempre había sorprendido a Brooke cuánta gente asistía a las representaciones de ópera aquí en la ciudad. La multitud que rodeaba el salón de la ópera impedía el avance del autobús. Los tres autobuses que iban delante de ellos también se deslizaban hacia las puertas delanteras paso a paso. La enorme estructura blanca con sus tres torres desparejadas se alzaba delante de ellos.

"Vaya", respiró Sophia. "Es tan bonito".

"Los ángulos y las líneas del techo son espantosos", dijo Aimee.

Brooke sonrió ante su impaciencia. *Va a ser una arquitecta increíble algún día.*

El autobús finalmente se dirigió a una parada frente al edificio. La puerta se abrió siseando, y Brooke descendió, bloqueando la salida con su cuerpo. Los estudiantes se amontonaron.

"Bien, chicos. Quédense conmigo, todo el tiempo ahora. No quiero perder a ninguno de ustedes. Pasaré lista cuando salgamos de la mesa de llamadas y cuando lleguemos a nuestros asientos, así que no se desvíen. El baño sólo con un compañero. ¿Todos entienden?"

Le respondieron con asentimientos y respuestas afirmativas.

"Bien, vamos". Se hizo a un lado, y sus doce jóvenes amantes de la música bajaron del autobús y se reunieron en la acera, temblando y exhalando aliento helado en el aire. *Vaya, hace frío para ser octubre.*

Después de un rápido conteo de cabezas, Brooke señaló las puertas. En grupo, subieron hacia las enormes puertas dobles, ahora abiertas de par en par y flanqueadas por acomodadores. Entrando en un opulento y abarrotado vestíbulo, ella condujo a su grupo de jóvenes hacia el escritorio de llamadas bajo un techo de vigas cruzadas y brillantes paneles rosados en forma de diamantes.

Detrás de un escritorio fuertemente tallado, un hombre uniformado con largas patillas preguntó: "¿Puedo ayudarle?"

Le sonrió al caballero. "¿Trece entradas bajo la cuenta de la Academia de Arte y Música Mahalia Jackson?"

Levantó una ceja, pero golpeó obedientemente las teclas de su ordenador. Un momento después, buscó en una gruesa pila de pequeños rectángulos impresos con el logo de la ópera.

"Gracias", dijo, recogiendo las entradas.

Por el rabillo del ojo, Brooke vio a Melissa y a su padre, con el mismo ceño fruncido en la cara, saliendo de la ópera. Se alejaron de una taquilla de la que colgaba un cartel con la palabra VENDIDO.

Brooke sonrió. Luego recorrió el vestíbulo, llevando a su fila de patitos adolescentes a la sala de conciertos. Con un poco de ayuda de una acomodadora, encontró sus asientos, a lo largo del pasillo en tres filas parciales. Brooke reclamó el asiento de la esquina trasera, donde podía vigilar a todos sus estudiantes.

"Así que, chicos", dijo, atrayendo cabezas en su dirección, "echen un vistazo a su programa. Esta ópera, como hemos discutido, se llama Fausto. Muchos compositores la han representado, pero ésta en particular es de Charles Gounod." Ella pronunció el nombre cuidadosamente en francés. "Cuenta la historia de un médico que vende su alma al diablo. El diablo se llama Mefistófeles, y hay que prestar atención a su aria particular, donde se ríe. Es un papel famoso y sorprendentemente difícil..." Dejo de hablar, al darse cuenta de que estaba divagando.

Las luces parpadearon.

"Bien, niños. Estamos a punto de empezar. Última llamada al baño hasta el intermedio".

Tres chicas se movieron por el pasillo juntas. El resto de los chicos se acomodó, algunos leyendo el libreto, otros charlando tranquilamente, hasta que las luces se apagaron de nuevo. Entonces, la música se elevó. Primero, un acorde fuerte. Luego, las cuerdas bajas comenzaron un ritmo pulsante, que transformaron en una melodía lúgubre pero apasionada, que se volvió extraña por accidentes inesperados. Otra cuerda más alta. Las cuerdas bajas volvieron a construir una melodía triste y tierna, mientras las luces del escenario iluminaban a un erudito en una mesa, envuelto en una manta roja.

La música y la historia elevaron inmediatamente a Brooke. En los largos minutos que siguieron, ella perdió noción de si sus estudiantes estaban charlando, durmiendo o sacando sus teléfonos para distraerse. El escenario, la música y el drama que había en él, la cautivaron.

Por fin, el momento que había estado esperando. Mefistófeles apareció.

Incluso desde esta distancia, Brooke pudo ver la suave plenitud de su forma. El brillo de su piel oscura. Las gruesas ondulaciones de su espesa barba. Pronunció las letras francesas impecablemente, con una sinceridad que superaba la mera actuación. Comenzó su serenata, burlándose de sus sentidos con un encanto pícaro y una risa malvada que estaba escrita en la música. El blanco de sus ojos destelló, mientras los hacía girar con un deleite diabólico.

Estoy siendo seducida por el diablo, pensó, sin saber si eso la divertía o la alarmaba. *¿Cuánto tiempo ha pasado desde que fui seducida? Demasiado tiempo, diría mi hermana, y, sin embargo, no parece haber sido suficiente. No después de...*

Su mente se alejó de los recuerdos dolorosos. *La ópera, Brooke.*

Mira la ópera. No hay nada malo en sentir un flechazo por un guapo bajista. No está disponible y está fuera de mi alcance, al ser una celebridad. Un amor platónico seguro. Es perfecto.

Así que se permitió regocijarse con su precioso, bajo tono, por su apuesto rostro, y su encantadora y malvada persona. *El lunes pasado, estaba cantando villancicos. Qué divertida es la música.*

El tiempo pasó. Fausto se enfrentó a su eterno juicio, eligiendo la condena para salvar a su amada. El diablo tuvo su merecido.

Mientras las notas finales se desvanecían, Brooke se hundió de nuevo en su silla, empapada de música y obsesión. Cerró los ojos, dejando que el momento se filtrara en su alma.

La luz se encendió detrás de sus párpados cerrados.

"Srta. Daniels", una voz femenina adolescente cortó su conciencia. Abrió los ojos para ver a Sophia mirándola con curiosidad. "Señorita Daniels, ¿se ha dormido?"

Sacudió la cabeza. "No, por supuesto, que no. Sólo lo estaba asimilando. Bueno, damas y caballeros, ¿qué les pareció?"

Rostros en blanco y desconcertados se encontraron con su mirada.

"¿Necesitan tiempo para procesarlo?"

Asintieron con la cabeza.

"Bien, volvamos a las puertas. De nuevo, manténganse juntos. No quiero perder a nadie".

Se levantaron en tándem y se dirigieron hacia la parte trasera del salón.

"¿Señorita? ¿Señorita Daniels?" Alguien le tiró de la manga.

"¿Qué pasa, Lupita?"

"Necesito ir al baño".

Brooke suprimió el impulso de poner los ojos en blanco. "Bien, Lupita. Mejor ahora que a mitad de camino de vuelta a la escuela, supongo, pero puede haber una larga cola." *En realidad, esperar unos minutos en la fila aquí en el cálido edificio podría ser preferible a esperar en el frío y apestoso autobús.*

"Cambio de planes, todo el mundo. Estamos haciendo una parada para ir al baño. Aprovechen la oportunidad, porque es un largo camino, como recordarán, y el tráfico en el centro de la ciudad es pesado, incluso de noche."

Los chicos se quejaron con disgusto, pero el alivio floreció en varios rostros femeninos. *Bingo. Tuve un presentimiento.*

Después de pasar de la sala de conciertos al amplio vestíbulo, atravesaron una multitud enorme y rugiente, giraron bruscamente a la izquierda y se dirigieron a un discreto cartel casi oculto en los paneles de madera oscura. Como era de esperar, una larga fila de mujeres, muchas de ellas con abrigos de piel y brillantes vestidos, esperaban su turno. Afuera del baño de hombres, dos caballeros en traje charlaban, no claramente en la fila, pero tampoco claramente fuera de ella.

Típico, pensó Brooke. *Los locales deberían tener el doble de baños de mujeres que de hombres. Eso ayudaría.*

A su favor, sus chicas se quedaron tranquilas en la fila, charlando a un volumen bajo y no bailando en el lugar mientras esperaban. Sus uniformes de escuela, aunque no tan elegantes como el vestido de lentejuelas azules de la mujer de enfrente, no parecían fuera de lugar.

Los chicos se acercaron al baño, preguntando en silencio a los caballeros que esperaban, y al oír que estaban, de hecho, en la cola, se colocaron detrás.

Manteniendo parte de su atención enfocada en sus estudiantes, Brooke se permitió un momento para mirar a la gente, preguntándose si veía a alguien que conociera. *Incluso en una gran ciudad, la comunidad de profesores de música no es tan grande como para que no pudiéramos encontrarnos ocasionalmente.* Ella escudriñó los rostros, pero no reconoció a nadie.

Mientras sus estudiantes se dirigían al baño, conversando en un tono y un volumen diferente al del resto de la multitud, algo le llamó la atención.

"Señor, ¿es consciente de que su papel, Mefistófeles, representa al diablo?"

"Bueno, por supuesto", respondió con un tono grave.

La cabeza de Brooke giró involuntariamente, a un lado mientras miraba boquiabierta, aturdida, el rostro oscuro familiar y la barba completa de su bajo favorito.

"Caballeros, he pasado la mayor parte del año preparando este papel. Aparte del hecho de que estamos cantando, no hablando, este es un trabajo de actuación. Tuve que preparar el personaje; sus motivaciones, impulsos y debilidades para poder darle vida. Sabía antes de empezar que estaba interpretando al diablo. Sabía antes de empezar a ensayar como era Fausto."

Es una entrevista, Brooke se dio cuenta, mirando a los dos jóvenes pálidos. *Están cubriendo el concierto por algo, posiblemente un proyecto escolar o un periódico estudiantil.*

Se miraron el uno al otro con una expresión extraña en sus rostros. El más alto de los dos, un joven rubio delgado que parecía un corredor, se aclaró la garganta. "¿No cree que la elección del reparto es un poco inapropiado?"

Kenneth frunció sus cejas oscuras. "¿Qué quieres decir?"

Oh, Dios. Sé hacia dónde se dirige esto. Kenneth no se lo merece. No cuando está en un alto rendimiento. Eso por sí solo podría ser suficiente para hacer que su respuesta sea menos pensada y medida, lo que sólo alimentará sus tonterías. Esperó, curiosa de cómo estos estúpidos guerreros de la justicia social, manejarían sus preguntas extremadamente groseras e ignorantes.

"Como persona de color, es típico ser elegido en el papel de antagonista, mientras que el caucásico se lleva el protagonismo. Me hace cuestionar las motivaciones del liderazgo de la ópera."

La cara de Kenneth se desencajó. "Mm, no creo que eso esté bien, yo..." Tartamudeaba, con el ceño fruncido, buscando palabras para explicar la situación. "No tiene nada que ver con eso".

"Pero, ¿cómo puede estar seguro? Este tipo de racismo es a menudo encubierto".

"No se trata de eso. Yo..." luchó de nuevo, las palabras se negaron a formarse.

Sé lo que se siente. Es un gran shock para el sistema, tratar de pensar momentos después de una actuación apasionante. Van a hacer que parezca un idiota, porque sus preguntas están muy lejos de donde está su mente. Brooke había escuchado suficiente. Alejándose de sus estudiantes, que casi habían llegado al principio de la fila, se acercó al grupo.

"Dejen de decir esa mierda", dijo.

Se volvieron para mirarla. Sus mejillas se sonrojaron por su propia audacia inesperada, pero si había algo que su padre siempre le había enseñado, era que nunca había que echarse atrás. *Especialmente porque estoy corrigiendo un error, no es que a papá le importe eso.*

"Mira", explicó, tratando de controlar su temperamento, "acabas de ver una magnífica actuación musical, que representa años de planificación, meses de ensayo, ¿y de lo único que puedes hablar es de tu propia culpa blanca? Necesitarás encontrar mejores formas de cambiar eso, que acosar a un genio artístico, momentos después de dejar el escenario. Pero, déjame dejar una cosa perfectamente clara. Te estás pasando de la raya con esta línea de interrogatorio, deberías detenerte. Reescribe tus preguntas para que no sean estúpidas y vuelve a intentarlo más tarde."

"Señora, sé que cree que está ayudando", dijo el alto, la condescendencia goteando de su tono, pero..."

"Pero nada", interrumpió Brooke. "Sus preguntas son ignorantes. *Fausto* necesita un tenor como protagonista, y un bajo como antagonista. El Sr. Hill no es un tenor. Ese papel habría estado fuera de su rango vocal. Nunca habría sido elegido de esa manera, no por su raza, como tontamente asumes, sino porque su voz no llega tan alto. Es tan simple como eso."

"Entonces, tal vez", sugirió el chico rubio más bajo, "podría haber elegido un espectáculo diferente..."

"¿Por qué?" Brooke exigió. "Si el tenor de la compañía de ópera fuera negro, o si todo el elenco fuera blanco, no estaríamos teniendo esta conversación, ¿verdad? No hay nada malo con la ópera. En realidad, mientras que todos están enfocados en la raza, y en encontrar ofensas donde no las hay, la compañía de ópera lo está haciendo bien. Han seleccionado cantantes de todas las razas, preocupándose sólo de sus talentos musicales y las habilidades que han desarrollado."

Respiró rápidamente y dijo: "Ellos asignan a esos músicos, de nuevo, sin recurrir a cupos o exclusiones, los papeles para los que sus voces son más adecuadas. ¿No es ese el objetivo? ¿Que cada persona interprete el papel que mejor se adapte a ella?"

Los dos jóvenes la miraron fijamente. Una pizca de comprensión apareció en los ojos del más bajo, de nuevo, pero el más alto todavía parecía confundido.

"En lugar de empujar a una alineación accidental, por qué no comentar la belleza de la actuación, la increíble forma en que todos los cantantes, incluyendo al Sr. Hill, ejecutaron sus papeles. Quiero decir, es realmente grosero de parte de ustedes dos asumir que, de alguna manera, él no sabía lo que estaba haciendo. Es un músico y actor profesional. Sabía lo que su papel representaba. Si le hubiera molestado, no habría aceptado, y que insinúen que no entendía lo que estaba haciendo, es en realidad mucho más insultante que el hecho de que asumiera un desafiante y famoso papel de ópera y lo ejecutara de forma convincente".

"Bueno", el estudiante más alto se quebró. Podía ver su desafiante ego inflándose, "Creo que es..."

"Detente, Brett". El más bajo puso una mano en su brazo. "Ella tiene razón en al menos una cosa. Nuestra suposición sobre la conciencia del Sr. Hill estaba muy equivocada. Creo que deberíamos repensar algunas de nuestras preguntas. No queremos escribir un artículo ignorante, ¿verdad?" Cerró su mano en el brazo de su amigo y casi lo arrastró.

A raíz de la tensa confrontación, Brooke sintió que se desplomaba.

"Gracias", dijo la voz profunda en voz baja. Ella inhaló, y un aroma a perfume y a macho perfecto la envolvió en cada célula de su cuerpo. "Te conozco", añadió. "¿Dónde te he visto antes?"

"Coral sinfónico", señaló.

Él recordó. "Sí, así es."

"¿Señorita Daniels?" Sophie preguntó.

Brooke miró detrás de ella para ver a su grupo de estudiantes, terminando con su parada en el baño, reunidos a su alrededor.

"¿Listos para irnos?" preguntó. Ellos asintieron. Volvió a prestar atención a Kenneth. "Tengo que llevar a mis estudiantes de vuelta a la escuela ahora. Fue un placer conocerlo, Sr. Hill. La actuación fue gloriosa. Chicos, ¿les gustó el espectáculo?"

"Me gustó cómo te reíste en tu solo", dijo Damien. "Yo también soy un bajo. Creo que voy a aprender eso para mis audiciones en la universidad".

Kenneth le sonrió al joven. "Hazlo. Es duro, pero si puedes manejarlo, te distinguirás de los demás. Apunta a lo más alto, joven".

Damien irradió de alegría.

Ves, de eso se trata. Artistas animándose unos a otros. No suposiciones tontas y falsas ofensas.

"Gracias de nuevo, señorita... ¿Daniels, no es así?"

"Sí. Brooke Daniels". Ella extendió una mano. "Es un honor conocerlo finalmente, Sr. Hill".

Su mano, cálida y ligeramente húmeda después de tanto tiempo bajo las luces del escenario, acarició la de ella y le produjo un cosquilleo por todo su brazo. "Llámame Kenneth. Es un placer conocerte." Se volvió hacia sus estudiantes, estrechando la mano de cada uno y agradeciéndoles por venir.

Por fin, Brooke llevó a su grupo hasta el autobús. Ella tomó lista sin prestarle mucha atención a los nombres en ella.

Todavía aturdida, entregó a los alumnos a sus padres que esperaban, fue a su oficina a buscar su mochila y volvió a casa sin darse cuenta del camino. Apenas recordaba la regla que ella y su compañera de cuarto habían establecido, y no encendió las luces, ya que Jackie podía estar durmiendo. No lo estaba. Suaves gemidos y chirridos de su cama saludaron a Brooke, mientras se deslizaba por la puerta.

Sin querer interrumpir, fue al baño, se cepilló los dientes y se dirigió a su cama, casi en silencio.

Los sonidos del encuentro continuo de su compañera de cuarto se mezclaron con imágenes de un rostro guapo y barbudo, el sonido de una voz grave y baja, el aroma que aún persistía en su nariz y la sensación de su mano sobre la suya. Envuelta en sensaciones abrumadoras, ella se entregó a un largo y apasionado sueño.

3

$\mathcal{B}$rooke dio un mordisco a su sándwich, buscando en YouTube grabaciones de Kenneth cantando. Encontró un recital de un estudiante y lo cliqueó, relajándose con el sonido de su hermosa voz.

Dentro de su escritorio, su teléfono celular comenzó a sonar.

Brooke suspiró, detuvo la música y fue a buscarlo, atrapándolo justo después de que el sonido se detuviera. Mirando la pantalla, se dio cuenta de que era su hermana, así que rápidamente presionó el botón para devolver la llamada. Autumn respondió con el primer timbre.

"Hola, hermana", dijo Brooke. "Siento el retraso. Mi teléfono estaba en mi escritorio".

"Me lo imaginé", respondió su hermana, y Brooke prácticamente podía verla arrojando su larga melena de grueso cabello rubio sobre su hombro. "Por eso no fui a ninguna parte. Ya conozco bastante bien tu horario".

"Estoy segura de que es cierto", Brooke estuvo de acuerdo. "Entonces, ¿qué pasa, hermana?"

"No ha pasado mucho en mi vida. Trabajo. Pasar tiempo con

papá y River, salir un poco aquí y allá, pero nada serio. Sin embargo, tenía la sensación de que necesitaba llamarte porque algo importante había cambiado, así que principalmente llamé para preguntarte qué pasa contigo".

"Uh". Brooke dio otro mordisco a su sándwich, saboreando el sabor del jamón, el queso cheddar y los tomates. *La hermana psíquica ataca de nuevo. Sin embargo, nada ha cambiado.* Ella tragó. "Fui a la ópera anoche".

"¿En una cita?" Autumn preguntó con esperanza.

"Con mis estudiantes", respondió Brooke. "Ellos realmente lo disfrutaron, o eso dijeron. Sé que yo si lo disfruté. Tengo suerte de vivir en una ciudad donde hay tanta música increíble".

"Puedes hacer otra cosa que no sea trabajar de vez en cuando, ya sabes", señaló Autumn, sonando sin mucho ánimo.

"Lo hago", respondió Brooke. "Ir a la ópera no fue trabajo. Lo disfruté. También canto en el coro sinfónico. Eso es para mí".

"¿Por qué lo haces?" Autumn preguntó, y Brooke pudo oír esa nota de sondeo en su voz.

"¿Por qué canto? Hermana, sabes que me encanta cantar."

"Sí, lo sé". Autumn sonaba aún más lejos, como si estuviera dentro de un túnel. "Te encanta cantar con... él. ¿Él quién, Brooke?"

"Deja de ser siniestra, Autumn", exclamó Brooke, más fuerte de lo que debería haber hablado, dado que Nancy estaba sentada en la oficina de al lado con la puerta abierta. "No hay ningún él". Podía oír la mentira en su propia voz.

"Ja, ahora sé que hay alguien. ¿Por qué, Brooke, estás enamorada?"

Brooke puso los ojos en blanco. "Amor es un poco demasiado. Ni siquiera conozco al hombre. Nos presentamos ayer mismo. Es que es muy guapo y un cantante fabuloso. Supongo que se podría decir que estoy un poco atraída. Pero escucha, es una estrella en ascenso en la escena de la ópera local. He oído rumores de que se va a marchar en una gira europea que comienza después de Navidad. Es como una celebridad. El enamoramiento con una celebridad no es razón para abrir el champán".

"Vaya, sí que has dicho todo eso rápido. ¿Intentas convencerme a mí o a ti misma?", preguntó Autumn, con una risita en su voz. "De todos modos, no asumiría que estás tan segura como crees que estás. Cantas en un grupo con él. ¿Dices que te presentaste anoche? Puede que lo veas como una celebridad, pero apostaría a que te ve mucho más como una igual. No descartes nada".

"Me presenté porque ahuyenté a un par de guerreros de la justicia social que estaban destruyendo su concierto. También quería que mis estudiantes tuvieran la oportunidad de conocerlo. Él fue muy alentador para ellos".

"¿Tú? ¿Brooke la callada? ¿Expulsar a la gente por una conversación escuchada? Eso no es propio de ti".

"También lo es", respondió. "He perseguido a los molestos lejos de ti todo el tiempo."

"Sí, de mi parte. De tu familia. Creo que tienes que admitir que lo ves como algo más que un extraño y guapo músico, al menos en tu corazón."

Brooke abrió la boca para protestar, pero se encontró incapaz.

"Ahí, ¿lo ves?" Autumn se lo dijo suavemente. "Es más fácil si no luchas contra ti misma. ¿Cómo se llama este dios de la música?"

"Kenneth", respondió Brooke. "Kenneth Tyrone Hill. Tiene una página entera para él en el sitio web de la ópera, si quieres echarle un vistazo. Gran foto de su rostro."

Pudo oír algunos sonidos en el otro extremo y supo que Autumn había mordido el anzuelo.

"Oh, guau", su hermana respiró un momento después.

"Guapo, ¿verdad?"

"No tenía ni idea de que te gustaba su tipo."

"¿Qué tipo? ¿Quieres decir porque es negro? Sabes que no restrinjo mi atracción por la raza. Jordan era asiático, ¿y recuerdas a Juan en el secundario?"

"Me refiero al tipo de oso de peluche", respondió ociosamente Autumn. "Se ve bien para abrazar. Además, hay dulzura alrededor de sus ojos y humildad en su expresión, lo que me indica que no es ni cerca la gran estrella en su propia mente. Si decides ir tras él, apuesto a que estará receptivo".

"Vamos, Autumn. No puedo hacer eso. ¿Qué diría papá si me juntara con otro músico?"

"Brooke, tienes que dejar de tomar decisiones basadas en lo que diría papá. No quiere decir nada de eso. Sólo le gusta hacerte pasar un mal rato. Si mantienes tus convicciones, te darás cuenta de que él puede fanfarronear, pero en realidad te respeta".

"Es difícil para mí", le dijo Brooke a su hermana. "Además, no tengo ni idea de si Kenneth está siquiera interesado."

"Lo está", dijo Autumn. "Puedo sentirlo. Haré una tirada de tarot más tarde, si quieres."

"Sin cartas", respondió Brooke. "Sabes que no creo en eso".

"Es real, creas o no", le recordó Autumn, "pero respeto tu decisión. Cuídate, hermana, y no te subestimes. Tienes mucho que ofrecer, y el Sr. Kenneth Tyrone Hill sería afortunado de tenerte, y no al revés."

"Tal vez, pero eso no es lo que estoy buscando", respondió Brooke.

Autumn se detuvo durante varios minutos. Al final, suspiró. "Yo tampoco lo creo, pero está claro, por el momento, que tú sí lo crees. No te voy a obligar. Sólo que, si tus sentimientos cambian, no luches contra ellos. Deja que la vida te sorprenda de vez en cuando."

"Lo pensaré", respondió Brooke sin compromiso.

"Está bien. Me iré ahora. Que tengas un buen día, hermana".

"Tú también".

Brooke terminó la llamada rápidamente, pero los sentimientos provocados por las palabras de su hermana perduraron en ella.

A lo largo del día, una sensación de algo que no podía nombrar, le molestaba dentro de su mente. La dejaba inquieta, pero no de mala manera.

Al día siguiente, y al siguiente, las imágenes de Kenneth aparecieron frecuentemente en la mente de Brooke. El recuerdo de su cara, de su voz, el aroma de su perfume, el chisporroteo eléctrico de su tacto, todo perduraba en ella.

El lunes siguiente, cuando llegó a la práctica de coro sinfónico, se esforzó por concentrarse en la música que tanto le gustaba. En todo momento, se esforzaba por escuchar la línea de bajo, esperando poder captar ese tono aterciopelado. Lo encontraba con frecuencia. La acariciaba, como un toque físico en la nuca, que la hacía sentir como un gatito acariciado. Quería envolverse en esa voz y ronronear.

Entonces, el director cortó el canto con un movimiento de cierre de sus manos. "Excelente, todos. La música está saliendo muy bien. Esta noche, tengo un regalo especial para ustedes. Nuestro Kenneth Hill, que será el solista de bajo para nuestra actuación, ha accedido a dejarnos escuchar su 'Pues, he aquí, La Oscuridad cubrirá la Tierra', como un adelanto especial. Los otros solistas no participan en el coro, así que tendremos que esperar a escucharlos hasta la semana antes del concierto. Para que sea auténtico, cuando termine, prepárense para entrar con 'Y se purificará'".

Brooke abrió diligentemente su partitura del *Mesías* y esperó. Practicar la transición tan pronto, la segunda semana de octubre, era casi inaudito, pero no tenía ninguna queja.

El piano tocó la línea de apertura, una extraña serie de notas se balanceó hacia adelante y hacia atrás, hasta que finalmente se redujo en una tonalidad menor, señalando la entrada de Kenneth.

Hasta entonces, Brooke se había obligado a no mirarlo; a mantener los ojos en su partitura, pero no podía sostenerla. En el momento en que la primera nota larga y sostenida comenzó a resonar en sus oídos, levantó la cabeza, mirándolo con una admiración desenfrenada.

Se había cortado el pelo, y cerca de su cuero cabelludo, estaba usando un gorro oscuro, coincidiendo con el color de su piel. Su barba permanecía completa, llamando la atención de sus cálidos ojos marrones, que brillaban con picardía y alegría y enmarcaban su boca, mientras sus labios gruesos formaban las palabras. En el medio, una nariz ancha y cuadrada completaba el rostro con el que había estado obsesionada durante el último mes. Tal vez más tiempo.

Me fijé en él, el año pasado, pensó. Lo guapo que es. Qué hermoso canta, pero mi obsesión comenzó más recientemente.

Le pareció, en un momento de divertida ironía, que la última vez que lo había escuchado cantar, había estado interpretando al diablo, y ahora estaba cantando un himno en alabanza a Cristo. *La música puede llevar a las yuxtaposiciones más sorprendentes,* pensó con una sonrisa.

Su sonrisa coincidió con una pausa en el recitado, y en ese momento, Kenneth miró en su dirección y le devolvió la sonrisa con una de las suyas.

Por un momento, Brooke se olvidó de respirar. Incluso su corazón se detuvo en sus latidos. Entonces, reanudó el canto, cambiando la lenta y mesurada exhortación "¿Quién se pondrá de pie cuando aparezca?" por los rápidos e impulsivos melismas de "Porque Él es como el fuego de un refinador".

El corazón de Brooke estalló en su pecho, latiendo dolorosamente en su garganta. Su respiración se reanudó en un ruidoso silbido que atrajo la atención de varios de sus compañeros cantantes. Ella los ignoró a todos, concentrándose en el sonido de su voz. *Si Malaquías hubiera sonado así, los hijos de Israel se habrían arrepentido en el acto.*

El solo terminó, y el coro entró rápidamente, dejando a Brooke balbuceando. La cantante detrás de ella le dio un codazo en las costillas. Tosió, aclaró su garganta y encontró su lugar, pero su canto carecía de su habitual ejecución atenta. No pudo evitarlo. Kenneth Tyrone Hill se había hundido profundamente en su conciencia, y nada podía extraerlo.

El ensayo terminó con una confusa frustración y muchas miradas malhumoradas de sus compañeras sopranos.

Molesta por su propia falta de atención, Brooke bajó de las tarimas y metió su carpeta en su casillero. Luego se volvió hacia el perchero del pasillo de la entrada del coro, pero lo encontró lleno de cantantes que se estaban yendo. Se quedó cerca.

"Hola, Brooke", una voz grave respiró en su oído, cuando una mano cálida le rozaba su codo.

Se dio vuelta. "Oh, um, Sr. Hill ⌐ Kenneth, eso es... hola", balbuceó. Se aclaró la garganta. "¿Cómo estás?"

"Estoy bien. Tú, por otro lado, suenas como yo la otra noche."

La cara de Brooke se sonrojó. *¿Quién era yo para pensar que necesitaba mi ayuda?*, se dio cuenta por primera vez. *Me entrometí, asumiendo que no podía manejarse por sí mismo. No soy mejor que esos tontos estudiantes.* Consciente de lo mucho que se había excedido, bajó las pestañas, rompiendo el contacto con sus aterciopelados ojos oscuros. "Perdón", dijo.

"¿Perdón por qué?"

"Por entrometerme. Estoy segura de que puedes manejarte solo. Es sólo que iban a tergiversar cualquier cosa que dijeras. Tal vez hacerlo parecer como una especie de estúpido vodevil. No podría soportarlo".

"Yo..." la escudriñó. "Puedo manejarme, pero eso no significa que no aprecie tu apoyo. No estoy ofendido". La forma en que formaba sus palabras sugería que venía de un lugar más al sur.

"Tenía el presentimiento de que podrías estar en la cima de un concierto. Es difícil pensar después de una actuación", dijo, sin saber qué más decir.

"Seguro." Sonrió.

Su sonrisa atrajo una inesperada de Brooke. Se mordió el labio, sintiéndose tímida.

"Así que, de todos modos", continuó, "quería agradecerte por defenderme. Te lo agradezco".

"No cuenta para mí", murmuró. "No tenía ni idea de que querías mi ayuda".

"Bueno, la necesitaba", respondió. "Me gustaría hacer algo por ti... por tus estudiantes, ¿quizás?"

"Oh, sería muy buena idea", dijo, su estómago retorciéndose, cuando las posibilidades injustificadas se apoderaban de su mente.

"Quiero hacerlo. Además, esos estudiantes tuyos me intrigaron.

Recuerdo haber tenido esa edad, amando la música, pero sin saber qué hacer al respecto. Me gustaría mostrarles las posibilidades".

Bien. Una oportunidad para los estudiantes. Eso es algo bueno, en realidad. "¿Quizás capacitarlos un poco?" Brooke sugirió. "¿Como una clase magistral?"

Los ojos de Kenneth se iluminaron. "Sí, exactamente así".

"Tendré que hablar con el director, y tendrás que rellenar un formulario de verificación de antecedentes, pero creo que sería una acción encantadora para que la llevaras a cabo." Esta vez, su sonrisa se sentía amplia y genuina. *Qué gran hombre. Incluso más agradable de lo que pensaba.*

"Yo lo haré. Oh, y otra cosa..."

Ella lo miró expectante.

"¿Estás ocupada esta noche? Me gustaría llevarte a tomar una taza de café o un vaso de vino o algo así."

Vaya. Eso no está relacionado con el trabajo, – ¡es una cita personal! ¿Kenneth *me está invitando a salir? Ten piedad de mí. ¿Debería decir que sí?* La practicidad se enfrentó a la tentación. *El trabajo. Temprano en la mañana. Ya serán las diez para cuando llegue a casa.*

Pero este es Kenneth, su corazón se lo recordó. *No pierdas una oportunidad como esta.*

"Está bien si no quieres", añadió, claramente capaz de leer su expresión conflictiva.

"Kenneth", dijo ella seriamente, "no hay nada que me gustaría más que aceptar tu invitación. Sin embargo, es bastante tarde y tengo que estar en el trabajo a las 7:30, para mi ensayo del coro de primer año. Si sabes algo sobre los estudiantes de primer año... Bueno, tengo que estar al 100%, lo que significa que no se aconseja saltarse el descanso. ¿Es posible posponerlo?"

Kenneth echó un vistazo a su muñeca, al reloj masculino y grueso con un acabado metálico oscuro y plateado. Brooke encontró atractivo que eligiera un reloj en lugar de buscar el móvil que ella podía ver perfilado en el bolsillo de su camisa. "Tienes razón sobre la hora.

Se me olvidó. Desde que estoy en la escuela de posgrado, todo pasa tarde. Las clases que tomo empiezan a las 6:30 de la tarde, un par de días a la semana. Las clases y lecciones que doy son por la tarde. Muy bien, entonces, señora trabajadora. Si lo vamos a posponer, está bien. Mejor, en realidad, porque entonces puedo invitarte a cenar. ¿Viernes?"

¿Cena el viernes? Maldición, suena como una cita. ¿Una cita con Kenneth? Guau. "Por supuesto. Suena genial."

"¿Por dónde te paso a buscar?"

"Mm, encontrémonos en el restaurante, ¿bien? Aquí." Sacó su teléfono. "Dime tu número. Te enviaré un mensaje de texto. Podemos arreglar los detalles."

Esta vez, sacó el teléfono de su bolsillo. Leyó los números mientras ella los tecleaba antes de enviar su nombre. Su teléfono sonó. "Brooke" con una "e", ¿eh? Me preguntaba eso. Me imaginé que tendría que revisar el programa del concierto".

Brooke se rió. "Podrías haber preguntado".

"Qué divertido sería iniciar una conversación", respondió. "Hola, ¿cómo se deletrea su nombre?"

Se rieron, y en medio de la risa, sus ojos se cerraron.

Una sensación de ser acariciada con algo cálido y suave se deslizó por la nuca de Brooke y a lo largo de su espalda. *Es peligroso para mi paz mental, es tan convincente. Apenas puedo concentrarme en nada,* pensó, sin preocuparse.

La multitud alrededor del perchero había disminuido, así que se adelantaron y recuperaron su ropa de abrigo. En un silencio que los acompañaba, salieron del coro y se dirigieron a lo largo de la acera de la universidad hasta el estacionamiento. Brooke se dirigió hacia su coche, y Kenneth caminó a su lado.

"Hace frío, ¿verdad?", murmuró. "Sólo es octubre. Cinco años en esta ciudad, y todavía no me acostumbro al clima".

"Lo mismo digo. ¿De dónde eres?"

"Texas", admitió. "Me mudé para trabajar. ¿Tú?"

"Georgia". Me mudé para la universidad". Podía ver su sonrisa brillar a la luz del farol. Entonces él le tomó la mano. "Compartir el calor es una buena forma para que dos sureños soporten el otoño del norte, pero ¿qué haremos en invierno?"

"¿Acurrucarnos?" La sugerencia se le escapó sin su pleno consentimiento, y exhaló cuando se dio cuenta de lo que había dicho.

"Trato hecho", accedió amablemente cuando llegaron al coche de Brooke. Lentamente, la atrajo hacia él.

Ella miró fascinada mientras su hermosa cara se movía hacia la suya. Sus labios tocaron suavemente su mejilla. La calidez y el aroma de él, hicieron que se derritiera, y el rasguño de su barba en su piel hizo que sus partes tiernas ardieran.

"¿Esta eres tú?", preguntó.

Ella asintió con la cabeza, insegura de su capacidad para formar palabras coherentes.

"Entonces, buenas noches, querida. No esperaré tres días para contactarme contigo, lo prometo." Se alejó, y un silbido transformó la noche en una alegre melodía.

Brooke sacó a tientas las llaves de su bolso y se esforzó por pulsar el botón de desbloqueo del mando a distancia. En su estado de incredulidad distraída, hizo falta que hiciera tres intentos. De repente, su seguro enamoramiento de una celebridad local tenía todas las características de una relación temprana.

Al final, se deslizó en el asiento del conductor y encendió el motor. "Oh, diablos", respiró. "¿Ahora qué voy a hacer?"

4

"¡¿*T*e pidió que SALIERAN?!" Autumn chilló en el teléfono.

Brooke apartó el dispositivo de su oreja.

"Por favor, dime que dijiste que sí".

"Dije que sí", respondió Brooke, "pero me estoy arrepintiendo..."

"¡Oh, no, no te arrepientas!" Gritó Autumn.

Brooke se alejó del teléfono. "Por favor, baja la voz. Vas a romper mi altavoz".

"Coscorrones", respondió Autumn, afortunadamente a un volumen más normal.

Brooke pensó por un momento, y luego presionó el botón del altavoz.

Autumn, como era de esperar, continuó su diatriba sin pausa. "No lo reconsideres. De hecho, no lo pienses en absoluto. Sólo ve. Ve a tu cita. Come. Bebe. Besa. Ocúpate en ti misma. Lo que sea. No te sientes en tu cuarto y dejes que otro buen hombre sufra las consecuencias".

"¿Cómo sabes que es un buen hombre?" Brooke desafió, interrumpiendo a su hermana. "No lo conoces. Diablos, apenas lo he conocido yo. He hablado con él exactamente dos veces. Eso no es una base para nada".

"Toda relación tiene una primera conversación", señaló Autumn, "y sé que es un buen hombre por la forma en que hablas de él, por un presentimiento que tengo, y porque busqué su perfil en el sitio web de la compañía de la ópera. Trabaja en caridad con la juventud urbana. Incluso le da crédito a su mamá. Todos los signos apuntan a que es un tesoro".

"No quiero un tesoro", señaló Brooke algo que había dicho por centésima vez.

"Mentira", respondió Autumn. "Si ese fuera el caso, no habrías dicho que sí. No eres asexual. Sólo tienes miedo. No todos son tan crueles como Jordan. No todos quieren aprovecharse. Si Kenneth, el Dios de la Ópera te invita a salir, lo más probable es que esté interesado en salir contigo. No necesitas más que eso. Todavía no. Es hora de que te abras a ello".

Eso irritó a Brooke. "¿No crees que esa es mi decisión?"

"Sí", respondió Autumn rápidamente, "si fuera una decisión basada en tu bien superior, pero te conozco, hermana. Tomas decisiones basadas en el miedo, y en proteger tu siempre limitada zona de confort. No es bueno para ti. Creas argumentos tan rápido, que ni siquiera tú puedes seguirlos. Se vuelven contradictorios y forzados. Necesitas dejar atrás tu... bueno, tu pasado para descubrir tu destino".

Aunque quería protestar, la honestidad obligó a Brooke a considerar las palabras de su hermana. Recostada en la silla de su oficina, escudriñó la pared frente a su escritorio; la plancha de corcho repleta de fotos familiares y mensajes anticuados, el póster de los Tres Tenores, otro de Chantecler. Detrás de las imágenes agrupadas, la pared blanca y pastosa le aliviaba los ojos. "Me hizo mucho daño", admitió suavemente.

"Lo sé, querida", le dijo Autumn suavemente. "Estaba totalmente fuera de lugar y equivocado. Kenneth, sin embargo, no tuvo nada que ver con eso."

"No puedo creer que estés defendiendo tanto a un total desconocido", dijo Brooke, con una pizca de mal humor en su voz.

"Oh, querida, no", le aseguró Autumn. "Estoy defendiéndote a ti. Mereces ser feliz, pero eso no puede pasar si tomas tus decisiones basadas en el miedo, en lugar de la confianza."

"¿Confiar en qué?" Brooke exigió. "¿Confiar en un apuesto desconocido? Sí, porque nunca *nada sale* mal."

"Confiar en que el universo traerá lo mejor para ti".

Brooke suspiró, pero no encontró respuesta. "Adiós, Autumn".

"Ve a la cita", insistió Autumn. "Aunque no sea nada, al menos lo sabrás".

Brooke tocó la pantalla para desconectar la llamada y posó su cabeza en su escritorio. *Diez minutos para la clase. ¿Cómo diablos me voy a concentrar en mi trabajo?*

Su celular volvió a sonar y levantó la cabeza, esperando encontrar un último mensaje de su hermana. En vez de eso, el mensaje que vio hizo que su corazón latiera.

¿Tienes planes para esta noche?

Dando un suspiro, Brooke miró fijamente el mensaje. *Oh, mierda. No esperó ni siquiera tres días.* Ella tragó. No, en realidad me voy temprano... bien puntual.

¿Qué es puntual? La respuesta apareció al instante, indicando que Kenneth no había dejado su mensaje y se había ido corriendo.

Concentrada en su respiración nerviosa, Brooke tecleó "4". Los niños se van a las 3, y yo tengo un poco de papeleo.

¡Genial! La respuesta llegó en segundos. La clase que estoy dando termina a las 4:45. Si todavía aceptas esa cena, ¿podemos vernos a las 6 pm?

¿Dónde? Ella respondió, con su pulso golpeando en sus oídos.

Lo creas o no, hay un lugar decente que sirve barbacoa cerca de la universidad. ¿Qué te parece?

Ella consideró su sugerencia, y se le hizo agua la boca, entonces le dijo lo que necesitaba saber. Suena bien. Envíame la dirección. Nos vemos allí a las 6.

¡Estupendo! No puedo esperar a verte, Brooke.

Brooke no respondió al mensaje. Cerró los ojos. Las emociones contradictorias luchaban dentro de ella, pero una cosa era segura. *Iría a la cita, tal y como Autumn le había pedido.* Aceptar no había sido un proceso de pensamiento. Simplemente lo había aceptado, y toda la gimnasia mental que había estado haciendo en los últimos días, se había derretido con el recuerdo de la voz de terciopelo y la sonrisa ganadora de Kenneth.

Autumn diría que mi yo superior lo hizo posible. Que está cansada de que tome decisiones basadas en lo que no quiero, en lugar de lo que sí quiero. Rechazó la idea del miedo, aunque en lo más profundo de su corazón reconoció que de verdad lo sentía.

"Esto no me ayudará a prestar atención", se dijo a sí misma con un suspiro.

Aunque su predicción de distracción le impidió presionar a sus estudiantes tan fuerte como ella lo hacía normalmente, se las arregló para llevar adelante un ensayo decente. Practicaron dinámicas - un objetivo fácil de observar - e introdujeron una nueva canción para el concierto de Navidad con su coro de primer año, para poder trabajar en las notas.

Todo lo que espero, ella pensó mientras ejecutaba la línea de tenor en el piano con dedos torpes, *es que una vez que haya tenido esta cita y haya sacado a Kenneth de mi entorno, seré capaz de volver a la normalidad.*

Aunque era raro, después del trabajo, se escabulló por las calles atestadas de la ciudad hasta su departamento y se coló por la puerta. Encontró a Jackie sentada en el sofá, viendo un reality show.

"Hola, Jackie", Brooke saludó a su compañera de cuarto. En realidad, a pesar del año en que habían compartido el pequeño espacio, nunca se habían conocido realmente, aparte de establecer algunas reglas básicas para preservar su privacidad.

"Hola, Brooke", dijo Jackie, aunque sin su habitual entusiasmo. No se veía bien en absoluto. Su largo cabello rojo, normalmente perfectamente peinado, se veía lacio y desprolijo. Su polera negra y sus pantalones estaban arrugados y tenían una mancha notable. Se notaba un tinte amarillento en su tez.

Se ve enferma. Espero que esté bien. Por supuesto, Jackie es enfermera, así que, si tuviera un problema de salud, probablemente lo sabría.

A pesar de su deseo de rebuscar en su armario en busca de la ropa perfecta para una cita, que no poseía, Brooke no pudo evitar caer en el sofá junto a Jackie. *Sólo por un minuto. No es como si la ropa nueva fuera a aparecer si llego lo suficientemente rápido.* "¿Está todo bien?"

Jackie hizo clic en el control remoto. La mujer excesivamente maquillada que parloteaba con un quejumbroso acento de la costa este desapareció. "En realidad no", dijo, volviéndose hacia Brooke y frunciendo el ceño.

"¿Puedo ayudar en algo?"

Jackie se encogió de hombros. Miró a Brooke por un largo momento, como si sopesara algunos pensamientos demasiado pesados en su mente. "No lo sé. Puede ser que necesites encontrar una nueva compañera de cuarto, aunque todavía no estoy segura. ¿Quizás deberías hacer un anuncio? Te haré saber si necesitas publicarlo tan pronto como lo decida".

Brooke levantó una ceja. "Eso suena difícil". Mil preguntas se le ocurrieron, pero la expresión de su compañera de cuarto no la invitaba a hacerlas. *Difícil, seguro. Odio estar a la caza de compañeros de cuarto. Jackie y yo puede que no seamos exactamente amigas, pero hemos tenido una cordial y respetuosa existencia aquí. Es tranquila y no trae bichos raros a nuestro espacio, como hizo la última.*

"Demasiado difícil para soportarlo". La voz de Jackie se rompió. Tragó convulsivamente y se cubrió la cara con ambas manos. Sus manos normalmente bien cuidadas se veían ásperas y rojas, las puntas desgarradas con padrastros.

"¿Puedo hacer algo?" Brooke preguntó de nuevo. "¿Te traigo un trago o algo de comer? ¿Llamo a alguien? Dame el número de tu novio, si quieres. Le haré saber que lo necesitas".

"No estoy lista para hablar con él", dijo Jackie. "Si tuviera una botella de vodka, me la bebería toda... no, no lo haría. No lo sé. ¿Puedes traerme un vaso de agua?"

Uh oh. Sé cómo suena eso, Brooke se dio cuenta. "Por supuesto que lo haré".

Mientras llenaba la taza con hielo picado del dispensador de la puerta y añadía agua, sus pensamientos fugaces no dejaban de agitarse. *Si estoy en lo cierto, eso explicaría todo. ¿Por qué no quiere llamar a su novio, o beber algo, o tomar la decisión de mudarse o no? No sabe lo que quiere hacer todavía, pero se está dirigiendo hacia... hacia...*dudó en completar el pensamiento, dándose cuenta que a pesar de toda evidencia, sin la confirmación de Jackie, solo era especulación.

"Aquí está tu agua", le dijo Brooke a Jackie, entregándole el vaso.

La joven la miró con ojos salvajes y asustados.

"Sabes, todo va a estar bien".

"¿Cómo puedes decir eso?" Jackie siseó.

Brooke frunció el ceño. "Sabes, no estoy segura. Es sólo algo para decir, pero tienes toda la razón. No tengo ni idea de lo que te pasa, así que predecir el resultado es pretencioso. Lo siento."

La expresión de Jackie se suavizó. "Lo sé, Brooke. Sé que tienes buenas intenciones, pero el hecho es que no tengo ni idea de qué hacer conmigo misma, así que hasta que no haya tomado una decisión, no hay nada que nadie pueda hacer para ayudarme."

"Bueno, hazme saber si hay algo que *pueda* hacer, aparte de taparme la boca. Mientras tanto, voy a salir esta noche. No sé a qué hora llegaré, pero voy a entrar en silencio para no molestarte".

Jackie parpadeó, pareciendo reajustar su pensamiento. "¿Ir a dónde?"

"Oh", dijo Brooke ligeramente. "Tengo una cita".

"¿Tú?" Las cejas de Jackie se elevaron tanto que casi tocaron su línea de cabello. "No has tenido una sola cita desde que vivo contigo. ¿Qué pasa, chica? ¿Quién es?"

"Sólo un tipo del coro", respondió. *Jackie no es la única que no cree que nuestra relación sea la adecuada para ser revelada completamente.*

"¡Genial!" La cara de Jackie se iluminó, y Brooke pudo ver que se veía más amarillenta que pálida. "Los intereses comunes son los mejores. ¿Qué van a hacer?"

"Salir a cenar. Sugirió una barbacoa, lo que suena genial. No he comido nada de carne desde que dejé Texas hace cinco años".

"Sabes", dijo Jackie, "dices que eres de Texas, pero no tienes el acento".

"No todos los tejanos tienen acento", señaló Brooke. "La gente del campo tiene más acento que la de la ciudad. Soy de Dallas, lo cual es realmente internacional. Supongo que nunca lo aprendí. Kenneth es de Georgia, dice, y *él sí*, tiene acento. Suena muy bien".

"¡Uju!" Jackie gritó lo suficiente para que Brooke se preocupara por la delgada estructura de su departamento. Por supuesto, el vecino golpeó el suelo.

Jackie señaló con el dedo a la persona invisible y volvió a Brooke, bajando la voz. "¿Sureño con acento sexy *y* cantante"? Puede que hayas encontrado a tu pareja, Brooke".

"Es un poco pronto para eso", dijo Brooke, y de nuevo la insinuación irritó más de lo que debería.

"No". Jackie hizo un gesto con la mano para evitar la protesta. "Todo verdadero amor tiene una primera cita, y la gente en cuestión rara vez la ve tan pronto como nosotros los espectadores. Oh, una sugerencia sin embargo..."

Brooke la miró y esperó.

"Usa protección. No sabrás con certeza si es él por un tiempo. Sería una pena meterse... en problemas".

"No tengo intención de tener sexo con este hombre. No por mucho, mucho tiempo... sí duramos tanto tiempo. Es sólo una cena".

"Acepta este consejo de todos modos", instó Jackie, agarrando su bolso de donde estaba ubicado junto a sus pies y sacó una pila de paquetes de plástico llenos de anillos cóncavos. "Dios sabe que no los necesitaré por un tiempo".

Bingo. Lo sabía. ¿Mucha proyección, Jacqueline Castellani? Brooke aceptó los seis condones, frunciendo su boca.

"Nunca sabes si puedes estar de humor para hacerlo", señaló Jackie. "Es mejor estar preparada".

Brooke no discutió. En cambio, puso una mano en el hombro de su compañera de cuarto. Dándole una mirada gentil y cariñosa, ella dijo, "Yo tenía razón antes. Todo va a estar bien. Ahora lo sé".

Jackie entrecerró los ojos. "¿Sabes algo, Brooke? Eres espeluznante".

¿Lo soy? se preguntó a sí misma. *Pensé que eso era cosa de mi hermana.* "Supongo que es cosa de familia", dijo Brooke. "Bien, necesito cambiarme".

"¿Por qué?" Jackie exigió. "Sólo tienes ropa de trabajo, a menos que haya un vestidito negro que nunca haya visto. Cambiar ese traje por otro no lo convertirá en ropa para citas".

"No, no voy a usar vestidos. Demasiado frío para eso aquí. Supongo que Kenneth tendrá que aceptarme tal como soy", respondió, "pero aun así me gustaría ponerme algo que no huela a escuela".

"Buena decisión", señaló Jackie, arrugando su nariz. Luego, sus ojos se volvieron locos, y abruptamente se puso de pie y corrió hacia el baño en la parte de atrás del departamento.

Sacudiendo la cabeza, Brooke se dirigió a la cortina que escondía su alcoba y tiró de la cadena de la bombilla desnuda que estaba encima de la cama. Buscando entre sus prendas, se dio cuenta de que Jackie tenía razón. Toda su ropa tenía un estilo de maestra de escuela. La única ropa festiva era el feo suéter que usaba en las fiestas.

Sabía que sólo cambiaría un par de pantalones negros sensatos y un suéter tejido a máquina por otro, pensó. *No tengo nada sexy para elegir... Espera, ¿sexy? ¿De dónde salió eso? Acabo de decirle a Jackie que no esperaba tener sexo, así que, ¿qué diferencia hay? Me pregunto si Kenneth quiere tener sexo.*

El pensamiento envió una emoción extraña al ápice de sus muslos. Sus partes femeninas, largamente descuidadas, reaccionaron con un apretón incontrolado. *Saca tu mente de la alcantarilla, se* advirtió a sí misma severamente. *No eres el tipo de mujer que tiene sexo en la primera cita, y si eso es lo que Kenneth pretende, va a tener que esperar.*

Mientras rebuscaba entre sus suéteres, no se dio cuenta de que una vez más, estaba pensando en afirmaciones y certezas, como si su unión final fuera sólo cuestión de tiempo.

Finalmente, se decidió por un suéter azul tejido a máquina y un par de descoloridos y cómodos jeans. *Espero que esto funcione. Por lo que he visto, todos los restaurantes cerca de la universidad son bastante informales. Además, ¿quién ha oído hablar de la barbacoa de lujo? Una opción de cena casual tiene sentido con el presupuesto de un graduado de posgrado. Técnicamente, podría permitirme más, pero con mi plan de ahorros, prefiero no hacerlo.*

Salió de su habitación y encontró a Jackie tirada en el sofá, agarrando el vaso de agua con sus manos temblorosas. Brooke la miró con empatía. *Hay una lección para usted, señorita. Manténgase alerta.*

"Pásalo bien", dijo Jackie débilmente, eructó y respiró varias veces lenta y profundamente.

"Lo haré", prometió Brooke. *Después de todo, voy a comer barbacoa con Kenneth. ¿Qué podría salir mal?*

"Famosas últimas palabras", una voz desconocida susurró en el fondo de su mente.

Ella alejó el temor, pero seguía teniendo una sensación de inquietud. Sacudiendo la cabeza, bajó las escaleras. No aparecieron otros inquilinos para saludarla.

Su coche esperaba en su lugar habitual a lo largo de la acera, pero el conductor del siguiente lugar había aparcado mal, de nuevo, y estaba demasiado cerca de su paragolpes delantero. Miró el coche que estaba a su lado y el tráfico que pasaba y suspiró. "Olvídalo", dijo en voz alta. "Voy a tomar el transporte público".

Veinte minutos más tarde, estaba caminando a través del crepúsculo creciente por una calle fría, llena de estudiantes. Los chicos altos con chaquetas de fútbol y baloncesto gritaban a las jóvenes intoxicadas, tratando de anotar un tanto. Las chicas ponían los ojos en blanco y los ignoraban, con las manos metidas en los bolsillos de sus chaquetas.

Un chico, un joven altísimo de raza indeterminada, con un lío gelatinoso de pelo negro, silbó al pasar junto a Brooke. Ella lo ignoró. Entonces, el aroma del tomate, las especias y la carne cocida lentamente salieron a su encuentro. Al darse vuelta, vio el letrero de neón con el nombre que Kenneth le había enviado.

Sacudiendo la cabeza ante los embrollos de la calle, se escabulló a través de la pesada puerta de cristal hacia un local que tenía una reconfortante familiaridad. Pequeñas mesas redondas cubiertas de manteles de plástico se ubicaban debajo de las luces colgantes en tonos de color. Las cabinas se alineaban en dos al lado de las paredes. El olor de la barbacoa, tan atractivo en la calle, la golpeó con una nostalgia que la hizo llorar.

"Brooke", esa voz tan convincente que había llegado a adorar, rompió su momento de nostalgia. Se volvió para ver a Kenneth sentado en una cabina en el centro del muro oeste. "¿Está bien así?"

"Las cabinas son geniales", respondió ella, sonriendo. "Me alegro de verte, Kenneth". Se deslizó en el banco frente a él.

Él extendió la mano a través de la mesa y la tomó.

Ella lo permitió. Sus dedos hormiguearon al tocarle, y un calor encantador se extendió por su brazo, dándole calidez a su cuello y a su cara. *Dios bendiga a América, me estoy sonrojando como una dama victoriana.* Rompió el contacto con sus hipnóticos ojos marrones y miró con recato hacia abajo, completando el efecto. *Santo cielo.*

"Entonces, ¿cómo estuvo tu semana?" preguntó.

Se encogió de hombros. "Igual que siempre. Ensayos en abundancia. ¿Y tú?"

"Sólo lo de siempre. Lecciones de voz de mitad de semestre".

Una camarera apareció con vasos de agua. "¿Puedo traerles algo de beber?" preguntó, con el bolígrafo sobre un pequeño bloc de notas.

"¿Qué es lo que tienes para ofrecernos?" Kenneth preguntó.

"Representamos pequeñas cervecerías locales", respondió. "Hay

IPA Caballo Salvaje, Cerveza Rubia Luces del Norte y Cerveza Negra Mineros de Carbón."

"Probaré la cerveza rubia, por favor", pidió.

Ella asintió y se volvió hacia Brooke.

"Sólo agua, por favor", pidió Brooke.

La camarera se alejó.

Brooke y Kenneth se miraron el uno al otro.

"¿De qué hablamos ahora?" Brooke preguntó.

Kenneth se encogió de hombros. "No estoy seguro. Ojalá te conociera mejor, quiero. Conocerte más... pero ¿por dónde deberíamos empezar?"

"Por el principio, supongo", sugirió Brooke. "Sé que cantas de bajo. Sé que estás en la ópera y sé que te gusta animar a los estudiantes. Más allá de eso, eres un poco misterioso. Así que... um... conozco al músico, pero no al hombre. ¿Quién eres, Kenneth Tyrone Hill?"

"¿Pidiéndome que me defina, pero no por mi carrera? Qué revolucionario." Se rió, y su risa agradable le produjo un escalofrío por toda su espalda. Claramente, Kenneth notó su reacción porque su expresión se convirtió en preocupación y preguntó: "¿Tienes frío?"

Sacudió la cabeza. "No particularmente. Sólo que tienes una voz bonita".

Sonrió. "Gracias. Bien... ¿hechos básicos entonces?" La miró para confirmarlo, y al asentir, le explicó: "Vengo de una familia bastante grande. Mis padres, Walker y Shayla Hill, son ambos profesores. Mi madre enseña en la sala de recursos de educación especial de una escuela primaria en las afueras de Atlanta. Mi papá es entrenador de fútbol y administrador en el colegio comunitario local. Tengo tres hermanos y una hermana".

"Vaya", comentó Brooke. "¿Alguna vez sale con todos esos hermanos?"

"No mucho", admitió Kenneth con otra risita que le provocaba escalofríos. "La dejaremos en paz cuando sea mayor. Ahora sólo tiene trece años. No hay prisa".

Brooke sonrió. "¿Eres el mayor? ¿El más joven? ¿El del medio?"

"El mayor", respondió. "Yo fui una especie de sorpresa. Mis padres se graduaron de la escuela secundaria un mes antes de que yo naciera".

"Ups", comentó Brooke. "Algo similar le pasó a mi hermana. Tuvo que dejar la universidad en su primer año, para no perder demasiadas notas, cuando dio a luz a su hijo. Al final funcionó de todas formas".

"Exactamente", Kenneth estuvo de acuerdo. "No me dolió que mi abuelo hubiera muerto poco antes de que yo naciera. Tenía un buen seguro de vida, suficiente para que mis padres fueran a la escuela, y mi abuela me cuidara."

Brooke levantó las cejas, no sabiendo qué decir. "¿Tu abuela aún vive con tus padres?"

"Claro que sí", respondió. "La casa no funcionaría correctamente sin ella".

"Interesante", dijo Brooke, porque no sabía qué más decir. Ella archivó la información. "Antes de seguir hablando, ¿tal vez deberíamos elegir algo para comer?"

Kenneth la miró con recelo, así que ella llamó a la camarera, que los estaba mirando con su vaso de cerveza y su pequeño bloc de notas.

Él asintió con la cabeza.

Brooke echó un vistazo al menú con su vertiginosa variedad de opciones. "Kenneth..." comenzó, y luego se calló.

Él levantó sus cejas hacia ella.

"Tienen costillas de carne en el menú. Es demasiada comida para una persona. No he comido costillas de carne desde que dejé Texas. ¿Qué te parecería compartir?"

La camarera llegó a su lado y le dio a Kenneth su bebida.

"Bueno", Kenneth bebió su cerveza. "En Georgia, como en la mayor parte del sur, la carne de cerdo es la tradición. Te diré qué; vamos a comer las costillas de carne hoy y la próxima vez pediremos barbacoa, podemos comer costillas de cerdo. ¿Trato hecho?"

¿La próxima vez? Vaya. ¿Está planeando otra cita? Tragó saliva. "Trato hecho".

"Entonces, ¿las costillas de ternera?", preguntó la camarera, con el lápiz en la mano.

"Sí, señora", dijo Kenneth sin dudas.

"¿Guarniciones? Viene con dos."

"Ensalada", respondió Brooke. "Si como unas cuantas verduras primero, puedo fingir que la comida es saludable".

"Macarrones con queso", añadió Kenneth. "Si es la noche en casa, bien puede ser una buena opción."

"Enseguida", les dijo la camarera. Se retiró otra vez.

"Bien, Brooke. Se acabó el tiempo. Suelta", bromeó Kenneth.

Brooke volvió a tragar y tomó un sorbo de agua.

"Uh oh. ¿Familia complicada?"

Sacudió la cabeza. "No tan complicada como... problemática, supongo. Mi madre murió cuando yo era muy pequeña. Ni siquiera la recuerdo".

Bajó las cejas. "Eso es triste. ¿Qué le ocurrió?"

Brooke sacudió la cabeza. "Complicación del parto cuando estaba dando a luz a mi hermana menor. Tuvo una hemorragia".

"Auch".

Brooke asintió. "Eso es seguro. Mi padre nos crió, para ser niñeras y amas de casa. Es un banquero financiero. Un gran apostador". Sacudió la cabeza. "Es un hombre difícil de conocer".

"¿Alto nivel?"

"Imposible. Quería que me especializara en finanzas, como él. Intenté..."

"¿No pudiste hacerlo? No te culpo."

"Podría haberlo hecho", respondió. "De hecho, me iba bastante bien, al menos en cuanto a las notas. El problema era que lo odiaba, así que me cambié a la música. No creo que me perdone nunca por eso". Se rió pero sabía que sonaba tensa. No queriendo profundizar en el tema en su primera cita, se apresuró. "Mencioné que también tengo una hermana menor, Autumn. Ella es genial. Un espíritu libre. Se especializó en negocios y abrió una tienda de quiromancia y tarot en Dallas. Hace lo que quiere y siempre tiene éxito en ello".

"¿Mencionaste que tiene un hijo?"

Brooke asintió. "River. Tiene cinco años. Un gran chico".

"A todos ustedes les gustan los nombres de la naturaleza, ¿no es así?"

Ella asintió. "Parece ser un tema".

La conversación se interrumpió con la llegada de una parrilla de costillas lo suficientemente grande como si fuera de un dinosaurio.

"Me equivoqué", dijo Brooke, mirando la monstruosa porción.

"¿Por qué?" Preguntó Kenneth, asombrado por su voz.

"No es demasiado para uno. Es mucho, mucho más que eso."

Kenneth se rió. "Bueno, haremos lo mejor que podamos y nos llevaremos a casa el resto, supongo."

Brooke asintió. "Suena bien".

"Espera, ¿dónde están nuestras guarniciones?"

Brooke sacudió la cabeza. "En este punto, ¿a quién le importa?"

Se rieron y se dedicaron a cortar su porción de bestia en salsa.

Kenneth acompañó a Brooke a la fría oscuridad de una noche de octubre. "¿Vas a dejarme pagar alguna vez?" preguntó.

"Aún no lo he decidido", bromeó Brooke. "Supongo que depende".

"¿De qué?"

"Te lo haré saber". Salieron del restaurante y la bofetada de aire frío cortó momentáneamente la respiración de Brooke. "Uf".

"Estoy de acuerdo", dijo Kenneth. "Es una gran noche. Uno tiene que preguntarse por qué alguien pensó que este frío y nevado lugar, sería una buena ubicación para un área metropolitana importante."

"Y, sin embargo, hay varios", señaló. "Parece que algunas personas disfrutan del frío."

"Esas mismas personas probablemente se quejarían tan amargamente del calor en el sur."

"Bien. No tenemos que hacerles saber que TODOS se quejan del calor en el sur, incluso los nativos".

Kenneth se rió. "Es una forma de verlo. Bueno, Brooke, odio que la noche llegue a su fin, pero..."

"Sé lo que quieres decir. Hace demasiado frío para quedarse fuera... demasiado frío y sólo en octubre. Qué estado tan lamentable en el que estamos. ¿Qué demonios podríamos hacer ahora? Lo mejor es terminar la noche." *Lo cual es una pena,* añadió en silencio. *Ha sido una noche encantadora. Dudo que tengamos otra oportunidad. Estará ocupado con la enseñanza y las clases y preparándose para la próxima ópera... y su gran gira europea. Tengo conciertos y concursos próximamente...*

"¿Estás segura? ¿No se te ocurre ningún lugar para ir en toda esta gran ciudad?"

Brooke sacudió la cabeza. "Es importante saber cuándo algo está terminando. Es importante no arruinarlo, presionando. Es como una serie de televisión. ¿Sabes que cuando se prolongan demasiado, se vuelven sin sentido? No dejemos que esta noche no tenga sentido".

"Supongo que es sabio de tu parte. Siempre hay una próxima vez."

No respondió, no estaba segura de que la próxima vez fuera prudente... o probable.

"Entonces, ¿dónde está tu coche?"

"¡Oh!" Brooke recordó de repente cómo había llegado. "Tomé la 'L'. Mi vecino me atascó el coche y no pude sacarlo".

"Qué amable de su parte", dijo Kenneth secamente. "Es muy tarde para el transporte público. Los asquerosos probablemente ya han salido de sus agujeros. Sé que intentas estar muy segura y cautelosa, pero no podría dejarte sola en ese ambiente. Me preocuparía mucho por ti. ¿Podrías por favor dejarme llevarte a casa?"

Brooke se mordió el labio, pensando. Toda la noche, no había recibido nada más que vibraciones positivas de él, sin mencionar los buenos sentimientos que había recibido de su parte, durante los meses y años desde que lo vio por primera vez en el coro. *Autumn sugirió tomar riesgos. Este es en realidad uno bastante pequeño, ¿no? Subirme a un coche con alguien que me gusta mucho.* "Está bien".

La enorme sonrisa de Kenneth brilló en la oscuridad.

Brooke se mordió el labio contra el irresistible hormigueo de placer que provocaba su expresión.

"Por aquí". Puso su mano en el centro de su espalda, y ella podría jurar que podía sentir el calor a través de su suéter y su chaqueta.

Actuando por impulso, Brooke se alejó de su caricia. Agarrando su mano en la de ella, unió sus dedos.

Kenneth hizo una pausa inmediatamente. Luego apretó suavemente su mano y la dejó que se adelantara. El silencio los rodeó mientras las palabras daban paso a una forma más primitiva de comunicación – sin palabras – con el otro. Brooke podía sentir la presencia de Kenneth filtrándose en los rincones más alejados de su ser y estableciéndose allí.

Se sentía tan perfectamente bien, y al mismo tiempo, absolutamente aterrador. Anhelaba acurrucarse en sus brazos y dejar que impregnara cada fibra de su ser, tanto como queriendo empujarlo, alejarlo y salir corriendo. Incapaz de decidirse, no hizo nada, dejando pasivamente que Kenneth la guiara hacia su coche, que resultó ser un pequeño todoterreno gris que había visto mejores días.

Abrió la puerta del pasajero. "Espero que no te importe. Mi caballero sureño no puede permitirse nada más".

"Está bien", dijo Brooke. "Soy de Texas, recuerda".

"Por supuesto".

Ella se hundió en el asiento y él cerró la puerta detrás de ella. Crujió en sus bisagras, pero accedió a cerrarla correctamente. Un momento después, Kenneth saltó al asiento junto a ella. El coche crujió bajo su peso.

"Ups", bromeó. "Demasiadas costillas".

¿Es consciente de su peso? No sabía que los hombres tuvieran ese problema. Y no está gordo. En realidad, no. Sólo un poco... abrazable.

Ella extendió la mano a través de la consola central y tomó su mano de nuevo. Otra vez, esa sensación de unión la invadió, y la sonrisa crítica de Kenneth se transformó en una cómoda calma, y Brooke pudo ver que él también la sentía. La asustó.

Congelada entre el miedo y la comodidad, Brooke soportó el viaje en silencio. Los impulsos contradictorios la dejaron con una sensación de incertidumbre y más que un poco inquieta. En guerra consigo misma, Brooke se mordió el labio, y luego pasó a las uñas de su mano libre.

"¿Está todo bien?" Kenneth preguntó mientras se detenía en la acera a media cuadra de su edificio. "Pareces... molesta".

"Estoy bien", dijo rápidamente. "Sólo cansada. Ha sido una semana muy ocupada".

"Seguro". Ella lo miró y vio que su expresión no aceptaba una simple excusa, pero él la creería por ahora.

Tengo que cuidarme con este tipo. Es demasiado intuitivo. Llevando sus comentarios vanos a un nuevo nivel de inutilidad, dijo: "Qué suerte encontrar un lugar tan cerca".

"Es verdad", estuvo de acuerdo. "Déjame acompañarte a la puerta."

Tragó, y sintió un nudo en su garganta, tanto que casi se ahoga. Su corazón latió tan fuerte, que hizo que le dolieran las costillas. "Bien", dijo ella. Sin esperar a que diera la vuelta al vehículo, se levantó del asiento y se abrió paso a través del frío hasta la puerta de su casa. Podía oír sus pasos mientras crujían las hojas caídas bajo sus pies.

Brooke sacó a tientas la llave de su bolso, la puso en la puerta principal y luego se detuvo. Sintió, más que ver, a Kenneth apoyado contra la pared a su lado.

"Lo he pasado muy bien esta noche, Brooke".

Asintió con la cabeza, incapaz de hablar debido al nudo en la garganta.

Kenneth se inclinó. Se movió lentamente, dando tiempo a Brooke para que reaccionara, pero ella estaba congelada. Hasta que sus labios tocaron los de ella. Entonces el calor más reconfortante que ella hubiera experimentado alguna vez, se encendió en sus labios y se extendió. Su cuero cabelludo hormigueó. Su corazón palpitante se redujo a un agradable y constante latido. Sus manos temblaron, mientras las levantaba hasta sus hombros. Sus rodillas temblaron y se inclinó hacia él para apoyarse.

Kenneth la rodeó con un brazo, acercándola hasta la suavidad de su pecho y su vientre. Su brazo se sintió fuerte, pero su cuerpo se amoldó al de ella.

Brooke suspiró. El abrazo se sintió como una manta caliente en un día de nieve. Como una taza de café después de haber sido atrapado por la lluvia. Como una ducha caliente en una mañana fría. Ella se derritió en sus brazos, en paz y completamente entera.

Y entonces él levantó la cabeza.

El aire frío golpeó sus labios húmedos como una bofetada... o un puñetazo. La realidad destrozó el idilio. Brooke dio un paso atrás, exhalando.

"Tengo que irme". Sin decir nada más, metió la llave en la cerradura hasta que la puerta se abrió, y luego se escabulló, cerrándola con llave detrás de ella.

Su teléfono sonó, pero no miró. En su lugar, comenzó la larga subida a su departamento del ático. Irrumpió en la puerta y encendió las luces, olvidando por completo las reglas. Por suerte, Jackie había salido.

Tiró su bolso en el sofá y corrió hacia el baño, abriendo el grifo y dejando correr el agua caliente. Pese al ruido del agua, pudo escuchar el timbre de su teléfono una segunda y luego una tercera vez.

"Te comportas como un bicho raro", se dijo a sí misma mientras se colocaba jabón en las manos y empezaba a frotárselo sobre la piel para quitarse el maquillaje. "Tuviste una gran cita, un gran beso, y corriste como un conejo."

Se salpicó la cara con agua para enjuagar el jabón, y luego se secó con la toalla de mano. Se colocó un poco de crema hidratante nocturna y salió, con el corazón acelerado, lista para ver lo que sus mensajes de texto tenían que decir. *Probablemente se fue. Demasiado raro. Demasiado confundida*, pensó amargamente, *como si yo no lo supiera. Kenneth merece una mujer cuyo corazón esté tan abierto como el suyo. Esa no puedo ser yo. Tengo tantos problemas.*

De nuevo, la sensación de miedo se elevó en su garganta, y otra vez intentó quitárselo, pero se quedó, asfixiándola con suposiciones sin sentido y la sensación de que algo raro la amenazaba. *Pero no es Kenneth*, se recordó a sí misma. *Lo que sea que estés sintiendo viene de ti, no de él.*

Su corazón y su intuición estaban de acuerdo. Nada de lo que él había dicho o hecho en todo el tiempo que ella lo conocía, le había dado un minuto de pausa. "No, soy yo. Y como soy yo, sería injusto someterlo a mi yo temeroso".

Levantó el teléfono, y su corazón trató de detenerse. Lo he pasado muy bien esta noche.

Brooke cerró los ojos. *Yo también*, lo admitió para sí misma. *Sólo que pienso demasiado en todo.*

Se obligó a sí misma a mirar el segundo mensaje. Soy bueno para tomarme las cosas con calma, pero me gustaría mucho volver a verte. Avísame si... El mensaje se cortó bruscamente, como si hubiera pulsado enviar en medio de la reescritura. Entonces, un mensaje final esperaba. Veo que tienes algunas preocupaciones. Sin embargo, sigo interesado, si tú lo estás. Si estás dispuesta a salir de nuevo, házmelo saber. -Kenneth.

De nuevo, los párpados de Brooke se cerraron. La forma en que su corazón saltó cuando vio sus mensajes, le indicó algo. *Dime que estoy estúpidamente encaprichada y desesperada por aceptar lo que él ofrece,* ella admitió. Pero tan pronto como pensó en otra cita, el miedo se elevó en su garganta, asfixiándola de nuevo. *Necesito terapia.*

"¿Ya estás en casa?"

La llegada de Jackie sorprendió tanto a Brooke que se le cayó el teléfono. Afortunadamente en el sofá.

"Lo siento. Supongo que si vuelves a..." miró su propio aparato "9:37 p.m., ¿no lo pasaste bien?"

"Lo pasé muy bien", respondió Brooke. "Abrazamos nuestra herencia sureña comiendo barbacoa y nuestro estatus de nerds de la música, hablando de trabajo. Fue divertido".

"Entonces, ¿por qué...?"

"Era hora de dar por terminada la noche, eso es todo", dijo Brooke.

La cara de Jackie se retorció, sorprendida.

"Lo siento. No quiero ser grosera contigo. Es que tengo muchas cosas en la cabeza, y todas se contradicen entre sí".

"Bueno, ciertamente puedo entenderte", dijo Jackie. "¿Lo dejamos por ahora?"

Brooke asintió con entusiasmo. "La mejor idea que he escuchado hasta ahora".

Aunque no se sentía particularmente somnolienta, charlar con la compañera de cuarto a la que no estaba particularmente unida, tampoco sonaba divertido. Ella recuperó su computadora portátil, de encima de su cómoda y la llevó de vuelta al sofá.

Jackie había hecho lo mismo, tirada en el sofá de dos plazas, que estaba al lado de la pared, debajo de la ventana del lado este del departamento. La forma en que hacía clic constantemente en la pantalla, mostraba a Brooke que probablemente estaba investigando.

No es una sorpresa. Brooke, sin embargo, tenía otros planes. Abriendo el sitio web de la escuela, se dirigió a la página de empleo y comenzó a llenar la solicitud para el puesto de director del coro. *Puede ser una formalidad, pero tengo que hacer lo mejor posible de todos modos.*

5

Con el corazón en la garganta, Brooke escribió lentamente una letra a la vez en su teléfono. *La pasé muy bien. Eres un hombre increíble. Te deseo todo lo mejor, pero otra cita no es una buena...*

Un mensaje entrante la interrumpió. Por supuesto, era de Kenneth. *Un amigo me regaló entradas para Les Miz. Este sábado a las 7 de la tarde. ¿Interesada?*

El mensaje a medio escribir de Brooke desapareció cuando llegó el mensaje de Kenneth. *Estúpido teléfono*, ella murmuró en voz baja, incluso cuando sus dedos, por su propia voluntad, teclearon *Suena divertido. Nos vemos allí*. Pulsó enviar y luego miró lo que había hecho. *Maldita sea. Esto se me está yendo de las manos.*

El teléfono sonó de nuevo. *¿Y si nos encontramos en el centro? Comemos algo, y luego tomamos la 'L' al teatro. Ahorramos en conducir en el tráfico.*

Había presentado la solución perfecta, por supuesto. Atrapada por su propio corazón sobreexcitado, tecleó *OK* y lo envió. Entonces, sonó el timbre, así que añadió: "Comienza la clase". *Tengo que irme.*

Saliendo de su oficina, Brooke tomó su lugar en el puesto de música frente a las tarimas. Esperó para dirigir a sus alumnos, como siempre, que dejaran de holgazanear y charlar, y se pusieran en su lugar.

"Así que, chicos, lo han hecho muy bien hasta ahora", les informó, comenzando el ensayo con una nota positiva. "Estoy muy contenta con su progreso en la música del concierto de otoño. Pero no vamos a repetir los éxitos del año pasado, si nos atenemos a lo fácil. Quiero darles una pieza más, una muy difícil, que los desafiará y los preparará para la música más avanzada que vendrá. ¿Están preparados?"

Asintieron con la cabeza, y hubo unas cuantas expresiones de alegría.

Buscó un sobre que había dejado en su atril y sacó una pila de partituras, entregándoselas a sus alumnos para que las pasaran a las filas. "Esto es de un compositor llamado Anton Bruckner. Vivió en el siglo XIX. Esta pieza se llama 'Os Justi'. Se dividirá en cuatro partes, así que me gustaría que Kelly S., Lupita y Julie cantaran como primera soprano, Jasmine, LaKeisha y Kimberly como mezzo, Susana, Kelly P., y Eliza como primera contralto, Mel, Jenny y Carly como segunda contralto, y Tonya, si puedes unirte a los primeros tenores, sería de gran ayuda. Joey y Kyle también en primer tenor. Alfonso y Traevon en segundo tenor, Arnoldo, Jack y Peter en barítono y Darion y Martin en bajo. ¿Suena bien?"

Asintiendo con la cabeza otra vez, los estudiantes se movieron en sus grupos.

"Ahora, no garantizo que tengamos esto listo para el concierto de otoño. Lo presentaremos si podemos, pero no me sorprendería si no está listo hasta Navidad. Ya que el Concurso de Conciertos y Primeras Presentaciones de la UIL es en primavera, estaremos bien para eso, estoy segura."

Algunos rostros mostraron alivio.

"Oh, me han herido", gritó Brooke dramáticamente, poniendo su mano en su corazón. "¿Creen que les permitiría realizar un trabajo que no está listo? No llegué a donde estoy haciendo eso. Ahora, la otra cara de la moneda es que todos tienen que trabajar duro y hacer lo mejor posible. Tienen un gran desafío por delante, pero no tengo dudas de que estarán a la altura".

Una mano se levantó.

"¿Sí, LaKeisha?"

"¿Qué significa?" la chica curvilínea de piel oscura, cabello lacio, con un color rubio que se notaba poco natural, en relación con sus ojos, exigió. "Dijo que es importante *creer*, en lo que estamos cantando, darle autenticidad a la música. ¿De qué se trata la canción?" Ella buscó entre las páginas. "Todavía no sé leer latín."

"Por supuesto", respondió Brooke. "Había planeado explicarlo en breve. Esta es una canción sobre la justicia. Sigan conmigo mientras repasamos la pronunciación y el significado de cada línea. ¡Lápices listos!"

Los estudiantes sacaron sus lápices de sus carpetas mientras Brooke se concentraba en sus notas, decidida a disipar las imágenes de Kenneth de su mente... y de su corazón... y de su cuerpo. *Seguramente el latín ayudaría. Seguro que sí*

No lo hizo.

El sábado a las 5:30 p.m., Brooke salió de un estacionamiento del centro cerca de la estación "L" y se acercó a un pequeño grupo de camiones de comida. Por una vez, la temperatura había subido hasta los sesenta, una temperatura tolerable incluso para su delgada sangre de Texas. Su chaqueta ligera fue suficiente, aunque sus guantes permanecieron metidos en los bolsillos, ya que para cuando el espectáculo terminara estaría completamente oscuro y frío.

Una enorme multitud de turistas y locales hambrientos, estaban reunidos alrededor de los camiones, pero de alguna manera, la alta contextura y la brillante sonrisa de Kenneth atrajo sus ojos como un imán. Se puso de pie en el centro, con paquetes envueltos en papel de aluminio en cada mano.

Se dirigió hacia ella con cautela, acercándose, pero no lo suficiente como para tocar. Incluso desde esa distancia, podía *sentirlo*, como si el calor de su cuerpo tuviera manos y pudiera alcanzarla.

"Hola", dijo. "Espero que te gusten los tacos. Me preocupaba, con esta multitud, que, si esperaba a que llegaras, no tendríamos suficiente tiempo para elegir nada, antes de tener que volver a irnos".

"Me encantan los tacos", respondió Brooke. "Fue una inteligente idea". Aun así, no se acercó. La atractiva y melancólica sonrisa de Kenneth amenazaba con ahogar el sentido común por completo. No estaba lista para perder su fuerza de voluntad, aún no.

"¿Carne o pollo?"

"Um, carne de ternera", respondió ella, y él extendió un paquete caliente envuelto en papel de aluminio. Dentro, encontró cuatro tortillas de maíz obviamente frescas, hechas a mano, rellenas con pequeños cubos de carne, y una pequeña taza de plástico llena de cebollas picadas y cilantro. Una segunda taza pequeña contenía salsa.

Brooke abrió la salsa y la probó con la punta de su dedo, sonriendo por lo picante de los chiles y el picor de los tomates. "Está bueno. El más auténtico que he probado fuera de Texas. Gracias, Kenneth." Vertió la salsa sobre los tacos, añadió la mezcla de cebolla y hierbas y dio un mordisco. "Hermosa noche, ¿no es así?"

"Sí, estoy disfrutando bastante del calor." Se arregló sus propios tacos, dejando fuera la salsa, y comenzó a comer.

"¿Alguna novedad en el frente universitario?"

Tragó y pensó. "Hoy he defendido mi obra maestra".

"Suena difícil. ¿Qué significa?" preguntó. "¿Es como una disertación?"

Asintió con la cabeza. "Compuse una pieza musical, una corta ópera cómica para niños. Hice que algunos estudiantes la interpretaran mientras yo dirigía. Les mostré el video y les expliqué mis opciones para la trama, la música, etc."

Las cejas de Brooke se alzaron hacia la línea del cabello. "¿*Escri-*

biste una ópera? Vaya, Kenneth. ¡Es increíble! ¿Cómo fue la defensa?"

Se encogió de hombros. "Difícil de decir. Tuvo algunos elogios, pero también querían que hiciera algunos cambios en la música. Sugirieron que arreglara algunas progresiones de acordes inoportunos, y cuestionaron la necesidad de uno de los personajes menores. Unas cuantas cosas así. Si hago los cambios que recomiendan, paso".

"Genial". ¿Qué más necesitas hacer para graduarte?" Brooke quería saber. "Quiero decir, tengo una maestría, pero el proceso de obtener un doctorado me parece tan... aterrador y misterioso".

"No mucho. Sólo pasar mis dos últimas clases... y definitivamente da miedo", admitió. Dando otro mordisco a un taco, masticó y tragó mientras meditaba su respuesta. "Es... me siento como... como un fraude a veces. Estoy estudiando un par de pequeñas cosas, y la gente pensará, porque tengo un doctorado, que soy un experto general en música".

"Me identifico con eso", respondió Brooke. "No es tu educación la que te enseña lo que sabes. Es trabajar con ello. No te preocupes. Superarás ese sentimiento después de que hayas salido de la escuela por un tiempo. ¿Qué tienes en mente para tu carrera? Te graduarás en diciembre, ¿verdad? Es una época extraña para conseguir un trabajo de profesor..."

"Bueno, voy a ir a esa gira europea esta primavera", le recordó. "Eso me mantendrá ocupado de enero a abril. La paga es decente, así que, si tengo cuidado, debería estar bien hasta el otoño. Después de eso, espero tener una mejor idea de lo que sigue. Los puestos de trabajo de otoño deberían abrirse a principios del año nuevo, así que cuando no esté actuando, estaré llenando el mundo con solicitudes."

"Suena sabio. Recuerdo haber hecho eso", respondió Brooke. "Da miedo, pero me llevó a algunas oportunidades realmente interesantes. ¿Tienes alguna región o incluso países en los que estés interesado?"

Se encogió de hombros. "Depende". Un toque de intensidad en su voz la molestó, y de nuevo su corazón se acercó a él, mientras su sentido se alejaba.

Es demasiado pronto para hablar de cosas así. Espera, ¿qué? ¿Demasiado pronto? Ni siquiera has decidido que esto es una relación. Es sólo una cita, y eso ya da bastante miedo.

"¿Cómo te decidiste por Chicago?", le preguntó él, atrayendo su mente fugitiva al presente. "¿No había ningún trabajo en Texas?"

"En realidad, no", respondió. "Busqué, pero los trabajos en Texas son difíciles de conseguir. Es un área de alta paga en comparación con el costo de vida, y en las escuelas especializadas y en colegios privados, las oportunidades son menores. Recibí una oferta de una escuela secundaria normal en la frontera, pero pensé que podría soportar mejor el frío que ese tipo de calor. Después de pasar un par de inviernos aquí, no estoy tan segura, pero ahora..."

"¿Ahora?" tomó un bocado de su comida y la miró con las cejas levantadas.

"Ahora tengo la oportunidad de un gran ascenso, y estoy cruzando todos los dedos de las manos y los pies, aunque es muy probable que lo consiga".

Sonrió. "Genial. Espero que lo hagas."

"Gracias". Ella sonrió, y él le devolvió la sonrisa. La vista de su cálida y abierta aprobación, causó que un poco de la coraza alrededor de su corazón se desmoronara.

Terminaron sus tacos en silencio. El sol se hundió en el cielo, y la agradable tarde comenzó a sentirse más fresca. El tentador calor del cuerpo de Kenneth acercó a Brooke. Cada medio paso que daba en su dirección parecía envolverla en una sensación de confort. Al final, se pusieron, de pie hombro con hombro.

Él extendió la mano, pero se detuvo, como si no estuviera seguro de si debía tocar.

Para entonces, Brooke había caído completamente bajo el hechizo de Kenneth. El aroma de su perfume, su calidez, su sonrisa y alguna otra fuerza menos tangible se había apoderado de ella. Extendió su mano y la tomó, uniendo sus dedos. "¿Es hora de irse?"

Revisó su reloj. "Creo que sí. ¿Vamos?"

Se dirigieron a la estación "L", dejando caer sus envoltorios en un cómodo cubo de basura. Ya se había reunido una multitud en la estación, esperando el tren. Recorrieron la estación, de la mano, a través de la masa de pasajeros y se las arreglaron para encontrar dos asientos azules, en los que se sentaron.

Kenneth dejó caer la mano de Brooke y casualmente puso su brazo en el respaldo de su asiento. Ella se acurrucó, deseando que él la abrazara. Lo hizo. Ella cerró los ojos, disfrutando la sensación.

Frente a ellos, un resoplido sonó, rompiendo su tranquila unión. Su paz se rompió, Brooke miró a una anciana con un triángulo de plástico atado a su cabello. La mujer sacudió su cabeza, su boca se frunció en desaprobación.

Brooke miró fijamente, negándose a retroceder mientras la mirada de desaprobación continuaba. La incomodidad aumentó. Brooke no hizo ningún movimiento para apartar la mirada. Por fin, la mujer rompió el contacto visual, girando hacia un lado.

Brooke sonrió para sí misma. *Vieja entrometida. Bienvenida al siglo XXI.*

Ir de un lugar del centro a otro no tomó mucho tiempo. Sin embargo, mientras estaban dentro del tren, el sol ya se había puesto. Una brisa fresca le revolvió el cabello a Brooke cuando bajó al andén, su mano volvió a tomar firmemente la de Kenneth.

Se acercaron a un edificio de ladrillos de color grisáceo con una carpa roja sobre la entrada. Pasando por las puertas delanteras debajo de la carpa, rápidamente pasaron por el proceso de registro y encontraron sus asientos. Se sentaron a un lado del escenario, pero no muy atrás.

"¿Te apetece un vaso de vino?" Kenneth preguntó.

Brooke sacudió la cabeza. En su lugar, tomó la mano de Kenneth y pasó sus dedos por la suya.

Una amplia sonrisa se dibujó en su rostro. Tiró suavemente de sus manos juntas y las puso sobre sus rodillas.

Durante un corto espacio de tiempo, estuvieron en silencio, luego, las luces se atenuaron y la música comenzó. Aunque muy diferente de la ópera, la convincente melodía tejió un hechizo de patetismo que absorbió a Brooke. Ella se acercó a Kenneth hasta que su cabeza descansó en su hombro, y su tentadora calidez y aroma añadieron su magia, hasta que ella liberó completamente el pensamiento consciente y dejó que sus sentimientos tomaran el control.

Kenneth se inclinó hacia ella, y ella obedientemente levantó su barbilla, permitiéndole reclamar sus labios.

"Ejem". Una voz detrás de ellos los instó a separarse, pero Brooke no pudo evitar que una sonrisa, o tal vez una risa, se extendiera en su rostro.

La espalda de Brooke se comprimió contra el costado de su auto, y, aun así, se apretó más fuerte, queriendo sumergirse completamente en el calor de Kenneth. Sus labios se separaron, y ella le permitió profundizar el beso. Su lengua se deslizó dentro de la de ella. El calor se encendió en su vientre, brotando en una burbuja de deseo que se extendió a los extremos de su cuerpo. Las puntas de sus dedos temblaron. Los dedos de sus pies se retorcieron dentro de sus zapatos.

"Consíganse una habitación", gritó alguien, con una voz que resonó en el estacionamiento.

Kenneth levantó la cabeza. Brooke apoyó su frente contra su pecho, jadeando.

"Ven a casa conmigo", respiró.

Sonaba increíble. Tentador. *Perfecto.* "No puedo".

"¿Demasiado pronto? Lo entiendo. Pero, Brooke..." dijo, sin terminar la frase.

La fría realidad se filtró entre ellos, rompiendo el hechizo de la noche. "Kenneth..."

Le puso la mejilla en su gran mano. "No corras", le instó. "Dime lo que sientes. Quiero que estemos de acuerdo, pero ¿cómo puedo hacerlo si me dejas fuera?"

Brooke bajó las cejas. "¿Te dejo fuera? No estamos casados,

Kenneth. Hemos tenido dos citas y algunas conversaciones. Ni siquiera somos una pareja. No me presiones".

Se encontró su mirada de consternación con la suya. "Pero puedes sentirlo. Sé que puedes. Puedes sentir esta... cosa que quiere crecer entre nosotros. Cuando sales de tu cabeza, cuando te permites sentir, estás tan atrapada en esto como yo."

Sus palabras se burlaron de una parte oculta de su corazón, una que raramente consultó, o incluso reconoció. Más allá de la razón, más allá del sentido, su ser más íntimo respondía a Kenneth de una manera que no podía explicar. Sin embargo... "La atracción e incluso el encaprichamiento pueden ser un buen comienzo, pero ninguno de los dos es una razón para abandonar la sensatez. ¿Qué dijiste que estarás haciendo en la primavera?"

"De gira por Europa", respondió. "Pero es sólo por poco tiempo"

"¿Y luego qué?" Brooke interrumpió. "Estarás solicitando trabajos en todo el país, y tal vez incluso en todo el mundo, ¿verdad?"

"Bueno, sí", estuvo de acuerdo.

"Entonces, ¿es realmente sabio para nosotros arrojar la precaución al viento y sucumbir a esta loca atracción, sabiendo que es casi seguro que se termine en semanas? ¿Cuántos años tienes, Kenneth?"

Apretó sus labios gruesos. "Treinta y dos".

"Tengo treinta años. ¿No hemos pasado la edad de las aventuras salvajes?"

"Pero, esto no es lo que parece", protestó Kenneth. "Hay opciones..."

"¿Y vas a limitar tus opciones a alguien que acabas de conocer? Eso es una locura."

"¿Qué estás diciendo, Brooke?", exigió. "Se podría decir que después de dos citas, no estamos en un nivel de intimidad profunda. Incluso estoy de acuerdo hasta cierto punto, pero siento que hay algo que has estado tratando de decirme desde nuestra primera cita, y luego cambias de opinión. ¿Es cierto?"

Brooke se mordió el labio. Una sensación ardiente y dolorosa la atravesó. Hizo que le ardieran los ojos. Se aclaró la garganta. "Sí, es lo que acabo de decir. Cuanta más atracción sentimos, menos apropiado es que actuemos en consecuencia, porque es muy probable que nuestra oportunidad de estar juntos sea muy corta. ¿Por qué invertir en algo sin futuro, y por qué prometer un futuro cuando acabamos de conocernos? ¿Ves lo que quiero decir?" Dijo abruptamente y le dolió. Dolió mucho más de lo que debería.

"¿Por qué estamos aquí entonces?" preguntó, su hermosa y abierta cara, se cerró en líneas de enfado que se cortaron más profundamente por su dolor.

Maldita sea. "Estoy tratando de *no* lastimarte, Kenneth. Ojalá pudiera hacer que esto tuviera sentido. Cuando me pediste salir, no pude decir que no. Simplemente no pude. Eres... Dios, eres increíble, pero..."

"Pero no ves un futuro en ello".

Apretó sus ojos ardientes y los cerró con fuerza. "¿Qué quieres, Kenneth?", exigió. "¿Quieres una aventura? ¿Un rapidito de dos meses antes de que te vayas a Europa? Y aunque vuelvas, ¿cuánto tiempo pasará hasta que te vayas a nuevas aventuras? ¿Qué probabilidades hay de que te vuelva a ver?"

"No lo sé", respondió, con la voz baja y el rostro con líneas de profunda decepción. "No siempre necesito saber las respuestas. A veces lo que podría ser, es suficiente. ¿Cómo has podido conseguir un título en la carrera de música, sabiendo que los músicos apenas se ganan la vida?"

Sacudió la cabeza. "Planeaba enseñar. Siempre. Nunca invierto en riesgos más allá de mi nivel de comodidad."

"Hija de un banquero, ¿eh?" la amarga ironía de su voz parecía contradecir la situación, como la agonía que le desgarraba el corazón. "¿Nunca inviertas más de lo que puedes permitirte perder?"

Ella asintió.

"Los corazones no funcionan de esa manera, Brooke. Si no estás dispuesta a arriesgar, puede que nunca encuentres a tu alma gemela... o, mejor dicho, puede que no estés dispuesta a 'invertir' en él".

Oh, Dios, está hablando de mí. De nosotros. Su garganta se cerró, pero aun así se las arregló para hablar. "No me entiendes".

Sacudió la cabeza. "Tienes razón. No te entiendo."

"Quiero decir, supongamos que tienes razón", soltó. "¿Qué quieres que haga? Te vas alrededor del mundo, siguiendo a tu estrella, como deberías. Probablemente tendrás que mudarte varias veces antes de encontrar tu destino, ¿y qué hay de mí? ¿Se supone que debo seguirte donde sople el viento, en base a una bonita atracción y un par de citas? Vamos."

"Nunca te pediría que renunciaras a lo que estás construyendo", dijo.

"Ni tampoco te lo pediría", gritó, quizás más fuerte de lo necesario. "Nuestros caminos son divergentes, Kenneth. Tienes que aceptarlo. No es mi culpa. El destino puede ser cruel, pero no hay nada que podamos hacer al respecto."

Kenneth levantó la mano a su cara y jugó con los pelos de su barba. "Ya veo. Bueno, entonces, supongo que es bueno que no dejáramos que esto se nos escapara. Gracias por la compañía. Mis mejores deseos". Se dio la vuelta y se alejó.

Brooke anhelaba llamarlo, pero no se atrevió. *Es lo que pediste... no. Es lo que exigiste. También es lo correcto. Déjalo ir. Es un verdadero tesoro. Déjale encontrar su pareja perfecta cuando esté más asentado. Tienes todo lo que necesitas aquí.*

Con un aliento tembloroso, Brooke tanteó la puerta de su coche. Finalmente la abrió y se deslizó al asiento del conductor. Cerrando la puerta detrás de ella, se apoyó en el volante, jadeando de angustia. Su corazón henchido se sintió como si de repente se hubiera estrechado.

Claramente, tratar de convertir un enamoramiento en una relación es una mala idea. El pensamiento lógico no hizo nada para calmarla, y le tomó más de media hora antes de que se sintiera lo suficientemente calmada como para encender el motor del auto. Entonces, se lanzó a las calles atestadas de gente hacia su casa.

La casa, pensó amargamente, *es un departamento adecuado, que sólo puedo administrar y seguir mi plan de ahorros porque lo comparto con una compañera de cuarto. Esto es una locura. En Texas, ya podría haber comprado una casa.* De repente, amargada por todo, hizo su lento camino de regreso a su edificio.

Su mente hiperactiva ya se había calmado. Se acomodó en su lugar, apenas encajando entre el coche de su vecino más concienzudo por un lado y el habitual imbécil que estacionaba sobre la línea, por el otro. Murmurando para sí misma, saltó del coche, pulsó el botón de bloqueo y se dirigió a la acera. Le llevó demasiado tiempo meter la llave de la puerta delantera en la cerradura, pero al final se las arregló.

Una multitud se estaba reuniendo alrededor de la puerta principal, charlando con un tono de preocupación.

"Oh, hey", un hombre delicado de unos cuarenta años dijo, "es la chica del ático. ¿Has oído las noticias, Brooke?"

"¿Noticias, Stanley?" Brooke preguntó, forzando a su cerebro disparado a concentrarse en la conversación. "¿Qué noticias hay?"

"Han puesto el edificio a la venta. Al precio que tiene, llevará un tiempo, pero no se sabe qué pasará si finalmente se vende. Alguien podría querer restaurarlo, hacer un alojamiento, o arreglarlo y subir el alquiler, lo que probablemente se deba a todo el aburguesamiento que está sucediendo a nuestro alrededor."

Brooke frunció el ceño. "Bueno, es bueno tener una advertencia. Aun así, encontrar un nuevo departamento es un dolor. Espero no tener que hacerlo".

"Todos decimos lo mismo", una señora cuyo departamento estaba en la planta baja se coló. "Este edificio tiene sus problemas, pero el alquiler es decente y no está tan mal."

Brooke asintió.

"¿Estás bien?", preguntó otra mujer que Brooke había visto de pasada. "Tus ojos están rojos".

Brooke tragó fuerte contra un repentino calor en su garganta. "Sólo estoy cansada", dijo. "Largas horas en la escuela, ¿sabes?"

"Los maestros trabajan más duro de lo que nadie les da crédito", dijo Stanley, ganándose la eterna gratitud de Brooke.

"Que tengan una buena noche, todos. Voy a acostarme. Hay mucho que pensar".

Algunos de la multitud reunida la saludaron, otros la ignoraron. Hizo un movimiento decisivo hacia el hueco de la escalera y comenzó la larga subida hacia su espacio. De nuevo, un estado de agitado letargo descendió sobre ella, de modo que, con cada paso, sus pies se sentían cada vez más pesados hasta que apenas podía levantarlos. Aun así, quedaban dos pisos.

Brooke hizo una pausa, apoyando su frente contra la pared de yeso barato, respirando lentamente con la esperanza de recuperar algo de fuerza. *Tu cama está ahí arriba*, se recordó a sí misma.

Al final, se obligó a dar un paso lento y doloroso, y luego otro, hasta que al final, su puerta quedó delante de ella. Trabajó suavemente la cerradura y abrió la puerta, sólo para maldecir en la frustración. Parecía que Jackie estaba entretenida de nuevo.

Me pregunto qué significa eso para su situación, pensó Brooke. Se arrastró por el oscuro departamento, tratando de dar a su compañera de cuarto la mayor privacidad posible, mientras dejaba a un lado su bolso, se lavaba los dientes y se metía en la cama.

Sólo entonces la frustración total de la injusticia de la vida se apoderó de ella. Hundió su cara en la almohada, sintiéndose miserable y sola. *Podría haber pasado la noche con Kenneth. Podría haber estado mal, pero la tentación... Él es un buen hombre.*

"Pero no es *tu* hombre", se recordó a sí misma en voz baja. "Esto no tiene sentido. Ahora duérmete".

Ordenarse a sí misma dormir no tuvo ningún efecto. Las largas y solitarias horas se extendieron. Bastante después, que Jackie y su compañero habían hecho silencio, Brooke seguía despierta, mirando la pared oscura, deseando que la vida no tuviera que estar tan llena de decisiones imposibles.

6

"*E*xcelente, chicas", exclamó Brooke, haciendo el movimiento de "corte" con ambas manos. El sonido resonó a través de la habitación, mucho más fuerte de lo que nadie hubiera esperado de dieciséis adolescentes, aunque fueran los mejores en una escuela especialmente designada para personas con talentos artísticos excepcionales. "El concierto de otoño va a ser espectacular."

"Señorita Daniels", preguntó Salome Jaramillo, levantando la mano, "¿ha seleccionado la música de nuestro concurso para este año?"

"Tengo la mayor parte", respondió Brooke. "Estaremos listos para empezar la semana que viene".

"Bien", respondió Salomé. "¿Seguiremos haciendo esa gira en enero?"

"Ese es el plan", le dijo Brooke. "Gira en enero, campamento en marzo, y luego UIL en abril. Oficial en el verano, no tengo dudas."

Las sonrisas estallaron.

"Pero no va a ser fácil. La reputación por sí sola no es suficiente para garantizar el éxito, y sólo la mitad de ustedes tiene experiencia en esto. El resto de ustedes tendrá que aprender con el programa.

Meterse en el equipo. Trabajar duro. Empezando con el ensayo de esta noche".

Estallaron los murmullos. Brooke bajó la voz, apenas susurrando para obligarlos a escuchar. "Sí, el ensayo de esta noche es para nuestro concierto del jueves, pero los ganadores van más allá, sin quejarse, dando excusas o posponiéndolo. Los ganadores se comprometen. Todos ustedes son lo mejor de lo mejor. Hay siete chicas que hicieron la audición y no lo lograron. Estarían más que contentas de tener otra oportunidad, incluso si eso significara ensayos extra."

El murmullo se hizo silencioso y las expresiones de determinación endurecieron las mandíbulas de las chicas y estrecharon sus ojos.

"Bien entonces", dijo Brooke a su volumen normal. "Las veré a todas estas noches a las siete. Les hago saber que me estoy perdiendo mi propio ensayo del coro - la única vez que puedo cantar en vez de dirigir -así que estoy con ustedes en el sacrificio".

El timbre sonó.

Las chicas se dispersaron.

Brooke se desplomó. El final de los ensayos siempre la dejaba exhausta. La introversión se apoderó de ella, haciéndola ir tambaleando hacia su oficina, donde cayó desganadamente en su silla. Su cabeza cayó hacia atrás con extrema fatiga, y cuando su teléfono sonó, contempló la posibilidad de no contestar.

El sonido se detuvo, y cerró los ojos. *¿Cómo voy a pasar toda la tarde y también un ensayo nocturno? Gracias a Dios que tengo una excusa para saltarme el coral esta noche. No estoy lista para ver...*Su mente se desvió del nombre de Kenneth, pero una imagen de él quedo flotando en su mente.

"Basta", siseó en voz baja. "No fue más que un enamoramiento con una celebridad y un par de citas casuales. No hay necesidad de obsesionarse como si hubieras perdido a tu único y verdadero amor".

El pensamiento del verdadero amor desencadenó una oleada de calidez en lo más profundo de su ser. Las lágrimas le hacían arder los ojos, así que los mantenía bien cerrados. "Deja de ser tan estúpida".

El teléfono sonó de nuevo. De repente, desesperada por una

distracción, abrió el cajón de su escritorio y sacó su bolso, buscando a tientas el teléfono justo cuando el timbre dejó de sonar. Un rápido golpe y presión mostró el número de su hermana, y ella llamó de inmediato.

"Brooke, ¿qué demonios está pasando?" Autumn le dijo sin preámbulo.

"¿Qué quieres decir?" preguntó Brooke, frotándose los ojos y fingiendo un tono alegre.

"No finjas conmigo", dijo Autumn. "Ni siquiera necesité las cartas para decirme que estás en un mal momento. ¿Qué ha pasado? ¿Pasó algo con Kenneth? Podría jurar que era tu alma gemela..."

"No pasó nada, Autumn", insistió Brooke. "Tuvimos un par de citas. Eso es todo."

"¿Entonces por qué tu dolor me llega hasta Texas?"

"Nunca he sido capaz de explicar lo siniestra que eres", bromeó Brooke. Su mal humor convirtió su comentario juguetón en sarcástico, e instantáneamente se arrepintió.

"No te estoy pidiendo que expliques lo que puedo hacer". Autumn respondió: "Te pido que dejes de dejarme fuera. Eres mi hermana y te quiero, así que, ya que estás dolida y ansiosa, y me está molestando, quiero saber qué está pasando".

Brooke abrió la boca, otra respuesta sarcástica se quedó en su lengua, pero luego se detuvo. *No es culpa de Autumn. Sólo está tratando de ayudarme.* "No estoy segura. Escuché que nuestro edificio de departamentos se va a vender. No me gusta la idea de tener que encontrar un nuevo lugar. Tendría que recurrir a mis ahorros para el alquiler del primer y último mes, el depósito de seguridad y todo eso. Son unos cinco meses de ahorros que se esfuman y me hacen retroceder en la compra de una casa".

"Hmmmm. Eso es un dolor, pero no pareces *tan* molesta por ello. Más bien irritada. Eso no es lo que siento, aunque lamento oír que estás preocupada."

"Y mi compañera de cuarto podría mudarse. Creo... Bueno, no quiero chismorrear sobre ella, pero sospecho que no vendrá conmigo, así que además de encontrar un nuevo lugar, tengo que encontrar una nueva compañera de cuarto".

"Todo eso suena bastante lejano", señaló Autumn. "A meses de distancia. Quizás para entonces, estarás lista para mudarte con Kenneth."

"No", dijo Brooke bruscamente. "Nunca sucederá".

"Guau". Casi podía ver a su hermana retirándose sorprendida. "Eso es un poco extremo. ¿Por qué no? Dijiste que no había nada malo y has tenido dos citas. ¿Por qué mudarse nunca sería una opción?"

"Porque se va", explicó Brooke, incapaz de mantener la amargura de su voz. "Se gradúa en diciembre ⌐sólo faltan dos meses, recuerda– y en enero se va a Europa por cuatro meses, y luego..." Su voz se fue desvaneciendo.

"¿Y luego?" Autumn presionó.

"Y luego se va a los confines de la tierra", Brooke estalló. "Se va a buscar su lugar en algún lugar del mundo, mientras yo me quedo aquí. Si no lo vuelvo a ver, ¿por qué iba a apostar en esto ahora?"

Autumn suspiró, un suspiro que parecía abarcar todo el mundo de la frustración y decepción. "Lo estás pensando demasiado."

"No, no lo estoy", protestó Brooke. "Estoy siendo *sensata*. Estoy protegiendo mi corazón y el suyo para que no se rompan. Como no hay futuro, y como nos gustamos tanto, no hay beneficio en empezar algo que simplemente no puede continuar."

"Brooke", dijo Autumn suavemente, "no es así como funciona. No sabes si no hay futuro. No puedes saber cómo resultará. Escucha a tu corazón. Si algo está destinado a ser, el universo se encargará de los detalles. Nada verdaderamente predestinado se desmoronará".

"¿Cómo?" Brooke exigió. "¿Cómo hará el *universo* para darle forma a esta relación predestinada entre personas que se mueven en direcciones opuestas?"

"No *sabes* si te vas a mover en direcciones opuestas", señaló Autumn. "¿Cómo sabes que no está planeando quedarse en tu área?"

"No dijo eso. Va a buscar trabajo en todas partes. Y es bueno,

Autumn. Increíble. La gente de todas partes lo querrá. No puedo limitar su futuro de esa manera."

"Un futuro es más que un trabajo, Brooke. Un trabajo es sólo la forma de financiar tu vida. Sí, el trabajo es bueno, y nos gusta nuestro trabajo, aun mejor. Lo mejor de todo es una vocación. Pero todas esas cosas siguen siendo sólo una parte de la realidad. Tal vez Kenneth lo entienda, incluso si luchas contra ello."

Brooke abrió la boca y luego la volvió a cerrar. La voz de la razón se rebeló contra tal visión del mundo. Una vez más, intentó hablar, pero las palabras se negaron a salir. Al final, admitió: "Me gusta mucho, mucho. Por eso tengo que dejarlo ir. No puedo permitir que nos acerquemos más, cuando no hay un futuro probable".

Autumn suspiró fuerte, haciendo que el teléfono crujiera. "Tal vez tengas razón".

Brooke parpadeó. "En todos estos años, nunca has estado de acuerdo conmigo. ¿Por qué ahora?"

"Porque estás decidida en esta idea. Si Kenneth es un gran tipo, no merece que una mujer que no sabe adaptarse o comprometerse lo moleste. Déjalo ir para que pueda encontrar a alguien que lo quiera."

Las palabras se clavaron profundamente en el corazón de Brooke. "¡Autumn!"

"¿Qué?", exigió su hermana. "O estás dispuesta a adaptarte o no, y todo lo que acabas de decirme dice que no lo estás. Si eso es realmente lo que sientes, entonces hiciste lo correcto. Hazlo. Deja de sentir lástima por ti misma, porque esta es tu elección al cien por cien".

"Autumn..."

Pero Autumn había colgado el teléfono, dejando a Brooke sola con las conclusiones demasiado lógicas de su hermana. Sonaron en su cabeza como un gong que retumba, haciendo que sus oídos zumbaran. *Ella tiene razón. Odio pensarlo, pero tiene razón.*

Las lágrimas brotaron en los ojos de Brooke. Cuando sonó el timbre, se las limpió con el dorso de la mano y, puso firme su mandíbula. *Es hora de aprender música nueva y muy difícil. No hay tiempo para todas estas tonterías de amor.*

A Brooke nada le hubiera gustado más que el lunes por la noche tardara un año en llegar, o tal vez una década, pero saltarse el grupo de audiciones de alta intensidad en el que tenía el privilegio de participar, no le sentó bien. *El concierto de Navidad está a la vuelta de la esquina. Sólo quedan seis ensayos. No puedo faltar a ninguno. Me centraré en mi música e ignoraré... la sección de bajo. Seguramente, soy lo suficientemente profesional para manejar eso, ¿verdad?*

No fue así.

En el momento en que entró en el salón, la convincente presencia de Kenneth se extendió, potente como sus manos, para tocar y acariciar su alma. Le dolió. *¿Y por qué no? El potencial es convincente, incluso si el momento no es el adecuado. No nos sentimos atraídos el uno por el otro por nuestra incompatibilidad mutua. Es un músico de alto nivel y talento que también resultó ser amigable, amable, atractivo y un maldito buen besador.*

El recuerdo de sus labios persistiendo en los de ella hizo que un cosquilleo recorriera toda su espalda. *Te invitó a ir a casa con él, y tú quisiste ir. Eso fue lo que te hizo alejarte. No él. No la situación. No puedes controlarte cuando estás con él.*

La verdad de la percepción le golpeó como un balde de agua fría. Ella realmente jadeó mientras se le ponía la piel de gallina en los brazos. *Tuve que terminar porque quería esto demasiado. Porque ya estaba a punto de enamorarme locamente de un casi total extraño. Conocí a Jordan un año antes de que empezáramos a salir, salimos un año antes de que nos mudáramos juntos. Ahora, estoy aquí con Kenneth para un puñado de ensayos del coro y un par de citas y nunca quiero dejar de estar a su lado.*

El bajo estruendoso de su voz llegó a sus tímpanos, y ella miró hacia arriba, incapaz de resistirse. Se quedó charlando con el hombre que estaba a su lado mientras repasaban su música, colocando las partituras individuales en un orden diferente.

Ensayo, Brooke. Despierta. Revisando el pizarrón, se dio cuenta de que el orden del concierto había sido escrito con tiza amarilla. Forzando su mente a la tarea, comenzó a colocar su música en el orden correcto, pero mientras tanto, sus oídos se esforzaban por escuchar incluso un indicio de conversación de Kenneth. Escuchó mucho, y cada vez que lo hacía, temblaba. *Su voz es tan hermosa.*

El Dr. Davis salió de su oficina, con un bloc de notas en la mano. "Buenas noches a todos", dijo en voz baja.

El murmullo de las conversaciones y el crujido de las páginas cesaron instantáneamente mientras todos se esforzaban por escuchar las instrucciones del director.

"Van a empezar a crear el programa pronto, y necesitan el nombre de todos y la parte que cantan. Conozco a un par de personas que se retiraron o se mudaron después de la temporada pasada, y creo que alguien se casó, así que si, por favor, encuentran su parte, escriban su nombre con su letra *más legible.*" Echó una mirada acusadora a un médico local que cantaba en la sección de barítonos. "Entonces, pásalo. Con suerte, podremos pasar esto rápidamente durante los anuncios y estar listos para empezar el ensayo en breve."

Le entregó el cuaderno a la mujer de la última fila de la sección de sopranos y se movió al frente de la sala, ocupando su lugar en una pequeña escalera detrás de un atril negro. "Como pueden ver, la junta directiva de la sinfónica ha decidido el orden del concierto, y yo lo he escrito para ustedes. Cantaremos en la segunda mitad del concierto, después del intermedio. La primera mitad será sólo instrumental, como de costumbre. Reservaremos nuestra sección del balcón para que todos puedan disfrutarlo."

La atención de Brooke se desvió. Ella había escuchado el discurso cuatro veces antes y sabía lo que seguía. El cuaderno se le apareció, sacó su lápiz de su carpeta y escribió su nombre bajo la palabra subrayada Mezzo Soprano en un garabato descuidado pero legible. Sin prestar mucha atención, lo pasó a la derecha.

La obsesión la llevó a mirar hacia arriba, no a la cara seria y arrugada del Dr. Davis, sino a la sección de bajo... *a Kenneth. A sus cálidos ojos marrones. A su irresistible sonrisa. ¿Cómo diablos voy a seguir en el ensayo desde ahora hasta el concierto de Navidad, mirando a este hombre y no hacer nada?*

Su razón no respondió. Parecía haber huido ante la fuerza de su presencia.

Caramba, gracias. Déjame miserable y sola, y luego déjame sin respaldo. Esto no va a terminar bien. Debería dejarlo.

El pensamiento produjo una sensación de infelicidad, pero no profundizó en sus causas. Afortunadamente, el Dr. Davis recuperó el bloc de notas del extremo de la sección de bajos. *Bien. Empezaremos a cantar pronto.*

Su movimiento atrajo su atención a través del coro, y por supuesto, su mirada fue directamente a la única persona en la habitación que no quería mirar, la única persona a la que no podía resistirse.

Él la estaba mirando.

La intensa mirada de Kenneth, de ojos marrones, capturó a Brooke en vínculos irrompibles. La ira, la tristeza y la confusión cambiaron su expresión a una que ella nunca había visto antes. Una que la acusaba de mucho más que de cortar una potencialidad agradable.

Brooke tragó con fuerza, no con su habitual miedo a los sentimientos intensos, sino con algo más. Algo *más*. La convincente presencia de Kenneth parecía llegar al otro lado del salón, saltando sobre cada persona hasta que la envolvía. Entonces, el piano tocó un acorde, rompiendo su concentración y dejándola luchando con su música, para que no se perdiera su entrada.

A pesar de sus esfuerzos, concentrarse siguió siendo una lucha durante todo el ensayo. Cada vez que levantaba la vista de su partitura, para seguir el ritmo de la dirección del Dr. Davis, Kenneth la miraba. Cada vez que los bajos cantaban, su voz la acariciaba.

Cuando estaban cerrando la cadencia final y empezando a empacar sus cosas, ella tuvo ganas de llorar. Cada molécula de su cuerpo pedía por Kenneth, como si la hubiesen matado de hambre toda su vida por algún nutriente vital, y ahora, después de sólo un pequeño sabor, se había perdido para siempre.

Un dolor potente, demasiado fuerte para la brevedad de su unión, la desgarró. La razón, la lógica y el sentido común ofrecieron una débil protesta, pero sus voces chillonas, que sonaban demasiado parecidas al miedo, no hicieron nada para consolarla. *Dejé ir lo mejor que me ha pasado alguna vez.*

Finalmente, Brooke caminó a través de la multitud hasta su casillero y dejó su carpeta. En las últimas dos semanas, la temperatura había bajado notablemente, sobre todo por la noche, por lo que los abrigos más pesados se habían convertido en una necesidad. Tuvo que deslizarse entre otra multitud de gente, alrededor del perchero.

La gente se rozó con ella. Voces fuertes gritaban para ser escuchadas por encima de las demás. La golpearon mucho, mientras luchaban con su dolorosa expresión. Detrás de ella, podía oír la exquisita voz de Kenneth, con el mismo tono que el piano mientras practicaba su solo para la actuación.

Era un golpe más.

Ignorando modales, Brooke se hizo camino a través del grupo, tomó su abrigo, y huyó sin siquiera ponérselo. Afuera, la fría noche refrescó su ardiente rostro, pero nada podía detener la dolorosa agonía de su corazón. *La vida es injusta. Toda esta situación es injusta. ¿Por qué conocí a alguien tan maravilloso, alguien que me desea tanto como yo a él, en el momento equivocado?*

Brooke se atrapó el labio entre los dientes. *Creo que Autumn podría tener razón. El destino existe, y tiene un desagradable sentido del humor. He sido el blanco de más de un chiste cósmico en mi vida, pero esto realmente se lleva el premio.*

A la vuelta de la esquina, lejos del estacionamiento y de la multitud de cantantes que parloteaban como urracas al salir de la sala del coro, se hundió en un banco abandonado. Apoyando su cara en sus manos, tembló. *Es demasiado*, se dijo a sí misma con fiereza.

Demasiada emoción para alguien que apenas conoces. Demasiada reacción.

Parecía que a su corazón no le importaba.

La oscuridad ya había caído hacía tiempo, y la noche amarga le rozaba la piel, pero no le importaba. Era igual a como se sentía por dentro. *Fría, oscura y amarga. Ya estoy bien encaminada hacia la desdicha, todo por intentar ser sensata y justa, y no limitar las opciones de una persona que me importa.*

"Seguro que asumiste muchas cosas que no eran tuyas para decidir, ¿no?", comentó una voz en su cabeza que sonaba notablemente como la de Autumn. "Decidiste por Kenneth que no podría limitar su búsqueda de trabajo. Puede que tuvieras buenas intenciones, pero lo trataste como si supieras mejor que él, lo que era mejor para su vida. No tienes ni idea de si esta relación habría valido ese tipo de sacrificio al final, porque nunca dejaste que se desarrollara. De hecho, nunca averiguaste si hubiera sido un sacrificio para él en absoluto. Hay docenas de universidades e igual número de colegios comunitarios, si no más, por no hablar de escuelas secundarias y clases privadas de música, en un trayecto razonable. Ya es un miembro fundamental de la sociedad de la ópera. ¿Realmente suena como un sacrificio?"

Brooke abrió los ojos, y el frío congeló las lágrimas que brillaban en sus pestañas. "Es demasiado tarde", se dijo a sí misma, su resolución firme pero su voz vacilante. "Le dijiste que habías terminado, y él estuvo de acuerdo. Vete a casa. Mira tu cuenta bancaria. Recuerda tus metas de vida. Tus oportunidades con Kenneth se han acabado, y ningún arrepentimiento deshará lo que hiciste, así que vive con ello".

Temblando, se puso de pie y finalmente se envolvió su abrigo alrededor de su torso congelado. Los ruidos del estacionamiento se habían desvanecido con el rugido de los neumáticos de las carreteras cercanas. Esto le venía muy bien a Brooke, ya que no tratar con la gente y el tráfico parecía el mejor plan de acción. Exhausta, se dirigió con dificultad hacia su coche, sacando las llaves de su bolsillo mientras avanzaba. "Vete a casa", se dijo a sí misma. "Bebe un poco de leche caliente con especias y duerme un poco. Mañana es un gran día... como todos los días."

Una alarma de un coche sonó, indicando que alguien se había quedado en el estacionamiento, y Brooke giró para mirar, por simple curiosidad.

Era Kenneth.

Dio media vuelta, mientras abría la puerta del conductor de su camioneta, y el movimiento los puso cara a cara con Brooke. Sus ojos se cerraron, y ambos se quedaron congelados.

El corazón de Brooke dejó de latir por un segundo, mientras la potente aura de Kenneth parecía, como siempre, alcanzarla y acariciarla. Esta vez, sin embargo, su decisión se hizo añicos. Ella dio un paso vacilante en su dirección. Luego otro. Luego, el tiempo pareció girar o deformarse.

Un segundo, ella se paró a una docena de pasos, y al siguiente, su cuerpo se estrelló contra el de él. Le rodeó el cuello con los brazos y se levantó de puntillas, captando sus labios con los de ella. Desesperada, se aferró a él, tratando de expresar sus volátiles y contradictorias emociones en un beso que superó la mera expresión verbal.

Kenneth permaneció congelado contra la embestida durante un largo momento, y luego, contra su voluntad, comenzó a responder. Sus labios gruesos se fundieron con los de ella. Se separaron. Permitió que su lengua se deslizara y lo tentara.

Un gruñido gutural comenzó en su pecho. Un momento después, Kenneth invirtió el beso, metiendo su lengua en la boca de Brooke y reclamándola. Ella se derritió en sus brazos, y esta vez, aunque su corazón latía de miedo, se entregó completamente a lo inevitable.

Es inevitable, se dio cuenta. *Pase lo que pase, no puedo enfrentar un futuro sin al menos haberlo intentado.*

Kenneth le agarró el trasero con sus dos grandes manos, acercándola hasta que la tuvo totalmente pegada a su cuerpo. Una creciente sensación de plenitud en la parte delantera de sus jeans, le indicó que tal vez, sólo tal vez ella no había arruinado su oportunidad después de todo.

"Oh, Kenneth", ella respiró contra sus labios.

Él levantó su cabeza. Mientras ella miraba, la pasión salvaje de sus ojos se desvaneció en confusión. "Brooke, ¿qué estás haciendo?" preguntó él.

"No lo sé", dijo ella honestamente. "No sé cómo haremos que esto funcione, o qué nos depara el futuro, pero me di cuenta de una cosa. Si no estás en él..." ella sacudió la cabeza. "Ya no quiero saber cómo es eso. Por favor, dime que no es demasiado tarde. ¿Tienes en tu corazón la idea de darme otra oportunidad?"

Tensión que no había notado se derritió en sus hombros. "¿Lo dices en serio?"

Ella asintió.

"Ven a casa conmigo", dijo, observando de cerca su reacción.

Es una prueba, se dio cuenta. *Quiere un compromiso. Quiere que me arriesgue por él. Después de lo que nos hice pasar a los dos, no es una sorpresa.* Su corazón ya palpitante aumentó en ritmo, pero la sensación de calor y humedad en su ropa interior, le indicó lo que necesitaba saber. "Sí".

Sus ojos se abrieron de par en par. Ella se escabulló de su sujeción y se metió dentro de la camioneta, dejándose llevar al asiento del pasajero. Kenneth atravesó la puerta abierta y se cayó con fuerza sobre la suya. "¿Sí? ¿Estás segura?"

"Conduce", ordenó.

Los labios de Kenneth se retorcieron irónicamente hacia un lado. Luego obedeció, colocando la llave en el encendido, poniendo el vehículo en reversa y saliendo del estacionamiento. Se sentaron en silencio mientras él conducía por las calles.

La tensión de Brooke subió más y más mientras se hundía lentamente en lo que estaba haciendo, en lo que había acordado. *Voy al departamento de Kenneth para tener sexo. Estuve de acuerdo con ello, y voy a hacer esto con él. Ese beso me dijo todo lo que necesitaba saber. Aunque ha pasado mucho tiempo desde que me acostara con alguien, y mucho menos con alguien nuevo. Santo cielo.*

Su corazón latió tan fuerte que le dolió el pecho. La cabeza también. La tensión le presionó los ojos y le apretó la mandíbula.

En unos pocos minutos, llegaron a un edificio bastante feo, con fachada de cristal. En la oscuridad, los balcones parecían trozos de papel que se agitaban con la brisa. Las flores muertas en las jardineras de las ventanas y la ropa colgada en algunos de los balcones sólo se sumaban al efecto de una enorme pila de basura que se elevaba por encima de los árboles.

La forma en que vivimos. Sacudió la cabeza mientras Kenneth bajaba por una rampa hacia un estacionamiento subterráneo. *El dinero no llega tan lejos en el norte. En Texas, podría comprar fácilmente una casa con lo que ya he ahorrado, y la diferencia entre el costo de la vida y el salario es mucho mejor, pero es muy difícil conseguir un trabajo.*

"Cállate", le susurró a su cerebro parlanchín.

"¿Está todo bien?" Kenneth preguntó. "Si estás preocupada, o no estás lista, está bien".

"No, estoy lista para esto", argumentó. "Lo quiero. Necesito hacer *algo* para decirle a mi mente hiperactiva que se calle y me deje *vivir* por una vez".

"Biiiiieeeeenn", respondió, diciendo esta palabra para mostrar su confusión. "¿Hay algo que necesite saber, Brooke?"

"Muchas cosas", respondió oblicuamente. "Estoy un poco desordenada, para ser honesta, pero si estás dispuesto, hagamos de esta relación algo con lo que no tenga que discutir."

Movió el coche hacia el estacionamiento y giró para mirarla, con una ceja levantada.

"No lo hago de manera casual", explicó Brooke. "Va en contra de mi código personal. Si nos acostamos, debe ser una relación, y vale la pena luchar por las relaciones, así que..."

"¿Siempre piensas demasiado en todo?" Preguntó Kenneth, empujando sus labios hacia ella.

"Oh, sí", respondió ella con entusiasmo. "Siempre".

"Es bueno saberlo. Eeeentonceees, ¿quieres subir?"

"Sí", estuvo de acuerdo. "En cualquier caso, no quiero pasar otra semana como las dos últimas durante mucho, mucho tiempo."

"Ahora que estoy totalmente de acuerdo. ¿Vamos?"

Brooke se desabrochó el cinturón de seguridad y salió del coche. Kenneth salió del otro lado y le hizo un gesto. Ella extendió la mano mientras avanzaba, poniendo su mano en la de él. Él se adelantó, sus largas piernas recorrieron rápido la distancia. Brooke tuvo que trotar para seguirle el ritmo.

Para evitar el pánico por su comportamiento impulsivo, mantuvo su mente completamente en blanco. En lugar de sus habituales y ocupados pensamientos, se concentró en la tentadora forma en que la presencia de Kenneth la tocaba. Se sentía más íntima al pensar en rozar su piel, y no tenía ninguna defensa contra ello.

No planeo defenderme de ello, se recordó a sí misma. *Voy a revolcarme en ella hasta que mi resistencia se derrita. Me pregunto si es un buen amante. Debería serlo.*

Cruzaron el frío interior del estacionamiento hasta el ascensor y subieron al vestíbulo. Allí, otros residentes gritaron saludos, pero Kenneth no respondió a ninguno de ellos. En su lugar, apresuró a Brooke a través de un espacio con suelo de linóleo hasta un segundo ascensor y presionó el botón varias veces en rápida sucesión. Mientras esperaba que llegara el ascensor, arrastró a Brooke de nuevo a sus brazos.

Sólo un único y profundo beso después, el timbre sonó y la puerta frente a ellos se abrió. Cuando lo hizo, la guió dentro y presionó el botón etiquetado como "siete".

La puerta se cerró, y Brooke pasó los dedos de su mano libre por el brazo de Kenneth. Ella puso su mano alrededor de la parte posterior de su cuello y lo empujó hacia abajo, frunciendo ligeramente sus labios.

Él aceptó que la instara con una sonrisa brillante, dejándola reclamar su boca con un beso de pasión. Sus lenguas se enredaron.

La piel de Brooke levantó temperatura en el abrazo de Kenneth. Sus pechos se estremecieron, y el cosquilleo se extendió por su vientre. Sensaciones largamente olvidadas despertaron sus partes íntimas, humedeciéndola mientras su cuerpo se preparaba para el sexo. Un escalofrío recorrió su espalda.

Antes de que pudieran hacer demasiadas travesuras, el ascensor detuvo su lenta subida, y la puerta se abrió en un piso que parecía una caja de cartón limpia y recién actualizada, pero lejos de inspirar. Azulejo color canela. Pintura color canela y puertas color canela. Aburrido.

"No es mucho", dijo Kenneth, que de repente pareció preocupado cuando se alejó de Brooke y la llevó fuera del ascensor al pasillo.

"Comparto un departamento con una compañera de cuarto. Está en el ático de una vieja mansión, énfasis en lo *antiguo*. Además, todavía estás en la escuela de posgrado y la vivienda en esta ciudad es cara. No me preocupa." Lo dijo todo rápidamente, apresurándose a borrar la idea de que le pudiera importar algo tan tonto.

Él se detuvo y se volvió para mirarla. "Gracias, Brooke".

"¿Cuál es el tuyo?" preguntó, indicando el pasillo.

"Al final", respondió él.

"Muéstrame".

Volvió a sonreír, tomando su mano y guiándola. "Debo admitir que estoy aturdido por el repentino giro de 180 grados."

"Yo también", admitió. "Normalmente evito hacer cosas impulsivas".

"¿Y entonces?" Buscó en su bolsillo y sacó una llave, insertándola en la cerradura de la puerta, en el lado derecho del pasillo.

"No lo sé", respondió. "He estado luchando conmigo misma durante dos semanas. Era todo lo que podía hacer para creer que estaba haciendo lo correcto. Y entonces te vi. Escuché tu voz. Estaba perdida. No importa lo que cueste, no puedo negar esta conexión".

"Siempre hay una manera de hacer que funcione, Brooke", señaló.

"Tendrás que mostrármela", respondió ella. "No sé cómo hacer esto".

"Lo haré", prometió, "siempre y cuando no vuelvas a pensar en dejar esto en el olvido".

Ella asintió.

Abrió la puerta y la llevó a un departamento en tono marrón, cuyos azulejos y pintura coincidían con el pasillo.

El espacio consistía en dos sofás de dos cuerpos en ángulo recto para formar un área de asientos frente a un televisor de pared. Más atrás, una cama se colocaba en el centro de la habitación. Enfrente de las zonas de descanso y de asiento, una pequeña mesa y tres sillas creaban un espacio para comer. La cocina dominaba la pared trasera.

Todo era nuevo y fresco, pero profundamente soso y aburrido. Todo, excepto una hermosa pintura enmarcada, de un club de jazz que colgaba junto a la mesa del comedor. Realizada en tonos de azul y negro, mostraba a un hombre de piel oscura al piano mientras que una mujer más pálida con pelo castaño, se apoyaba en la curva del instrumento, con un micrófono en su mano. Con la cabeza inclinada hacia atrás, parecía estar cantando una larga y fuerte nota.

"Me encanta eso", dijo Brooke en voz baja.

"Son mis abuelos", respondió. "Cuando me mudé al norte, mi madre insistió en que lo trajera. Dijo que me mantendría con los pies sobre la tierra".

"Es hermoso", respiró.

Los nervios de Brooke aumentaron de nuevo. Habían pasado demasiados minutos desde que se había embriagado con las caricias de Kenneth. El pensamiento racional – incluyendo el hecho de que había aceptado y estaba a punto de tener sexo con un hombre que conocía desde hacía menos de un mes – le provocaba mariposas en el estómago.

La puerta se cerró con fuerza, y la cerradura hizo clic.

Kenneth debió haberla visto saltar, porque preguntó: "Brooke, ¿estás bien?"

No sabía cómo responder a la pregunta, así que permaneció en silencio.

"Sabes que no tenemos que hacer esto ahora, ¿verdad?" reiteró. "No te ignoraré para siempre si esperamos a hacer el amor hasta que tengamos unas cuantas citas más. Sólo era una petición, no un ultimátum".

"Lo sé", respondió. "Si pensara que me estás presionando, no estaría aquí. Mi intuición, que tengo a pesar de ser muy mala al escucharla, cree que eres digno. Quiero decir, quiero hacerlo. Por eso estoy aquí. Me siento muy atraída por ti. Me da mucho miedo. Incluso cuando planifico las cosas y me tomo mi tiempo, comprometerme con una acción en particular siempre me hace dudar de mí misma."

"¿Qué necesitas entonces, para sentirte cómoda?" preguntó. "¿Cómo puedo ayudar a relajarte?"

"¿Bésame otra vez?", suplicó.

La cara expresiva de Kenneth se iluminó. "Eso es fácil". Él la acercó.

Ella se dejó caer en sus brazos.

En el momento en que sus labios tocaron los de ella en un beso de dolorosa ternura, los nervios de Brooke se desvanecieron. La corrección que sobrepasaba el sentido, e incluso el pensamiento, brotó dentro de ella. Se relajó en el abrazo.

No puedo superar lo poderoso que se siente esto. Ella separó sus labios, profundizando el beso, pero esa sensación de calidez y cuidado nunca se desvaneció, incluso cuando la pasión creció. Su cuerpo hormigueaba y se calentaba. Su corazón se sentía seguro. Nutrido. *Amado... pero es demasiado pronto para el amor.*

"Deja de pensarlo demasiado", se ordenó a sí misma en silencio. "Deja que el momento te lleve". Ella soltó los labios de Kenneth y se sacó su suéter, junto con la camiseta de manga larga debajo de él, sobre su cabeza.

Kenneth la miró tiernamente, tomando sus pechos regordetes, acunados en un sostén de encaje, la suave convexidad de su vientre, sus brazos redondeados, y la hinchazón de sus caderas donde sus jeans los abrazaban. Sonrió, quitándose su propio suéter y polera, revelando una piel suave salpicada de pelos escasos y gruesos. Ninguna tabla de lavar en sus músculos, estropeaba la suave línea de su pecho o vientre, pero sus bíceps poseían un abultamiento varonil.

Sólo dos personas normales con cuerpos naturales, se dio cuenta, finalmente desechando la idea de que Kenneth era una especie de versión de música clásica de una estrella de rock. *Él es todo materia. El paquete es... lindo, pero no es realmente el punto.*

Se inclinó hacia adelante, abrazándolo esta vez. Él la tomó, abriendo los ganchos de la parte trasera de su sostén. La prenda se deslizó al suelo. Ella esperaba que él, le acariciara sus pechos, sabiendo que muchos hombres encontrarían su generoso tamaño, atractivo, pero no lo hizo. Dejó que se adaptara a estar en topless con él, alineando completamente sus cuerpos y calmándola con un roce de las puntas de sus dedos por su espalda.

Sus pezones se endurecieron al entrar en contacto con la suave piel de su pecho. Unos pocos pelos hicieron cosquillas en los sensibles picos.

"Hmmmm", tarareó, el sonido era más de relajación que de excitación, aunque el calor entre sus muslos le hizo saber que su motor seguía funcionando. *Pronto,* pensó. *Cuando esté lista. Cuando él lo esté. No hay prisa. Sólo estamos nosotros, y encajamos juntos. Nos sentimos bien juntos. Nos pertenecemos.*

Como uno solo, se extendieron para otro beso. Los labios se separaron. Lenguas enredadas, pero siempre esa sensación de corrección tranquila, se superponía a la interacción. *No hay ninguna decisión que tomar.* El miedo había huido en el momento en que ella se había entregado a los brazos de Kenneth.

Aquí, ella pudo liberar el impulso abrumador de su mente preocupada, de hacer todo pedazos. Aquí, ella podría ser, sentir, vivir. Su corazón palpitaba, fluyendo la sangre a sus lugares íntimos. Su respiración se hizo más profunda y lenta, atrayendo su esencia hacia ella.

De nuevo, rompió el beso, retrocediendo para poder alcanzar la hebilla de su cinturón, que se clavaba en su piel. Ella manipuló el cuero a través del metal que lo sujetaba. El botón de sus jeans se rindió fácilmente a sus dedos deseosos.

Los pantalones de Kenneth se cayeron al suelo, y se liberó.

Brooke lo llevó hacia la cama.

Él aceptó sin dudarlo. Tirando la colcha a un lado, se estiró sobre la sábana en ropa interior, con el brazo bajo la cabeza. Luego, esperó, mirando lo que ella iba a hacer.

Brooke soltó el botón de sus propios jeans y los deslizó sobre su trasero redondo y por sus muslos. Sus zapatos se interpusieron, y ella usó su dedo del pie para sacar uno del talón opuesto. *Qué elegante*, pensó, poniendo los ojos en blanco. *Espero que pueda apreciar el entusiasmo. No estoy muy sensual esta noche.*

Por fin, se quitó los pantalones y los zapatos y se acercó a la cama en ropa interior. Mordiéndose sus labios, disfrutó como se veía el largo y oscuro estiramiento de la piel de Kenneth. Se veía relajado, pero listo; su expresión era tan ansiosa como la gruesa hinchazón que cubría sus calzoncillos azul oscuro.

"¿Lista?" preguntó.

Las palabras fallaron, pero Brooke se adelantó con un asentimiento.

Kenneth extendió una mano. Cuando Brooke apoyó la palma de su mano en la suya, la atrajo hacia delante, persuadiéndola suavemente para que se subiera a la cama para que ella pudiera sentarse sobre él.

Cuando la plenitud de su ingle entró en contacto con sus bragas, su núcleo se apretó con fuerza. *Dios bendiga a América, ha pasado tanto tiempo.* Agarrando las dos manos de Kenneth, ella las llevó hacia adelante y se las puso en sus pechos, deseosa de ser acariciada.

Él se rió, mientras ahuecaba los montículos regordetes y se burlaba de sus pezones con un pellizco juguetón, que la dejó jadeando. Luego le agarró las caderas y la hizo rodar hacia un lado. Acostada de espaldas a su lado, se inclinó sobre ella.

Kenneth reclamó los labios de Brooke en un beso tiernamente apasionado que, la hizo sentir como si un capullo de perfecta confianza y seguridad la hubiera envuelto. *Nada puede hacerme daño aquí, en los brazos de Kenneth. Nuestro hacer el amor está protegido y seguro. Somos libres de tocarnos, sin temor a que el mundo exterior se entrometa.*

El pensamiento consciente huyó, cuando él soltó su boca y besó el costado de su garganta y la parte superior de su pecho, mientras sus manos se liberaban con sus pechos. El cosquilleo se extendió a las entrañas de Brooke, a sus miembros, a las puntas de sus dedos. Los dedos de sus pies se apretaron y su vientre saltó, mientras él besaba el camino hacia su pecho e incitaba su pezón con una larga y cálida lamida.

Brooke tomó la parte posterior de la cabeza de Kenneth, sus dedos se hundieron en el grueso y áspero cabello. Sus caderas se doblaron un poco. Deslizó la mano hasta sus hombros, donde lo acarició. Su piel se sentía increíblemente suave.

Se acercó a su otro pecho, mordisqueando y enviando descargas de placer directamente a sus partes íntimas.

"Kenneth", gimió ella.

"¿Lista para más?" Cuando ella se quejó, él se puso de rodillas y deslizó sus dedos a los lados de sus bragas, bajándolas por sus muslos y sobre sus pies, tirándolas a un lado. "Abre, cariño. Veamos lo que tienes".

No sintiendo ninguna incomodidad – como podría cuando era Kenneth listo para apoderarse de ella – extendió sus muslos ampliamente. Mientras él suavemente ahuecaba su montículo, Brooke se arqueó ante su caricia.

"Tranquila", dijo con una sonrisa.

Brooke no tenía la habilidad de tomarlo con calma. Le dolía el cuerpo al ser tocada. Años de privación del tacto la habían dejado débil y necesitada. "Por favor", gimió.

"Bien", aceptó fácilmente, deslizando sus dedos a lo largo de su montículo, antes de aplicar la suficiente presión para separar los labios y descubrir los pliegues de su interior. "Maldición, estás mojada, chica", le informó.

Más humedad surgió ante sus palabras.

Kenneth acarició cada pliegue, extendiendo la lubricación de manera uniforme. "Esto va a ser bueno".

"Oh, sí", aceptó con un gemido. "Tan bueno".

Se centró en su clítoris, que se había levantado lleno y orgulloso, y usó su pulgar para acariciar la carne tierna. Brooke gritó en voz alta, arqueando sus caderas. Él la trabajó suavemente, haciendo que su placer aumentara cada vez más. *No pasará mucho tiempo*, pensó, y por supuesto, su placer alcanzó su punto máximo en un orgasmo salvaje. Se mordió los labios en un grito de placer.

"Eso es todo", le animó. "Ven, nena".

"Kenneth, por favor. Te necesito", jadeó.

Obedientemente, extendió su largo brazo y abrió el cajón de su mesa de noche. Tirando de sus calzoncillos por los muslos, usó sus dientes para abrir el paquete de condones. Su orgasmo comenzó a disminuir cuando Kenneth enrolló el condón sobre su erección. Luego, se acomodó sobre ella.

Ella le envolvió las piernas alrededor de la cintura, instándolo a acercarse. Llevando sus dedos a su pecho, ella envolvió su mano alrededor de su erección y la llevó justo a la abertura de su cuerpo.

Él arqueó sus caderas, y su cuerpo cedió fácilmente a su penetración. El deslizamiento de su grueso sexo hacia ella provocó un pequeño gemido.

"Auh sí", gimió. Inclinándose para besarla, se lanzó profundamente, se echó hacia atrás y volvió a lanzarse. Kenneth tomó a Brooke en un ritmo rápido y duro, nacido de la atracción salvaje, y ella lo conoció empuje por empuje, tan incompleta como él. Palpitaron juntos, cada uno tan desesperado como el otro, para lograr la máxima excitación, la máxima cercanía.

Un segundo orgasmo se mantuvo en los límites de la conciencia de Brooke. Ella trató de retrasarlo, trató de concentrarse en el placer de Kenneth, pero su cuerpo tomó el control. Con una oleada de liberación, su sexo se comprimió a su bienvenido invasor. Kenneth gimió mientras su cavidad palpitaba sobre él. Gimió, y gimió, mientras su propio miembro quedaba encerrado en lo profundo de ella.

Se aferraron el uno al otro mientras el placer alcanzaba su punto máximo, se estabilizaba, y finalmente se desvanecía en un profundo y relajante sueño.

Brooke se despertó con la desconcertante sensación de que no sabía dónde estaba. Aún más extraño, aunque ligeramente irritante, la sensación no la hizo entrar en pánico de la forma en que normalmente lo hacía. Se sintió cálida, segura y cómoda... y también perdida.

Abriendo los ojos, miró fijamente una habitación oscura con un techo bajo de vigas blandas, apenas visible por la fina luz de la luna que brillaba en una ventana que no reconoció. *Mi departamento siempre es más oscuro por la noche, tanto porque el edificio de al lado bloquea la luz directa, como porque la ventana está al otro lado de mi cortina de privacidad.*

Un suave estruendo atrajo su atención hacia el cálido y suave bulto que se acurrucaba en su espalda. Al moverse, se dio vuelta. Kenneth exhaló y se movió en su dirección, llevándola hacia su pecho.

Oh, es cierto. Estoy con Kenneth. Un suave cosquilleo le recordó las actividades de la noche. Sonriendo, se acomodó y cerró los ojos. *Tal vez tenga mejor concentración para mi enseñanza, ahora que no sufro de pasión no correspondida.* Sus ojos se abrieron de golpe. *¿Enseñar? Oh, Dios.*

Escapándose del abrazo de Kenneth, buscó a tientas la lámpara y la encendió, buscando su ropa en el suelo.

"¿Brooke?" La voz sexy, más grave que nunca con el sueño, le persiguió por su espalda, con un agradable escalofrío.

"Me tengo que ir", soltó, tirando de su suéter por encima de su cabeza. Su ropa interior todavía la eludía, pero sus calcetines estaban apilados en el suelo. Plantó su trasero en el borde de la cama y metió su pie en uno.

Suspiró. "¿Otra vez?"

Brooke hizo una pausa. *Oh, mierda. Piensa que me estoy volviendo loca por nosotros.* "Quiero decir, necesito ir a casa. Voy a dar clases mañana..." miró el reloj. "...hoy más tarde. Es martes. No se permiten jeans. Mi coche está todavía en la universidad. Esto no funciona. No me arrepiento... de lo que hicimos. No me arrepiento de que estemos juntos, pero tengo que ir a casa ahora para prepararme para el trabajo."

Kenneth se inclinó hacia atrás contra las almohadas. "Oh".

"Um, estamos *juntos* ahora, ¿verdad?"

Una esquina de su boca se torció. "Estamos tan juntos como tú quieras que estemos. Yo no soy el que está luchando con las dudas sobre esto."

Brooke frunció los labios. "Perdón por ser cautelosa", dijo, con un toque de sarcasmo en su voz. "Estaba *tratando* de no lastimarte. Todavía no sé cómo puede funcionar todo esto, pero estoy dispuesta a que ocurra, aunque no tener un camino trazado me pone ansiosa. Te quiero más de lo que debería, sin saber cómo va a ser nuestro futuro. Eso es algo bueno, ¿verdad?"

Encontró sus bragas enredadas en las sábanas y las recuperó. Rápidamente, terminó de colocarse la ropa y se puso los zapatos. *¿Y ahora qué? Estoy aquí, mi coche está allí, y mi departamento no está cerca de ninguno de los dos.*

La cama se movió cuando Kenneth se levantó, se metió en sus calzoncillos y dio vueltas alrededor de ella. Él extendió ambas manos, y ella le permitió que tomara las suyas. La levantó para que se pusiera de pie contra su cuerpo, envolviéndola en un cálido abrazo. "Lo siento. No era necesario."

"Tal vez, pero tampoco es sorprendente", respondió, tratando de ser justa. "No manejé las cosas tan bien como podría haberlo hecho."

"Tenía miedo de que desaparecieras..."

¡Oh, no! No es eso. ¡Nunca más! "Ni siquiera se me pasó por la cabeza", se apresuró a asegurarle. "No quiero ir a trabajar mañana en jeans y ropa interior sucia."

"Lo entiendo".

"¿Puedes llevarme a mi coche, por favor?" Brooke solicitó. "La próxima vez que pasemos la noche, planeémosla. Traeré ropa limpia y mi cepillo de dientes. Eso funcionará mucho mejor. Pero no me arrepiento de nada. Fue encantador".

"Ahora estoy totalmente de acuerdo." La voz de Kenneth parecía sonreír.

Levantó la vista y vio una amplia sonrisa iluminando su hermoso rostro. Poniendo una mano en su mejilla, lo atrajo hacia abajo para darle un beso.

7

$\mathcal{U}$na hora después, justo cuando el reloj de su tablero mostraba las 3:24am, Brooke entró en su estacionamiento. Ella frunció el ceño otra vez ante el incorrecto estacionamiento de su vecino. Sacudiendo la cabeza, se apresuró a través del frío hacia su edificio de departamentos. Subiendo rápidamente las escaleras, aunque quizás no tan silenciosamente como debería, hizo un esfuerzo para abrir la puerta, esperando poder meterse en la cama sin molestar a su compañera de cuarto.

Dentro, la habitación estaba muy iluminada, y Jackie estaba sentaba en el sofá, mirando la puerta. Su largo cabello rojo colgaba alrededor de sus hombros, y se lo estaba enrollando en el dedo, mientras se mordía el labio. "¿Dónde has estado?", preguntó.

"Salí", respondió Brooke, confundida. "¿Por qué lo preguntas?"

"*Siempre* estás aquí", insistió Jackie. "Nunca sales hasta tarde, especialmente no *tan* tarde. Me preocupaba que te hubiera pasado algo".

"Perdí la noción del tiempo", dijo Brooke.

Jackie levantó una ceja. "No hay nada abierto lo suficientemente tarde para que pierdas la noción del tiempo, y no es como si fuera verano donde podrías ir a pasar el rato en el parque o algo así. Brooke, son más de las tres. ¿Dónde estabas?"

"La casa de Kenneth", murmuró.

La otra ceja de Jackie se unió a la primera, mientras hacían un rápido ascenso hacia su línea de cabello. "¿Qué fue eso?"

"Pasé la noche con Kenneth, ¿vale?", siseó. Jackie parecía confundida. Brooke suspiró. "El chico del coro que mencioné antes, ¿recuerdas? Estábamos, ya sabes, juntos. Nos quedamos dormidos".

"Oh, guau." Jackie rió. "Pensé que eras virgen".

Brooke frunció los labios. "Fui a la universidad, ya sabes. No me opongo al sexo. Sólo que no he tenido la oportunidad hasta... ahora".

"Vale, vale". Jackie levantó ambas manos y dejó de bromear.

"De todos modos, tenía que llegar a casa porque mañana trabajo".

"Lo entiendo. Así que fue un paseo de la vergüenza".

Brooke sacudió la cabeza. "No quiero pelear contigo, Jackie. Es la mitad de la noche, y estoy cansada, pero esa es una expresión tonta. ¿De qué debería avergonzarme? ¿*Tú* te sientes avergonzada después del sexo?"

"Por supuesto que no. Lo siento. Sé que estoy siendo insensible". Jackie se mordió el labio, y sus hombros se cayeron. "He tenido muchas cosas en la cabeza últimamente".

Brooke suspiró. "¿Has hecho algún progreso en eso? ¿Debería empezar a publicar para conseguir una nueva compañera de cuarto?"

"No estoy segura todavía", dijo Jackie.

"Entonces vamos a la cama", sugirió Brooke.

Jackie asintió con la cabeza y se acercó a la cortina.

Brooke se lavó rápidamente los dientes antes de retirarse, se quitó la ropa y se dejó caer un camisón sobre su cabeza. Aunque la cama parecía atractiva, el sueño la eludía. La paz que había sentido en los brazos de Kenneth se había derretido en su prisa por volver a casa, y su mente racional se negaba a dejar de cuestionarse la sabiduría del compromiso.

"Cállate", se dijo a sí misma severamente, pero no sirvió de nada. Para cuando sonó la alarma, apenas había conseguido hacer algo más que dormitar un par de horas. Se sentía como un zombi mientras se arrastraba fuera de la cama, se duchaba y bebía café.

El tiempo pareció saltar después de eso, y su siguiente destello de conciencia vino cuando el timbre de tardanza sonó para su primera clase. No recordaba haber conducido hasta el trabajo o la hora que había pasado en su oficina. Se dio cuenta, al acercarse al podio, que sus zapatos no coincidían. *Maravilloso.*

La somnolencia borrosa la sobrepasó de nuevo, y el ensayo, como su viaje matutino, pasó a piloto automático. *Definitivamente necesito planear con más cuidado cualquier actividad nocturna futura.* Un cosquilleo cansado afirmó la conveniencia de esta acción.

Para el almuerzo, Brooke había pasado la somnolencia y había caído en una especie de agotamiento enfermizo. Su vientre se agitaba y le dolía la cabeza. Cuando su teléfono, metido de nuevo en su bolso en el cajón del escritorio, empezó a sonar, consideró no contestar. Mientras reflexionaba, el timbre dejó de sonar. Sólo entonces se le ocurrió que podía ser Kenneth. Sacó el teléfono y activó la pantalla.

Dos alertas de texto aparecieron en la pantalla. Anoche fue genial. Luego un segundo mensaje justo debajo de él, preguntaba: "¿Puedo verte esta noche?

No estoy segura de cómo responder a eso, ella revisó el registro de llamadas. Autumn. *Por supuesto. Normalmente llama a la hora de la comida, y puede ponerse un poco irritable si cree que la estoy ignorando.*

Suspirando, Brooke devolvió la llamada.

Autumn respondió antes de que terminara el primer timbre. "Brooke, estoy tan contenta de que me hayas devuelto la llamada. Necesitaba hablar contigo. Por favor, no te enojes conmigo. Sé que tienes dudas sobre salir con Kenneth, pero creo que debes reconsiderarlo. Hay algo ahí. Puedo sentir lo destrozada que estás por ello. Mi intuición me está gritando y..."

"Autumn", dijo Brooke, tratando de cortar el chorro de locura. "Autumn, oye".

"¿Qué?" Su hermana dejó de parlotear y esperó.

"Me acosté con él anoche".

Silencio.

Entonces... "¿Lo hiciste? ¿Tú?"

Brooke puso los ojos en blanco. "Bueno, sí".

"Pero... pero..." Autumn se detuvo, claramente sin palabras.

"Sé que es un cambio rápido en mi actitud. Francamente, estoy un poco sorprendida de mí misma, pero cuando lo vi en el ensayo, supe que no podía aguantar más. Kenneth es demasiado especial para dejarlo pasar, así que dejé de luchar contra él".

"Oh". Autumn se detuvo de nuevo, lo suficiente para hacer el silencio incómodo. Entonces ella dijo: "¿Qué vas a hacer ahora? ¿Cómo vas a manejar la separación y su carrera?"

"No lo sé", respondió Brooke. "¿No me dijiste que no me preocupara por eso? Estoy tratando de no hacerlo".

"Bien. Tengo que decir, Brooke, que esto es inusual para ti. ¿Hiciste un registro de ello?"

"Por supuesto que no", respondió. "No hay un registro para algo como esto".

"El corazón quiere lo que quiere", respondió Autumn, citando a Emily Dickinson.

"Nunca he dado al mío tanta libertad de acción para tomar decisiones, y no estoy nada cómoda con ello, pero luchar contra ello era inútil. Me estaba desgastando y le estaba haciendo daño, así que todo eso era malo. Sólo puedo esperar que ceder no termine en algún tipo de problema peor en el futuro."

"Esa es la Brooke que conozco", dijo Autumn, divirtiéndose con su voz. "Trata de tener fe, hermana. El universo no te dará un amor perfecto sin proporcionarte también los medios para mantenerlo, y antes de que discutas, sólo porque el amor esté en sus comienzos, no significa que no sea real."

¿Amor perfecto? Mi hermana ha perdido la cabeza. La emoción en su corazón consideró al pensamiento como una mentira, incluso mientras se formaba. "Está bien, está bien". Brooke bostezó. "Mi plan en este momento es seguir la corriente y ver qué pasa".

Autumn se detuvo de nuevo. Luego, con dudas, dijo: "Tengo que preguntar. Kenneth es afroamericano, ¿verdad?"

"Sí", respondió Brooke. Entonces ella recordó el cuadro en su departamento. "Bueno, su abuela podría no haberlo sido. Es difícil de decir a partir del cuadro, pero en su mayor parte, sí. Es negro. ¿Por qué?"

"¿Es verdad lo que dicen?"

La mente exhausta de Brooke se negó a procesar la pregunta. "¿Qué?"

"Quiero decir, ¿es increíblemente grande?"

"Oh, Dios", dijo Brooke, tal vez un poco más fuerte de lo que debería haber hablado, dado la clara falta de privacidad en su oficina. Bajando la voz, bufó, "No estoy discutiendo mi..." se detuvo ante un estremecimiento que se disparó en su espalda, pero no pudo negar la realidad. "No voy a discutir el pene de mi novio contigo. No. No va a pasar. Eso no es asunto tuyo".

"Vamos, Brooke, me muero de curiosidad."

"Iré a tu funeral", dijo ella. "La respuesta sigue siendo no".

"Eres mala", gruñó Autumn, con una mueca en su voz. "Bueno, bueno. Dejaré que Kenneth tenga algo de privacidad, pero sólo un poco. Tienes que decirme al menos si fue bueno".

"Sí, Autumn, por supuesto que sí. No somos adolescentes, ¿sabes?" Se le ocurrió otro pensamiento. "El sexo se siente bien. Muy bueno, pero había algo más."

"¿Bien? ¿Bueno? ¿Fue tibio?", señaló Autumn.

"No pienses así", instó Brooke. "Escucha, todos los orgasmos se sienten más o menos igual, ¿verdad?"

"Bien, bien", Autumn estuvo de acuerdo.

"Así que, sí. Bien. Tuve un par. Fueron geniales, pero la sensación física no es lo que no puedo procesar. Hubo... hubo algo más que no he podido definir. Sólo me sentí... cálida. Emocionalmente cálida. Y segura. Era como si, en los brazos de Kenneth, nada pudiera hacerme daño. Lo he sentido cada vez que nos hemos tocado, aunque sólo fuera un apretón de manos. Lo sentí en cada beso.

Anoche, fue increíblemente intenso. Es como una manta de positividad".

Autumn no dijo nada.

"¿Hermana?"

"Creo que con el tiempo descubrirás lo que significa", dijo Autumn al final, "siempre y cuando no lo ahuyentes. Algunas cosas trascienden la razón, y eso está bien, porque eso es lo que están destinadas a ser."

Incapaz de entender las divagaciones existencialistas de su hermana, Brooke respondió: "Ya no estoy ahuyentando a nadie, pero necesito terminar mi almuerzo y prepararme para las clases de la tarde. Hablaremos pronto, ¿de acuerdo?"

"Bien, hasta luego", aceptó Autumn alegremente. Un momento después, la línea se cortó.

Brooke bajó el teléfono de su oreja. Los dos mensajes de Kenneth aún iluminaban el indicador en la parte superior de su pantalla. Al abrirlos de nuevo, reflexionó y por fin escribió,

No lo sé. Estoy muy cansada.

Un segundo más tarde, la respuesta llegó.

¿Eso significa que no, o me estás haciendo saber que no estás haciendo nada demasiado enérgico?

Brooke reflexionó. Si quieres, puedes pasar el rato en mi casa. Estoy planeando ver la televisión y comer comida para llevar, pero eres bienvenido a visitarme.

Es una cita.

A pesar de su cansancio, cuando llegó al departamento, Brooke empezó a sentir algunas burbujas de emoción. *¿Y por qué no?* Pensó mientras se detenía en su lugar de estacionamiento... Hoy, el vecino del lugar de estacionamiento con pocas habilidades, no había llegado a casa todavía, y ella fue capaz de posicionar su coche más cómodamente. Bostezando, cerró la puerta con un distraído clic del llavero y se abrió paso hacia el interior. De nuevo, un grupo de compañeros de cuarto chismosos, revoloteaban alrededor de los buzones.

"¿Qué pasa?" Brooke preguntó mientras recogía una pila de facturas, avisos, publicidades y otras basuras variadas, la mayoría de la cual dejó caer directamente en un contenedor de reciclaje cerca de la puerta principal.

"Han mostrado el edificio dos veces", una matrona de mediana edad le habló sobre su hombro mientras llevaba a dos adolescentes hacia las escaleras. "Aún no hay información sobre las ofertas".

"Escuché que uno es un fanático de la restauración que está gastando su jubilación restaurando casas viejas como ésta con su antigua gloria, antes de convertirlas en grandes casas familiares y alojamientos," dijo un joven, que Brooke sabía que compartía uno de los departamentos de la planta baja con una pila de compañeros de cuarto. Probablemente más de lo que el código de incendios permitía.

"Hmmm, interesante", respondió Brooke. "Bueno, tendremos que ver cómo va todo". Saludando a sus vecinos, subió a su propia habitación.

Inmediatamente después de abrir la puerta, se dio cuenta de que Jackie no estaba en casa. El departamento se sentía vacío. Con sus pies cansados y adoloridos, Brooke se quitó sus zapatos de trabajo y los puso en el estante. Luego corrió la cortina de su alcoba.

Sus pantalones de trabajo negros se sentían sudorosos y apretados después de su día de trabajo, así que se los quitó y los arrojó a un cesto alto de ropa sucia que había metido entre su tocador y la pared. Su suéter tenía un chorrito de salsa en la manga, así que lo añadió. La remera de cuello alto estaba bien, así que añadió un par de jeans andrajosos y cómodos de su cajón de abajo.

Una mirada al reloj le dijo que Kenneth no llegaría hasta dentro de una hora. Se zambulló en la cama. *Sólo quiero descansar un momento.*

Un zumbido despertó a Brooke con un sobresalto, y saltó de la cama sorprendida. El intercomunicador del edificio, que ella creía que la había despertado, estaba en silencio, mientras ella se apresuraba hacia el panel. En cambio, su bolso, que había dejado caer en el sofá, comenzó a sonar.

"Maldición", maldijo, pasando el bolso entre sus manos y buscando a tientas en su interior. No logró sacar el teléfono antes de que se detuviera.

Al final, se las arregló para extraerlo, justo cuando un mensaje de texto iluminaba la pantalla.

Brooke, ¿estás ahí?

Lo siento, lo siento. Ella envió el mensaje rápidamente, no quería que Kenneth pensara que lo había olvidado. ¿Sigues en la puerta? Te dejaré entrar. Sube todas las escaleras hasta el ático. Habitación 500.

Ella se apresuró al panel. Una pequeña pantalla de video mostró una imagen gris y borrosa de Kenneth, moviéndose en el porche. Presionó el botón para liberar la puerta y activó el panel de comunicación. "Pasa", le dijo.

Su cabeza apareció, y ella lo vio intentando abrir la puerta. Esta vez, se abrió, y él desapareció de la vista.

Su corazón palpitaba después de estar tan sorprendida, en ese momento, Brooke escudriñó la habitación, arrojó un par de calcetines sucios detrás de la cortina, sobre la cama de su compañera de cuarto y puso dos tazas de café y dos tazones de cereal en el armario. *No hay tiempo de pasar la aspiradora, pero la alfombra no se ve tan mal.*

Un momento después, sonó un fuerte golpe. Brooke corrió, sus calcetines se deslizaron por la alfombra y abrió el cerrojo. En el momento en que la puerta se abrió y se vio la cara sonriente de su cantante de ópera favorito, se adelantó y le dio un largo y cálido abrazo.

Él se inclinó para darle un beso, y luego arrojó una mochila negra al suelo.

Kenneth observó la habitación, vio los muebles destartalados y apiñados, las dos cortinas de privacidad sobre las alcobas para dormir – en realidad los pequeños reductos – la cocina limpia y de calidad de construcción. "Departamentos, ¿eh?"

Ella asintió. "Esta ciudad es muy cara. Es muy difícil ahorrar dinero. ¿Quieres que haga un café o algo así?"

"No gracias", respondió. "Si tomo café por la tarde, estaré despierto toda la noche. Pero me gustaría tomar un poco de agua".

Ella se metió en el área de la cocina, mientras él la seguía. Se ocupó de recoger dos tazas y llenarlas con agua de una jarra filtrante que sacó del refrigerador.

"En el tema de las finanzas", añadió, continuando con la conversación, "pretendo salir hecho, nada más. Trabajo como ayudante de profesor, con lo que cubro mi matrícula, y entre mi estipendio y el salario de la ópera, tengo lo justo para cubrir mis gastos. No he ahorrado un centavo en años."

Se encogió de hombros, giró para darle su taza y tomó un sorbo de la suya. "No estás en la etapa de salvación de la vida. Es comprensible. Llevo cinco años trabajando. Nunca me perdonaría si no estuviera en el proceso de aumentar mi presupuesto, aunque no estoy segura de que alguna vez logre una riqueza objetiva. Los profesores de música no son conocidos por eso."

"Supongo que no", estuvo de acuerdo.

Las mejillas de Brooke se ruborizaron un poco. "Lo siento. Dejaré de dar discursos ahora, ¿sí?"

"Está bien", respondió Kenneth. Vació su vaso y se lo devolvió. Ella lo puso en la pileta. "No creo que sea necesario disculparse por sentir lo que sientes o por hablar de ello. ¿No dijiste que tu padre estaba en finanzas?"

Brooke asintió. Bebiendo su propia agua, añadió su taza a la de él y se volvió a mirarlo.

"Entonces ahorrar y crear riqueza fueron probablemente tus primeras lecciones, mucho antes que la música o cualquier otra cosa."

"Bien", estuvo de acuerdo. "La seguridad financiera estaba tan metida en mí, que siento una intensa culpa incluso por algo tan tonto como comprar comida rápida que no entre en mi presupuesto. Las gratificaciones moderadas y planificadas están bien, pero incluso entonces..."

"¿Hay que usar la autodisciplina para atenerse al presupuesto, en lugar de usar el dinero presupuestado para darse alguna satisfacción?" Kenneth lo adivinó. Con su asentimiento, continuó: "¿Hay algún lugar en esta visión del mundo donde el dinero es la herramienta que usas para enriquecer tu vida, en lugar de la meta final en sí misma?"

Brooke sacudió la cabeza.

"Quiero decir, ¿para qué estás creando riqueza?" preguntó. "¿Jubilación?"

"No sé si planeo retirarme", respondió. "Siempre que mi salud se mantenga hasta la vejez, la enseñanza de la música no supone un gran esfuerzo para el cuerpo. Debería ser capaz de continuar mucho más allá de la edad de jubilación."

"¿Entonces?", preguntó.

"Ya sabes", respondió ella, "No lo sé exactamente. Me gustaría comprar una casa algún día. Vivir en un departamento no es de mi gusto. Me gustaría tener un patio para sentarme con mis amigos en una noche de verano. Una chimenea. Un dormitorio apropiado con una puerta. Con mi salario, podría tener un departamento para mí, pero eso retrasaría mi proceso de ahorro. Tener un compañero de cuarto significa ahorrar más rápido. He planeado cómo comprar una casa a distancia de mi trabajo para cuando tenga 35 años, y voy por buen camino hasta ahora".

"Bien", comentó Kenneth. "¿Te molesta que no tenga planes tan establecidos? Sé que fue un punto de fricción al principio".

Sacudió la cabeza. "Entiendo lo que quieres decir. No puedes planear hasta que tengas un trabajo, saber dónde quieres quedarte, y conocer los precios y oportunidades de la zona. Por ejemplo, Chicago en sí no habría sido mi objetivo. Hace demasiado frío para mi sangre de Texas. Demasiado caro. Demasiado lleno de gente, pero estoy dispuesta a sacrificar todo eso para mantener este trabajo, porque me gusta mucho. Teniendo en cuenta eso, hice planes después de haber estado aquí durante dos años."

"Aún no has encontrado tu colocación final. Si utilizas mis técnicas, lo que tal vez no decidas hacer en absoluto, ya que tus antecedentes son muy diferentes a los míos, te graduarías en diciembre, viajarías durante la primavera mientras solicitas muchos puestos, te entrevistarías cuando regreses, elegirías una oportunidad y trabajarías allí durante unos años. Si lo que sé sobre la enseñanza universitaria es cierto, tendrías que ir a una carrera de titularidad. Una vez que lograras la titularidad, sería el momento de hacer una planificación financiera a largo plazo".

"Vaya", dijo Kenneth en voz baja. "Eso es... intenso. No estoy seguro de poder pensar tan a largo plazo. La meta de hoy es suficiente para mí". La miró solemnemente antes de tomar su mano y llevarla al sofá, donde se sentaron, medio girados uno frente al otro, las rodillas tocándose, los dedos entrelazados. "Todo este planeamiento. ¿Te da alegría?"

Bajó las cejas. "¿Qué quieres decir? Enseñar y cantar me da alegría. La planificación financiera es como lavar los platos. Hay que hacerlo, pero no es particularmente agradable".

"Ya veo". Kenneth la miró de cerca durante un minuto más. Luego parpadeó un par de veces. "Así que, um, ¿cómo has estado? No tuviste ningún problema después de nuestra... improvisada noche juntos, ¿verdad?"

"¿Aparte de tener tanto sueño, que me desmayé esperando a que llegaras?" preguntó, sonriendo. "No mentiré que fue un largo día después de una noche tan interrumpida, pero no me arrepiento de nada. No he tenido sexo en años, y fue genial". Ella extendió una mano, y pasó sus dedos por los suyos mientras se hundían en los almohadones, uno al lado del otro.

Él sonrió. "Tenemos una buena conexión física, eso es seguro, y el atractivo emocional es innegable. En cuanto al intelectual..."

"Eso lleva tiempo", estuvo de acuerdo. "Hay una gran cantidad de cosas del otro que aún no hemos descubierto. Sólo podemos seguir hablando y planificando y examinando y descubriendo cómo funciona realmente este rompecabezas que somos *nosotros*".

Asintió con la cabeza.

Un bostezo salió de la garganta de Brooke y ella se cubrió la boca con una mano. "Tendremos que hacer esa exploración en otro momento, sin embargo. Estoy tan cansada que apenas puedo pensar con claridad, y es más probable que divague, más que converse en este momento."

"Igualmente", estuvo de acuerdo. "Es bueno que mi clase sea mañana y no esta noche. Me habría esforzado por prestar atención a los arreglos musicales avanzados en mi estado actual.

"Oh, sí", Brooke estuvo de acuerdo. "Predigo que esta noche me acostaré temprano." Ella miró a Kenneth. "Eres bienvenido a quedarte, si quieres, pero la cama es estrecha."

"Me encantaría, y estoy seguro de que encontraremos la manera de ponernos cómodos."

Ella sonrió. "¿Tienes hambre?"

"Podría comer algo".

Brooke sacó su celular y pasó la pantalla. "¿Comida china? Hay un local cerca".

"Claro", aceptó fácilmente. "Me gusta el pollo agridulce."

"Yum. Me gusta el mein. ¿Quizás podamos compartirlo?"

"Por supuesto", respondió. "Eso es parte de la diversión".

Brooke sacó la página web y presionó algunos botones. "Predicen 30 minutos más o menos. ¿Qué te gustaría hacer ahora?"

"No te sientes tan lejos", le dijo.

Brooke se acercó y Kenneth la abrazó. Ella apoyó su cabeza en su hombro. Como antes, el exquisito calor de su cuerpo parecía hundirse en ella, trayendo una sensación de paz y seguridad. Más que su calor físico, algo esencial de Kenneth también la rodeaba.

Aquí, en sus brazos, todos sus frenéticos planes y ahorros parecían innecesarios. Aquí, todo funcionaba. Tendría que hacerlo. Nada podía salir mal mientras la abrazaba.

Ella se relajó aún más, su cuerpo medio derretido contra el suyo. El brazo de él bajó hasta la cintura de ella, apoyándose en el hueso de la cadera. Brooke le agarró la mano y le unió los dedos.

"Podría quedarme dormido aquí mismo", comentó. "Eres tan agradable de abrazar".

"Tú también", le dijo. "Se siente bien. Gracias por no rendirte conmigo."

"No estoy seguro de que hubiera podido, así que me alegro de que hayas cambiado de opinión."

"Yo también". Brooke se estiró hacia atrás, girando ligeramente y alcanzando a Kenneth. Poniendo una mano en su mejilla, lo atrajo hacia abajo para poder reclamar sus completos y tentadores labios. El beso se prolongó, largo y tierno, sin urgencia. Sutiles cambios los hicieron más cómodos el uno con el otro.

Se siente tan bien. Tan perfecto. Podría besar a este hombre para siempre.

La puerta se abrió de golpe contra la pared opuesta.

Brooke saltó, golpeando accidentalmente un codo en las costillas de Kenneth.

"Uf". Gruñó.

"Lo siento". Mirando hacia arriba, vio a Jackie irrumpir. "¿Qué pasa?"

"¡Oh!" Jackie se congeló, mirándolos con consternación. "No pensé que estarías en casa todavía."

"Bueno, acá estoy", respondió Brooke secamente. "Jackie, este es mi novio, Kenneth Hill. Kenneth, ella es Jackie, mi compañera de cuarto".

"Encantado de conocerte", dijo educadamente.

Jackie lo miró de arriba a abajo con una sonrisa, que parecía de suficiencia. "Lo mismo digo". Se volvió hacia Brooke. "Ahora entiendo lo que te retuvo".

Las mejillas de Brooke ardieron, pero se encontró con la mirada de su compañera de cuarto con una mirada sin parpadear. "Sí". Luego se acurrucó de nuevo en el abrazo de Kenneth. "Entonces, ¿cuál es tu plan, Jackie? ¿Te quedas en casa esta noche?"

Jackie los miró durante varios minutos. "No, tengo una cita para cenar. Volveré más tarde. ¿Qué hay de ti?" le preguntó a Kenneth. "¿Dormirás aquí?"

"Había pensado que podría", respondió suavemente.

"Aunque no nos dormiremos tarde", añadió Brooke. "Los dos estamos muy cansados".

Jackie metió su lengua en su mejilla, haciendo un bulto atrevido. "Apuesto a que sí. Bueno, chicos, voy a tomar una ducha rápida y me iré de nuevo. Compórtense."

Brooke puso los ojos en blanco, pero no respondió, mientras Jackie salía de la habitación.

"¿Es siempre tan encantadora?" preguntó Kenneth, una nota de ironía en su voz.

"Normalmente", Brooke estuvo de acuerdo. "En cualquier caso, le gusta burlarse de mí, en las raras ocasiones en que estamos en casa al mismo tiempo. Normalmente sólo intentamos no entrometernos en el camino de la otra. Supongo que sus bromas cayeron sobre ti, ya que estás aquí. Los compañeros de cuarto tienen una forma de hacer las cosas... animadas, ¿no?"

"Sí que lo hacen", Kenneth estuvo de acuerdo.

"¿Realmente quieres ver algo en la televisión?" preguntó, "¿al menos hasta que Jackie salga?"

"Supongo", dijo. "¿Te gustan los programas de crímenes verdaderos?"

"No están mal", admitió Brooke, "y creo que están dando uno." Pasando por delante de Kenneth, tomó el control y lo pulsó, encontrando rápidamente una horripilante investigación de la escena del crimen. "¿Esto te gusta?"

"Claro", estuvo de acuerdo.

Ella se acomodó contra su pecho. Él puso su otro brazo alrededor de su torso, abrazándola completamente, y dejaron que sus mentes cansadas se quedaran en blanco, mientras sus espíritus se enredaban entre sí, formando lazos más estrechos y más fuertes entre ellos.

La fatiga, ahuyentada por la ruidosa llegada de Jackie, que Brooke sólo toleró porque era mucho antes de la hora de acostarse, volvió a subir por la espalda de Brooke, haciendo que su cuero cabelludo se estremeciera. Sus dedos y sus párpados se hicieron pesados, y cerró los ojos... *sólo por un minuto.*

El sentido del movimiento sacó a Brooke de un sueño profundo. "¿Qué está pasando?", murmuró.

"Te quedaste dormida", explicó Kenneth. "Son las diez y cuarto. Te estaba llevando a la cama. ¿Está bien así? No has comido."

Brooke pensó rápidamente. "No tengo hambre".

"Bien, entonces. Vamos a dormir."

"Hmmmm", ella estuvo de acuerdo. El colchón se comprimió bajo su espalda. Cómoda al fin, dejó que el sueño la arrastrara otra vez.

Kenneth se estiró en el sofá, mirando al techo oscuro. El cansancio se apoderó de él, haciendo que sus párpados se sintieran como pesas colgadas de sus pestañas. Se cerraron lentamente.

No te duermas, amigo, se recordó a sí mismo. *Tu novia está durmiendo en su cama, la cama que te ha invitado a compartir. ¿Quieres tumbarte en este sofá mientras tu chica duerme sola? Ve a lavarte los dientes.*

Se puso de pie, recogió la comida china que Brooke no se había dado cuenta de que había llegado y la metió en la heladera. Luego agarró su bolso y se dirigió al baño. Mientras escupía la pasta de dientes en el lavabo, un chirrido sonó desde la sala de estar.

Pudo oír un murmullo de Brooke mientras dormía, a través de la puerta abierta del baño.

Ups. Está tan cansada. Quiero que duerma. Salió corriendo, preguntándose quién podría estar llamando a una hora tan tardía.

Dos teléfonos móviles estaban en la mesa de café frente al sofá. El suyo, sin estuche y con sus huellas en la pantalla, estaba en silencio. El de Brooke, en su estuche púrpura con notas musicales, se iluminó brillantemente.

Kenneth frunció el ceño, mirando la pantalla y se agachó, con una mano, intentó rechazar la llamada. En el momento en que tocó la pantalla, la llamada fue contestada. *Mierda.*

Agarró el teléfono y se dirigió a la puerta del departamento, saliendo y cerrando la puerta en parte.

"¿Hola?", preguntó una voz femenina. "¿Hola? ¿Brooke?"

"Este es el teléfono de Brooke", respondió Kenneth con torpeza.

"¿Quién es?" preguntó la mujer.

"Um, soy Kenneth. Kenneth Hill."

"No puede ser. Guau, ahora lo entiendo totalmente."

"¿Perdón?"

"Lo siento. Mm, soy Autumn, la hermana de Brooke. Ella me dijo que tenías una gran voz, lo cual me imaginé, ya que cantas ópera".

"Uh, gracias".

"Escucha, ¿está Brooke ahí?"

"Está durmiendo", respondió. "Tuvo un día difícil. Intenté enviar su llamada al buzón de voz para que el teléfono no la molestara, pero dedos torpes, ¿sabes?"

"Sí", respondió Autumn. "Pasa todo el tiempo. De hecho, iba a pedirle que te pusiera al teléfono un día de estos."

"¿Oh?"

"Sí", insistió. "Brooke es mi hermana. Me preocupo por ella. Desde el principio tuve la sensación de que había algo en ti, en tu relación, que era importante para ella. No sabía qué era, pero sabía que ella necesitaba absolutamente salir contigo. Ahora que ha decidido dar ese paso, necesito cambiar el enfoque de lo que Brooke necesita hacer para cumplir su destino, al modo de hermana".

"Entonces, ¿me estás controlando?" Kenneth lo adivinó.

"Sí", Autumn estuvo de acuerdo. "¿Qué clase de hermana sería si no lo hiciera?"

"Cierto", Kenneth estuvo de acuerdo. "Haría lo mismo por mi hermana. Mis hermanos nunca lo soportarían, pero ella todavía me deja jugar el juego de vez en cuando."

"¿Tienes hermanos? ¡Eso es bueno! No tengo nada en contra de los hijos únicos. Todos tienen la historia que se supone que deben tener, pero tener un hermano enseña un conjunto de habilidades diferentes. Con lo que me has dicho, supongo que de ahí sacas tu paciencia."

"Puede que haya algo de eso", estuvo de acuerdo. Luego bajó las cejas. *Esta es una conversación bastante extraña.*

"Sólo tienes conversaciones extrañas cuando hablas conmigo", le informó Autumn alegremente. "Soy psíquica, así que las bromas superficiales no significan nada para mí".

"Ya veo", respondió Kenneth. *Ahora, ¿qué respondo?*

"¿Crees en los fenómenos psíquicos?" preguntó.

"No lo sé", dijo Kenneth honestamente. "No estoy totalmente cerrado a la idea, pero..."

"¿Escéptico?"

"Sí". *Espero que eso no la haga enojar.*

"Me parece justo", respondió suavemente. "Incluso si creyeras, nunca es prudente aceptar la afirmación de alguien sin pruebas. No te preocupes. Creo que tú y Brooke tienen un largo futuro juntos, así que tendremos oportunidad de conocernos tarde o temprano. De hecho, me encantaría verlos. Hazle saber a Brooke que te he invitado para Navidad".

"Se lo diré", prometió. La sorpresa de la inesperada llamada telefónica se desvaneció, dejándolo exhausto. Un enorme bostezo, completo con mandíbulas rechinantes, salió de su pecho.

"Te dejaré, entonces", dijo Autumn. "Consigue mi información de contacto del teléfono de Brooke. Tengo la sensación de que la vas a necesitar pronto. Fue agradable hablar contigo finalmente".

"Lo mismo digo".

"Adiós".

El teléfono se apagó.

Sacudiendo la cabeza, Kenneth volvió al departamento, cerrando la puerta tras él, pero recordando no poner la cadena. *La compañera de cuarto regresará eventualmente.* Puso el teléfono de Brooke sobre la mesa y cogió el suyo propio. *Autumn parece una chica rara, pero seguro que le conseguiré información.* Transfirió el número a sus contactos, lo guardó y se dirigió a la cama.

Es una cama pequeña, pensó, ni siquiera una tamaño queen. *¿Cabrá este viejo y gran cuerpo? Brooke no tiene sobrepeso, pero no es una ramita. ¿Podremos ponernos cómodos?*

Soltando la manta, Kenneth se subió. Su trasero se ubicó en el borde. *Bueno, esto no va a funcionar.* Pasando un largo brazo por delante de ella para sentir la distancia a la pared, movió suavemente las caderas de Brooke en esa dirección.

Ella murmuró mientras dormía y rodó hacia su lado, de espaldas a él. Hilos de cabello castaño cálido – negro en la oscuridad – cayeron sobre su brazo. Su piel hormigueó.

Abajo, muchacho, advirtió a su impaciente pene, que había reaccionado a su cercanía. *Segunda noche juntos y sin sexo. Oh, bueno. Si la hermana psíquica de Brooke tiene razón, tendremos otra oportunidad. Además, yo también estoy cansado.* Tan cansado que la sangre se drenó rápidamente de su esperanzadora erección, dejándolo más dormido que nunca.

Finalmente siendo capaz de poner todo su cuerpo en la cama, cerró los ojos.

―――――――

8

"*B*ueno, ya lo he decidido", anunció Jackie.

Brooke levantó la vista de los hermosos ojos oscuros de Kenneth para ver a Jackie de pie en la puerta, masticando su uña. "No te escuché entrar", comentó Brooke. "¿Estás bien? Te ves un poco pálida".

"Náuseas matinales", admitió Jackie sin rodeos. "Es una tristeza, pero esperemos que pase con el tiempo". Hizo un gesto despectivo con la mano. "De todos modos, ya lo he decidido, y Joe está de acuerdo. Nos quedaremos con el bebé y nos fugaremos."

"Oh", dijo Brooke suavemente. "Es una buena idea".

"Felicidades", añadió amablemente Kenneth.

"¿Cuándo?" Brooke preguntó.

"Tenemos un pastor unitario reservado para Nochebuena", dijo Jackie, "pero nos gustaría mudarnos antes. Ahora que tenemos todos estos planes, quiero que las cosas avancen. Además, ya me despierto unas doce veces por noche para orinar. Si voy a molestar a alguien, debería ser Joe, el responsable de este lío, no tú. Sé que el contrato de arrendamiento se vence en mayo, pero ¿crees que hay alguna manera de que pueda salir antes?"

Brooke levantó la ceja.

"Pagaré en diciembre", por supuesto", añadió Jackie, enlazando un mechón de pelo rojo pegajoso alrededor de su dedo, "pero realmente me gustaría ahorrar, empezando el año nuevo".

"Tendré que pensarlo", respondió Brooke con frialdad. "Entiendo tu punto de vista, pero encontrar nuevos inquilinos en invierno no es fácil."

"Podrías fácilmente permitirte pagar este lugar por tu cuenta", señaló Jackie.

Bueno, bendito sea tu corazón, pensó Brooke, levantando una ceja. "Buen intento de desviarte, pero esa no es la cuestión. Sabías que mudarte antes sería un problema. Mi capacidad para pagar el departamento no tiene nada que ver con eso".

"Bueno, tenlo en cuenta, ¿lo harás?" Jackie preguntó. "Hablemos más tarde". Le dio a Kenneth un vistazo rápido. "No creo que vuelva esta noche."

"Puede que yo tampoco", respondió Brooke, apretando la mano de Kenneth. "Mi cama no es realmente para dos. Especialmente cuando uno es... tan alto".

Kenneth sonrió.

"Sólo piénsalo", dijo Jackie. "Tal vez Kenneth podría mudarse contigo. Podrías deshacerte de las dos camas pequeñas y conseguir una más grande. Es un gran departamento para una pareja, no tanto para una compañera de cuarto".

"No me molestaría", dijo Kenneth.

"Es algo en lo que tengo que pensar", dijo Brooke con frialdad, no convencida, "pero mis circunstancias aún no te dejan libre".

"Anotado". Jackie salió por la puerta.

Brooke se volvió hacia Kenneth, alzando las cejas.

"Ella tiene razón, eso es todo", dijo. "¿Por qué no juntamos nuestros recursos? Es más fácil para una pareja compartir un espacio pequeño, que dos extraños."

"Kenneth", dijo Brooke secamente, "hace sólo unas semanas que nos conocemos. "¿No crees que mudarnos juntos tan rápido podría tensar nuestra relación en vez de ayudarla?"

Kenneth frunció sus labios, pensando. "No lo sé", respondió después de un largo y tranquilo momento. "Supongo que, si crees que será así, es probable que obtengas el resultado que esperas. Por otro lado, recuerda lo inevitable, lo *predestinada* que se ha sentido nuestra relación, desde el primer momento. A pesar de toda tu lógica, no pudiste contenerte. Ni siquiera lo intenté. Me gustaría pensar que es porque estamos destinados a estar juntos. Por supuesto, respetaré tus deseos en cuanto al momento, pero mis sentimientos al respecto son... lo que sea que decidamos, estará bien."

Hay mucha lógica en lo que dice, su asesor financiero interno se lo recordó. *¿Por qué gastar dinero en dos alquileres? Dice las cosas de maneras que nunca pensé, y como siempre, tiene razón.* "Tendré que pensar en eso también", dijo Brooke al final. "Mi contrato de alquiler no termina hasta el verano. ¿Y el tuyo?"

"Julio", admitió.

"Entonces hablemos de ello cuando vuelvas de Europa. Eso sería más sensato".

"Me parece justo", Kenneth aceptó fácilmente. Levantó sus manos juntas a sus labios y besó sus dedos.

La voz interior que tomaba el control de las decisiones de su relación se estremeció al avanzar tan rápidamente. Incluso el verano parecía demasiado pronto. *Si seguimos juntos, y él no se va a Kalamazoo o algo así, sólo serán unos meses.* Incómoda, dejó el tema para más tarde. Probablemente en medio de la noche.

"¿Quieres ir?" preguntó. "Nuestra reserva es en veinte minutos."

"Buena idea", Brooke estuvo de acuerdo. "Odiaría perderme la cena". Su estómago sonó como si fuera una señal.

"¿Y tienes tu bolso listo?"

"Sí", aceptó, "pero por si acaso nos mudamos juntos algún día, ¿tu cama es tuya o viene con el departamento? ¿Cuántos muebles necesitaríamos hipotéticamente?"

"Es mía", le dijo. "Mi departamento estaba sin amueblar, así que mis padres donaron algunos muebles usados como regalo".

"Bien", respondió, guardando la idea para el futuro. Levantándose, tirando de Kenneth para que sus dedos permanecieran unidos, cruzó la habitación y sacó una pequeña cartera, junto con su bolso, de detrás de la cortina.

"¿Estás lista para un fin de semana divertido?" preguntó.

"Lo estoy", respondió ella. "He estado trabajando duro, y estoy deseando relajarme con mi hombre en las vacaciones de Acción de Gracias".

"A mí también me parece bien", respondió Kenneth. "¿Arreglaste la entrega de la comida?"

"Mañana en la mañana", le dijo Brooke. "Todo lo que tenemos que hacer es calentarla".

"Tal vez algún día podamos ir a visitar a mis padres en Acción de Gracias", sugirió Kenneth. "Todos ayudamos cocinando nuestras comidas favoritas. Pavo frito. Cazuela de batatas. Macarrones con queso. Barras de calabaza. Hay un poco de revoltijo, pero es muy sabroso".

"Suena genial", respondió Brooke. Sacando la llave de su bolso, cerró la puerta del departamento y acompañó a Kenneth por las escaleras hasta el vestíbulo, donde, como de costumbre, los inquilinos estaban reunidos alrededor de los buzones, chismorreando.

"Chica, mírate", exclamó su vecino gay favorito, corriendo y tomándole el brazo. "Un semental negro. Bonito".

Brooke se rió. "Kenneth, ¿eres un semental?"

"Quiero decir, he oído cosas peores", respondió, sonriendo. "Me hace sentir como un macho".

"Oh, muy macho", el hombre estuvo de acuerdo. "Ojalá pudiera encontrar a uno de ustedes..."

"Tendría que cambiar de bando", señaló Kenneth.

"Bueno, sí." El hombre sonrió, se acarició la perilla negra y golpeó a Kenneth en el brazo. "Chicos, diviértanse".

"Oh, es lo que intentamos", dijo Brooke. "Por cierto, ¿se ha sabido algo de la venta del edificio?"

"He oído que ha habido una oferta. Tal vez dos. No me sorprendería. A pesar de todos los cambios desagradables que hay dentro, es un edificio precioso en una ubicación privilegiada. Alguien lo va a querer. La única pregunta es, ¿qué va a pasar con el resto de nosotros?"

"Tienes razón", Brooke estuvo de acuerdo. "Hasta luego, Stanley".

"Adiós, querida", respondió él, saludando mientras ella se dirigía a la puerta.

Kenneth la siguió.

Juntos, se subieron al coche de Brooke. Por una vez, el coche del vecino inoportuno no estaba invadiendo su espacio. Sin embargo, un frente meteorológico de mediados de otoño había oscurecido el cielo con nubes bajas y amenazantes.

"¿Crees que nevará?" Brooke preguntó.

"Es muy probable", respondió Kenneth, abriendo la puerta del pasajero y permitiéndose entrar.

"Odio conducir en la nieve".

"Mejor quedarse hasta el domingo, entonces", sugirió Kenneth.

"Buena idea", aceptó Brooke, sonriendo. Sus entrañas se apretaron. *Oh, viene mucha diversión.*

"Por cierto", añadió Kenneth, mientras Brooke aceleraba y retrocedía con cuidado hacia la calle, "Hablé con tu hermana el otro día".

"¿Qué?" Brooke frenó con fuerza, dejando que un semirremolque se acercara por detrás de ellos.

"Sí, lo siento. Olvidé mencionarlo. Fue la noche después de hacer el amor por primera vez; ¿recuerdas cuando ambos estábamos tan cansados?"

"Claro", dijo Brooke con cautela.

"Tu hermana llamó. Intenté enviar la llamada al buzón de voz, para que el timbre no te molestara, pero estos grandes y torpes dedos... Tomé la llamada por accidente".

Oh, Dios. ¿Qué habrá dicho ella? "Espero que no te haya hecho ninguna pregunta incómoda".

Kenneth sonrió, lo que Brooke captó de un vistazo, mientras miraba a su alrededor, encontrando un hueco en el tráfico, y maniobrando para entrar en él. *Extraño los caminos abiertos y el espacio para los codos en Texas. Esto es como vivir en una lata de sardinas.*

"Sólo lo normal", dijo, y los hombros tensos de Brooke se relajaron. "Ella quería estar segura de que te trataría bien. ¿Debería haberle dicho que planeo... toda la noche?"

Brooke se rió. "Probablemente lo aprobaría".

"¿Es realmente psíquica?"

El semáforo se puso en rojo. Brooke comprimió suavemente el freno y se puso detrás de un camión Mack, dos autos deportivos y una minivan. *Me pregunto si llegaremos al siguiente verde.* "No estoy segura. Dice que sí, pero puede que sea una aguda observadora con una intuición mejor que la media. Pero oye, se gana la vida leyendo cartas y palmas y vendiendo hierbas y bolas de cristal. No voy a decir si realmente predice el futuro de estas personas, pero estoy segura de que cree que lo hace. ¿Por qué? ¿Te molesta eso?"

"No mucho", respondió. "Mi abuela es muy religiosa, pero mis padres, mis hermanos y yo vivimos y dejamos vivir".

"Bien. Mm, ¿Kenneth?"

"¿Sí, nena?"

Brooke sonrió mientras el cariño la calentaba en las profundidades de su ser. "Me preguntaba algo. En ese cuadro de tus abuelos, ¿está tu abuela...?" Ella se calló, sin saber cómo seguir.

"¿Biracial?" Kenneth lo adivinó.

"Sí".

"Claro que sí. No se suponía que ella naciera, ¿sabes? Su madre era blanca, muy joven, y su familia no tenía interés en forzar ninguna situación. El aborto no se consideraba, en ese entonces, y la familia de la madre de mi abuela no tenía idea de cómo conseguir uno, así que fue a un hogar para madres solteras. La abuela creció en un orfanato y se desnudaba para pagarse la universidad. El abuelo la conoció en un club nocturno, y el resto es historia. Ella es más fuerte que cualquiera".

"Me pregunto si ella... si ellos..."

"¿Te gustaría?"

Brooke no respondió. Enfocó sus ojos en la carretera que tenía delante, donde los coches se movían de un carril a otro.

"¿Qué estás pensando, Brooke? ¿Esa mente ajetreada tuya está encontrando una nueva objeción con la que obsesionarse?"

"En realidad no", mintió.

"Me pregunto qué, entonces". Sonaba divertido.

"Bueno, quiero decir, nunca he..."

"¿Has estado en una relación interracial?"

"No, eso no", explicó Brooke. "Mi exnovio es coreano. Siempre he tenido una mente bastante abierta. El talento musical es mucho más importante para mí que el color de la piel".

"Claramente", comentó, con ese tono divertido que aún perduraba en su voz.

Brooke realizó un difícil giro a la izquierda, ignorando el sonido de la bocina de un coche que tenía el derecho de paso y media manzana de espacio antes de entrar con cuidado en el carril de la derecha, anticipándose al giro hacia la universidad. "¿En qué estacionamiento dejaste tu auto?", preguntó. "¿El edificio de la música?"

"No, estaba lleno. Al lado. Edificio de ciencias".

"Me alegro de que se te haya ocurrido esta idea", dijo Brooke. "Ya sabes, me preocupa dejar mi coche aquí en la universidad mientras no hay clases en el descanso. No tenía ni idea de cómo mantenerlo cerca de tu departamento, con todo el estacionamiento de la calle lleno o restringido."

"Es un problema, seguro," Kenneth estuvo de acuerdo. "Ahí está mi coche. Estaciona en el siguiente lugar, ¿sí?"

Brooke se estacionó torpemente en el lugar, tomó sus llaves y buscó su bolso en el asiento trasero. Otro escalofrío de excitación recorrió su espalda. Saltó del asiento del conductor y dio la vuelta hasta el todoterreno de Kenneth. Otro escalofrío la sacudió, éste generado por el creciente frío de una noche de finales de noviembre.

Kenneth giró la llave de encendido, y el todoterreno tosió, chisporroteó y accedió a arrancar de mala gana. Mientras se alejaba del divisor y salía del estacionamiento, el cielo se oscureció. Brooke miró por la ventanilla el atardecer y vio que una tormenta que se acercaba conspiraba para oscurecerlo todo. "Se ve bastante sombrío ahí fuera".

"Sí", estuvo de acuerdo. "Me pregunto si podremos volver a mi departamento antes de que empiece la tormenta."

"No parece probable", respondió Brooke. "A menos que..."

"¿A menos que?"

"A menos que cambiemos nuestra reserva a una orden de comida para llevar y la comamos en tu casa."

"Eso, querida, es una excelente idea." Él extendió la mano a través de la consola central y la apretó. "El restorán está a unos veinte minutos en coche, así que si eres tan amable de pedir nuestra orden, puede que la tengan lista para cuando lleguemos."

"Estoy en ello", le dijo Brooke, sacando su teléfono de su bolso.

Deslizando por la pantalla, encontró el restaurante. "Antes de que llame, ¿qué vamos a pedir?"

"Según recuerdo, me debes unas costillas de cerdo", respondió.

Ella sonrió. "Maldición, esperaba que lo olvidaras."

"De ninguna manera. Ambos estuvimos comiendo ese montón de costillas de brontosaurio que nos pediste, durante días. Consigamos algo un poco más refinado. Revisa el menú, pero creo que tienen una cena de barbacoa para dos con costillas de cerdo, dos guarniciones y pan de maíz".

"Ya veo", Brooke estuvo de acuerdo. "¿Qué guarniciones?"

"¿Te gusta el quingombó?"

"Ugh, no. Lo siento. No es de mi gusto. ¿Qué te parece la ensalada de papas?"

"Lamentablemente, sabe cómo en el Medio Oeste. No hay sabor sureño allí."

"¿Todo con mayonesa?" Brooke lo adivinó.

"Sí, y, hacen una especie de experimento 'gourmet' con los condimentos".

"Ug". Arrugó la nariz. "Mezclando los clásicos. Ts, ts."

Kenneth se rió de su reprimenda, cuando giró a la izquierda en una calle ancha, de varios carriles, ya llena de gente corriendo. El tráfico se redujo a paso de hombre, mientras todos se dirigían hacia el carril de la derecha para poder girar hacia la tienda de comestibles.

"¿Qué tal judías verdes?" sugirió. Kenneth puso su luz de giro y se dirigió a la izquierda, creando espacio para que el coche que estaba detrás de ellos se moviera, mientras que al mismo tiempo los salvaba de la maraña. "El menú dice que tienen cebolla y tocino. Eso suena bien."

"Está bien con eso. ¿Judías verdes y... macarrones con queso?"

"Suena como si fuera uno de tus favoritos", señaló Brooke.

"Tienes razón", aceptó fácilmente, "pero soy un esnob al respecto. Nadie lo hace tan bien como mi abuela. Estos tipos son tolerables, pero..."

"¿Pero no hay nada como la cocina casera? Ya lo he oído. Me pregunto si tiene que ver con lo cercana que es una familia."

Encontró el pequeño icono del teléfono verde y lo pulsó.

"Jack's", una voz alegre que sonaba tensa habló al teléfono.

"Hola", respondió. "Tengo una reservación con ustedes en media hora, y..."

"¿Bajo qué nombre?" interrumpió la nerviosa anfitriona.

"Hill", respondió Brooke.

"Sí, está confirmado".

"Me gustaría cambiar mi reservación por una orden para llevar", dijo Brooke rápidamente.

"¿Qué?" La anfitriona preguntó por el teléfono. Entonces, su voz volvió a salir, pero apagada, como si hubiera puesto su mano sobre el receptor. "¿Cuántos? Va a ser una espera de unos veinte minutos. Pueden sentarse aquí, o ir al bar". Ella habló de nuevo, esta vez claramente. "Lo siento. ¿Qué has dicho?"

"Dije", respondió Brooke, "que nos gustaría hacer un pedido para llevar y cancelar nuestra reserva".

"Oh, guau. Eso hará feliz a algunas personas. Es una locura aquí esta noche. Bien, espera. Te tomaré tu orden de inmediato.

"Quisiera el plato de costillas de cerdo para dos, con macarrones con queso y judías verdes."

"¡Grandioso! Nos vemos en un rato." La línea se cortó.

"Qué raro", comentó Brooke. "Supongo que están súper ocupados".

"Tiene sentido para mí", dijo Kenneth. "Mañana hay un gran espectáculo culinario para mucha gente. Cenar esta noche también suena como una buena compensación".

"Ooooh, claro. No pensé en eso."

"Brooke, ¿no tenías ninguna tradición familiar al crecer?" Kenneth preguntó. "¿Quién hacía la cena de Acción de Gracias?"

"Papá siempre tuvo un ama de llaves. Por lo general, una cocinera también. Le gustaba trabajar en Acción de Gracias porque estaba muy tranquilo en la oficina, así que mi hermana y yo comíamos sándwiches de pavo frente a unos dibujos animados de las fiestas".

"¿Navidad?"

"Lo mismo. Excepto que le daba el día libre a la niñera, así que todos nuestros alimentos estaban dispuestos para que los buscáramos nosotras mismas. Cereales para el desayuno. Sándwiches y ensalada. Tazas de budín..."

"Ugh. ¿No tienes familia?"

"Autumn y yo nos teníamos la una a la otra", le dijo Brooke solemnemente, "y no mucho más".

"No me extraña que sea tan protectora contigo".

"Bien", Brooke estuvo de acuerdo. "No fui capaz de protegerla muy bien. Me fui a la universidad..."

"Entiendo a dónde vas", dijo. "Es difícil ser la mayor, ¿no?"

"Lo es", Brooke estuvo de acuerdo. "Sentí mucha culpa cuando Autumn se quedó embarazada, y tuvo que dejar la universidad por un tiempo. Sentí que le había fallado".

"Eso no es cierto, sabes", señaló Kenneth.

"Me di cuenta de que, finalmente," respondió. "En realidad, Autumn había insistido. Dijo que era insultante para ella que yo me hiciera responsable de sus elecciones, buenas o malas. Además, fue a la universidad comunitaria, obtuvo su título en negocios cuando su hijo era un poco más grande, y terminó abriendo una tienda que se ha convertido en bastante... exitosa. Ella es feliz, así que ¿cómo no voy a serlo?"

"Esa es una mejor actitud".

Por el tono de la voz de Kenneth, Brooke pudo ver que estaba sonriendo. Ella lo miró y lo confirmó. *Me encanta su amplia y abierta sonrisa. Estoy cayendo rápido a sus pies. Caramba, espero que no me rompan el corazón. Universo, si estás escuchando como siempre dice Autumn, por favor, soluciona los detalles para que podamos ser felices juntos.*

Por un momento, Brooke podría jurar que el tiempo se detuvo. El coche, paró en un semáforo en rojo, y, no hizo ningún sonido detectable. El zumbido del tráfico se detuvo, poniendo fin al flujo este-oeste de la carretera a su lado.

En ese momento, grandes y esponjosos copos de nieve comenzaron a flotar perezosamente desde cielo. En el borde de la pesada nube de la que habían emergido, un rayo de luz solar cayó, brillante y alegre, sobre un árbol de hoja perenne. La luz dorada, el follaje verde y la nieve blanca juntos, parecían una alegría traída a la vida.

Ahí está mi respuesta, se dio cuenta. *No salió como esperaba, y si no hubiera estado mirando, podría no haberlo reconocido, pero mi petición fue escuchada.*

La claridad burbujeaba en su corazón. Después de años de estrés, trabajo duro y disciplina, finalmente había ganado algo bueno.

Entonces el semáforo cambió. El todoterreno de Kenneth comenzó a avanzar.

Un sorprendentemente corto tiempo después, Brooke y Kenneth se encontraron en su departamento, con su bolso de viaje y acompañados de su cena de barbacoa.

Sólo por diversión, se tiraron al suelo en medio del departamento y empezaron a probar el sabroso lío que tenían delante, riéndose mientras la salsa pegajosa se extendía por sus dedos y mejillas.

"Ahora, dime honestamente, nena", dijo Kenneth, "¿no es esto mejor que una costilla de res? Es tan tierna".

Se encogió de hombros. "Sí, es más tierno, pero el sabor, Kenneth. Esto sabe a cerdo. No es carne de vaca."

"Son palabras hostiles, querida", dibujó.

Ella suspiró dramáticamente. "Un romance interreligioso. ¿Crees que podemos hacer que funcione contra tan terribles, terribles probabilidades?"

"No lo sé. Tendremos que encontrar una manera."

"Puedo tolerar tu barbacoa si tú puedes tolerar la mía", sugirió.

"¿Pero ¿qué pasa con los niños?"

Brooke se rió. "Supongo que tendrán que decidir por sí mismos".

"¿Intentarás influir en su decisión?" Kenneth bromeó.

"Por supuesto", respondió Brooke sin detenerse. "Después de todo, claramente tengo razón, así que..."

Ambos se disolvieron en risas, y luego se inclinaron hacia adelante para un pegajoso beso de barbacoa. Mientras la lengua de Kenneth se adentraba en la boca de Brooke, se dio cuenta de lo que acababan de decir.

¿Niños? Oh, Dios. ¿Quiero tener hijos? Nunca pensé en ello. ¿Quiero tener hijos con Kenneth? A diferencia de ocasiones anteriores, no surgió la sensación de paz y corrección, sino más bien un cálido resplandor que le dijo que la respuesta correcta se presentaría en el momento adecuado. *Esta relación seguramente me está enseñando a dejar de estresarme.*

Kenneth soltó sus labios. "¿Has comido suficiente?"

"Rellena", respondió Brooke, y luego sus mejillas se sonrojaron, al darse cuenta de las diferentes maneras en que se podía tomar.

"Exactamente lo que tenía en mente. ¿Limpiamos un poco y luego... nos retiramos?"

Brooke miró a la cama y tragó con fuerza. "Um, ¿Kenneth?"

Dejó su comportamiento bromista inmediatamente. "¿Está todo bien?"

"Oh, sí", aceptó, poniéndole una mano tranquilizadora en el brazo. "No quise asustarte. Es sólo... ¿acerca de esos niños interreligiosos de la barbacoa?"

Levantó una ceja.

"No los concibamos todavía. Entre mi hermana y mi compañera de cuarto, he tenido embarazos no planeados en mi mente durante mucho tiempo. Prefiero no experimentar uno yo misma."

"Condones en la mesita de noche", señaló.

"Bien". Estoy bien entonces."

"Grandioso". Sonrió. La salsa de barbacoa untada en su cara le daba un aspecto de payaso.

Se rió. "Eres un desastre, cariño".

La miró.

"¿Supongo que yo también?"

"Sí, señora, lo eres. Te diré algo. ¿Por qué no vas al baño y te limpias? Voy a guardar estas sobras".

"¡Gran idea!" Brooke saltó y se metió en el baño. A pesar del ruido del lavabo, pudo oír a Kenneth susurrando en la otra habitación. Se lavó la salsa de sus manos y mejillas, y luego recuperó su bolsa de dormir de donde la había escondido en la puerta del baño.

Cepillo e hilo dental. Sin besos con carne fibrosa. Ella tembló. Esto es muy divertido. Casi me he olvidado de la diversión. Tal vez eso es lo que Autumn estaba tratando de decirme. Está muy bien planear y trabajar, pero no se puede reemplazar con vivir.

Después de cepillarse y lavarse completa, estaba lista, para cambiar de marcha. Entonces, Brooke salió del baño, pasando a Kenneth mientras entraba. "Date prisa", instó.

Él se rió. "Créeme. Lo haré".

En los pocos minutos que pasó en el baño, Brooke se desnudó y se deslizó bajo las sábanas.

Un momento después, Kenneth salió, habiéndose lavado y cepillado, usando sólo sus boxers.

Brooke sonrió al ver a su hombre, en toda su suave y sexy gloria de oso de peluche. *Los cuerpos duros y musculosos, no tienen nada que ver con un hombre mimoso. Yo no cambiaría nada. No es un poco gordo, sólo maravillosamente abrazable.*

"Ven aquí, nena", instó, sentándose para que las mantas se separaran de sus pechos, y tendiéndole la mano.

"¿Tienes prisa?, ¿no?", bromeó.

"Será mejor que lo creas", respondió. "¿Ves cuánto?"

Le miró los pechos, y le tomó los pezones fuertemente hinchados. "Sí, claro que sí. Un amante ansioso es algo maravilloso. Muévete, nena, y déjame entrar ahí."

Brooke se alejó del lado de la cama, y Kenneth se unió a ella, deslizándose bajo las sábanas y tomándola en sus brazos. Se inclinaron juntos, capturando los labios del otro en un beso de excitación mutua. El cuerpo de Brooke se relajó en el abrazo de Kenneth. La tensión de la semana laboral se desvaneció.

Él la acomodó de nuevo en el colchón y se inclinó sobre ella, envolviéndola en el maravilloso calor de su cuerpo.

"Te sientes tan bien", murmuró.

"Aún no has visto nada", bromeó.

"Muéstrame", le instó ella, agarrándole la mano.

Él se movió hacia un lado y voluntariamente le dejó deslizar sus dedos en su pecho, el cual acarició y tironeó primero un pezón rosado, y luego el otro.

El placer se disparó directamente al sexo de Brooke en una oleada de humedad cálida. *¡Señor, ten piedad! Ya estoy lista.*

Kenneth se inclinó y le lamió el pezón. El amplio y húmedo golpe de su lengua la hizo gemir. Cuando él contrastó el suave toque de un pezón, con un leve apretón, ella se quejó sorprendida. Entonces ella gimió bajo, mientras él se acomodaba y succionaba sus pechos.

"Oh, Dios", murmuró. Las palabras y los pensamientos coherentes huyeron, dejándola como una criatura de cruda necesidad.

La necesidad de darle el mismo placer que él le estaba dando, se apoderó de ella. Su mano se deslizó por el cuerpo de él, llegando a lo más bajo. Lo encontró totalmente erecto, tensándose contra sus calzoncillos, y lo acarició a través de la tela.

"Oh, sí", gimió. "Tócame, nena. Por favor".

"Quítate eso de encima", suplicó. "Está estorbando".

Se movió y se quitó los calzoncillos en un apuro molesto. Cuando regresó, fue para deslizarse sobre ella, sujetando sus caderas y dejándola sentir la plenitud de su amor mientras la cubría.

Está hecho de amor. Nada más que amor. Y quiere dármelo todo a mí. Al darse cuenta, Brooke atrajo a Kenneth para darle otro beso. "Te quiero", murmuró contra sus labios.

"¿Ya?"

"Sí, por favor – ahora".

"Pero..."

"Más tarde. Tenemos días. Ahora mismo, sólo te necesito a ti".

"Como desee mi señora", aceptó, su expresión seria, tan cerca de su cara. "Abre, amor". Se movió, permitiéndole doblar y extender sus rodillas.

Brooke se acercó a ciegas a la mesita de noche y buscó a tientas hasta que encontró un paquete cuadrado. Entonces casi lo dejó caer cuando Kenneth tomó su sexo con una gran mano. Cuando sus dedos presionaron hacia adentro, probando su humedad y penetrando en su vagina, un grito de puro placer resonó en su garganta.

"¿Así?" preguntó. "Veamos esto..."

Se mordió el labio cuando él se retiró, sólo para volver con un segundo dedo. Cuando él se tranquilizó, imitando suavemente el coito, su pulgar acarició directamente su clítoris, Brooke gimió, "Oh, Dios. ¡Kenneth!"

"Calla ahora, amor. Calla. Déjame tocarte. Te sientes tan bien y mojada. Déjame darte placer."

"Yo... Yo..."

"Lo sé". La besó, pero no hizo ningún movimiento para obedecer su petición balbuceante. "Quiero estar dentro de ti. Lo estaré. Espera un momento, cariño. Estás tan cerca. Déjame sentirte venir".

Las palabras volvieron a fallar. Brooke se desplomó contra la almohada y sus músculos se debilitaron.

Kenneth, fiel a su palabra, reclamó su sexo con largos golpes de sus dedos. Continuó acariciando su clítoris con su pulgar.

Un largo momento pasó mientras el placer la elevó, la arrolló y la atrajo hacia adentro hasta que todo su ser se sintió como un nervio en carne viva. Ella se preparó para acabar... atrapada en una meseta.

Kenneth le besó la garganta una, dos veces, otra vez, llevando sus labios por la mejilla hasta la boca. "Te amo", murmuró contra ella, justo cuando su liberación se abrió paso.

La espalda de Brooke se arqueó, alejando su boca de la de él, mientras un grito salvaje se desataba. El condón cayó de su puño cerrado sobre la cama.

Kenneth lo recogió, poniéndose de rodillas. De alguna manera, se las arregló para abrir el paquete y enrollar el condón sobre su sexo agotador. Se movió rápidamente, retirando sus dedos y soltando su pene dentro de ella.

"Oh, sí", gimió. "Es tan bueno".

"Tan bueno", estuvo de acuerdo, retrocediendo y regresando con más fuerza.

"Así", instó. "Por favor, cariño. Tómame con fuerza. Te necesito."

"Oh, sí", gruñó. "Sí".

Permaneció de rodillas, agarrando sus caderas para sostenerla en su lugar, mientras se lanzaba con fuerza sobre ella, se retiraba y volvía a lanzarse. El poder de sus empujes, en los lugares más secretos de las entrañas de Brooke, la hizo estremecer en otro orgasmo salvaje. El momento se sintió como una unidad pura. Pura conexión.

En ese momento, sólo ellos existían, perdidos en un mundo de placer propio. Ninguna otra preocupación la atormentaba. Nada más importaba. Sólo su amor, que creaba un capullo de seguridad donde nada podía dañarlos.

Ella extendió la mano, agarró sus hombros y lo arrastró sobre ella, para poder besar sus hermosos y carnosos labios. "Te amo", murmuró, con su voz ronca mientras los espasmos del éxtasis se agitaban en ella y a través de ella. "Te amo, Kenneth."

"Te amo, Brooke. ¡Argh!" Su espalda se tensó bajo los dedos de ella. Sus muslos se pusieron rígidos. Su ritmo profundo y precipitado se encendió, alimentándose a sí mismo mientras también sucumbía al orgasmo.

Kenneth estaba lejos de estar despierto, cuando escuchó el agua golpeando la pared de la ducha. Sonrió soñoliento para sí mismo. Satisfecho y feliz, se revolcó en la cama, respirando la fragancia de su amante, de sí mismo, de su pasión mezclada en las sábanas. *Desde que Brooke superó sus preocupaciones sobre nuestro futuro, esto se ha convertido en un dulce romance,* pensó somnoliento. *Aunque no es realmente la hora de acostarse. Supongo que ambos estamos trabajando bastante duro.*

Un chirrido lo sacó de su sueño. Refunfuñando, Kenneth arrastró sus pesados miembros fuera de la cama. Cuando el chirrido se intensificó, se tropezó con la mesa de café donde había enchufado su móvil. Lo tomó rápidamente, apenas registrando el número de su madre mientras apretaba el botón y se llevaba el teléfono a su oído. "¡Hola!"

"Hola, hijo. ¿Cómo va todo?"

"Nada mal", respondió, momentos antes de que un enorme bostezo forzara su salida.

"¿Una semana larga?", adivinó.

"Supongo que sí", dijo, sin querer entrar en detalles de por qué podría estar tan cansado a las siete de la tarde. "Tenía un examen de ensayo en mi clase de arreglos musicales, y era una monstruosidad. Gracias a Dios que era para llevar a casa. No creo que hubiera podido empezar a responder a esas preguntas en una hora, ni siquiera en dos. Luego tuve que introducir las notas de mis tres alumnos de la clase de voz, y uno estaba atrasado en las horas. Ni siquiera soy profesor todavía, y ya estoy agotado".

"Estarás bien", le aseguró su madre. "Sólo recuerda cuánto papeleo tengo que hacer siempre, y eso es después de luchar con los niños dentro y fuera de sus sillas de ruedas todo el día. Tú lo superarás, hijo. Lo lograrás".

"Lo sé, mamá. Sólo tengo que aumentar mi resistencia. No estoy acostumbrado a ello".

"Necesitas un descanso", le dijo. "Siempre espero con ansias mis descansos".

"Y tengo los próximos cinco días libres", le recordó. "Seguro que me relajaré". *Relajándome en la cama con mi novia*, añadió en silencio, una sonrisa irónica que se extendía por sus labios.

"Y entonces sólo un mes más o menos hasta la Navidad, ¿verdad?"

Sé lo que quiere decir. "Así es. ¿Por qué lo preguntas?"

"Ya sabes", respondió su madre, con alegría en su voz. "Quiero saber si puedes venir a casa para Navidad, por supuesto. Te irás a Europa por meses, y no te he visto en un año. Por favor, dime que vas a venir a casa, Kenny, al menos por un tiempo. Te echo de menos".

Kenneth abrió la boca para responder cuando una idea cobró vida. *Me pregunto.* "Sabes, mamá, puede que lo haga. Me pregunto, sin embargo. ¿Cómo te sentirías si llevara a alguien conmigo... alguien especial?"

"¿Una dama?"

"Mmmm hmmm", respondió. "Mi novia".

"Oh! No me dijiste que estabas viendo a alguien."

Kenneth se hundió en los almohadones del sofá y levantó las piernas, así que se estiró a lo largo. "No hemos estado juntos por mucho tiempo, cerca de un mes, pero está avanzando rápido. Estamos muy cerca, y...y parece un buen momento, el que estamos disfrutando juntos."

"Bueno, Dios mío. ¿Querría el sofá cama, o ustedes dos están compartiendo tu habitación?"

Siempre eres práctica, ¿verdad, mamá? "Aún no se lo he pedido, pero sospecho que... mi habitación."

"¡Oh!" dijo su madre otra vez, esta vez con un tono sabio en su voz. "Bueno, hablaré con tu padre, pero seguro. Cuantos más, mejor, y si ella es tan especial para ti, tienes razón. Tenemos que conocerla. ¿Qué hace ella, este ejemplo de mujer?"

"Es una profesora de música", le informó, sonriendo aún más.

"Ah. ¿Una cantante?"

"Sí, señora".

"Eso explica muchas cosas. ¿Cómo se llama?"

Aquí vamos. El momento de la verdad. "Brooke". Brooke Daniels".

"Oh". Una larga y pesada pausa se extendió entre ellos, y luego, contundente como siempre, su madre dijo: "Kenny, eso suena como un nombre de chica blanca".

"Buena suposición, mamá. Sí, Brooke es blanca... con pelo castaño y ojos azules. Es preciosa".

"Suenas enamorado, ¿verdad? Hijo... ¿por qué? Estoy segura de que hay muchas mujeres profesionales negras y fuertes en Chicago. Algunas incluso podrían ser músicos..."

"Y espero", la interrumpió, "que cada una de ellas encuentre el hombre... o la mujer que se merece, sin importar su raza. No puedo explicar cómo se produjo, pero no tengo ninguna duda. Brooke es la mujer para mí".

"Este tipo de cosas no funcionaron muy bien para tu bisabuelo", señaló.

Miró el cuadro que colgaba sobre la mesa. "Sí, lo sé, pero recuerda. Eso fue hace más de sesenta años. Hoy en día, la gente rara vez da más que una mirada, y si lo hacen, ella les pone los puntos sobre las íes."

"¿En público?"

"Siempre. No tiene miedo de tomarme de la mano delante de nadie, o de abrazarme o besarme. Unas cuantas veces, ha tenido que hacer oídos sordos a los chismosos, que tenían algún tipo de opinión, y nunca ha pestañeado. Está orgullosa de mí, mamá. De nosotros. Escucha esto. Pensó que yo estaba fuera de su alcance, porque soy cantante de ópera y ella es profesora de secundaria. Realmente creo que te gustaría, si le das una oportunidad".

Se detuvo, esperando.

Su madre suspiró fuertemente en el teléfono. "Bien, Kenny. Trae a tu amiga a casa. Le daré una oportunidad. No es lo que yo hubiera elegido para ti, pero siempre hiciste tu propio camino."

"Así es como debe ser, ¿no?", preguntó. "Quiero decir, tomaste tus propias decisiones para tu vida..."

"Y esta vida es tuya. Bien, bien. Les haré saber a todos que podríamos tener un invitada extra para Navidad".

"Gracias, mamá".

"Hablaremos más tarde".

El teléfono se apagó. Kenneth lo bajó a su regazo, mirando fijamente a la pantalla en blanco. *Bueno, ¿qué esperabas? Ya sabes cómo se siente mamá al querer asegurarse de que las mujeres negras tengan una vida justa, y tiene mucho sentido que lo haga. Ahora, es hora de que amplíe sus horizontes. Ella aceptará a Brooke con el tiempo, estoy seguro.*

Poco a poco se dio cuenta de que el agua había dejado de correr. Un momento después, Brooke salió, envuelta en una toalla, con su pelo mojado colgando alrededor de sus hombros. Él dobló sus rodillas, haciendo espacio para ella en el sofá, y ella se ubicó a su lado, poniendo sus pies en su regazo.

"¿Te sientes bien?" le preguntó.

"Oh, sí", ella aceptó. "No puedo pensar en la última vez que estuve tan relajada. Eres bueno para mí, Kenneth. Estoy muy agradecida por ti."

Sus palabras lo calentaron. Aunque había intentado dejar atrás su reticencia inicial, no lo había olvidado del todo. Cada palabra de afirmación le parecía una buena idea.

Todavía no confío en esto – en ella – completamente. Se está conteniendo. Puedo sentirlo. Es muy cariñosa y conectada... y sexy, pero en el fondo no cree en nosotros. No lo hará hasta que todo el panorama esté claro para ella, y yo siempre seré el segundo en sus prioridades.

Ese pensamiento duele. Duele más con cada día que pasa. Cuanto más la conocía, más se notaba su reticencia en su mente.

Estamos conectados. Una pareja. Y, aun así, ella pensaría en renunciar a esto, si su trabajo lo exigiera. Esta realidad se presentaba como un conflicto con el que él luchaba, pero algo en él le decía que valía la pena, y que se resolvería de alguna manera, al final.

"¿Brooke?", preguntó con indecisión.

"¿Hmmm?"

"Lo que dijiste antes... ¿lo decías en serio?"

Ella lo miró, sus ojos azules brillando en la luz tenue. "En serio. Tal vez no tenga sentido. Tal vez sea demasiado pronto, pero no puedo evitarlo, Kenneth. Te quiero. Te quiero y no estoy arrepentida".

Me pregunto a quién intenta convencer, porque seguramente debe saber que no soy yo, y ni siquiera creo que sea ella misma. ¿De quién es la desaprobación que te preocupa tanto, nena? ¿A quién estás intentando probar?

"¿Lo dices en serio?", preguntó. "Tú lo dijiste primero".

"¿No es esa nuestra manera?", bromeó. "Seguro que lo hemos revertido".

"Supongo que sí. Bueno, si quieres ser el guardián de mi corazón, Kenneth, no me opondré. Te has ganado el derecho por ser tan maravilloso. Supongo que no necesito preguntar, de verdad, ¿o sí?"

"No, no necesitas preguntar", estuvo de acuerdo. "Sabías que te amaba antes de que lo dijera, y aún lo sabes, al menos si dejas que tu corazón te guíe en lugar de esa mente obstinada tuya."

"Lo sé", respondió. Sus dedos se apretaron en su pie, buscando y masajeando un punto sensible. "Creo que me amas, Kenneth. Sólo Dios sabe por qué. He sido un diablo de novia, no te he apoyado lo suficiente, y me arrepiento."

"Hola", discutió, sentándose y acariciando sus nudillos en la mejilla de ella. "No más de eso. Sé que tenías tus razones para ser cautelosa. Intentemos dejar eso atrás. Estamos juntos, y no veo el final de esto. Pase lo que pase, si nos convertimos en prioridad, estaremos bien. ¿Me lo prometes?"

Ella asintió. "De alguna manera, la oportunidad se presentará por sí misma. Tengo que creerlo. Mi hermana diría que tengo que manifestarlo. La extraño tanto, a veces. No es bueno estar tan lejos, pero ¿qué puedo hacer?"

"No lo sé". Se inclinó hacia atrás, permitiéndole masajear su pie. *Le devolveré el favor más tarde.* "Yo también extraño a mi familia. Nunca planeé quedarme tan al norte para siempre". *Pucha. ¿Por qué dije eso?* Mm, ¿Brooke?"

"¿Sí, cariño?"

"¿Te gustaría conocer a mi familia?"

Sus cejas se alzaron y sus grandes ojos azules casi se salieron de su cabeza. "¿Qué?"

"No estoy bromeando. Quieren que vaya a casa para Navidad. ¿Te gustaría ir?"

"Oh, Kenneth, no lo sé. ¿Qué pensarán de mí?"

"Te amarán", le dijo solemnemente. "Te amo, y estamos muy bien juntos. ¿De qué otra forma se sentirían?"

"¿Están de acuerdo con que tengas una novia blanca?"

"Tendrán que estarlo", respondió. "No tienen voto".

"Esto no me está llenando de confianza exactamente", admitió Brooke. "Sé honesto conmigo, Kenneth. ¿Alguien que te importa se siente incómodo con las relaciones interraciales?"

"Mi madre", admitió. "No está en contra de ti, pero le interesa que las mujeres negras encuentren a los mejores hombres negros. Soy su hijo. Naturalmente, ella piensa que soy el mejor, así que..."

"Entonces, ¿ella quería que encontraras una increíble mujer negra?"

"Bingo".

"Cariño, ¿por qué no lo hiciste?" Brooke preguntó. "¿Por qué yo? He visto la universidad, el coro *y* la ópera. Hay *tantas* mujeres negras hermosas, inteligentes y con talento, e incluso birraciales. ¿Por qué yo?"

"¿Quién puede explicar estas cosas?", respondió. "Tú y yo, tenemos algo especial. Eso significa más que el color de nuestra piel. Si estás hecha para mí y yo para ti, cualquiera de esas increíbles mujeres negras podría ser solo una segunda, después de ti. Merecen estar con la persona que está destinada a ser su número uno".

"Eso es bastante metafísico", comentó Brooke. "Creo que te llevarías bien con mi hermana. Ella es una gran creyente del destino".

"Me encantaría conocerla alguna vez."

"Bueno", dijo Brooke, golpeando su barbilla con la punta del dedo, "si nos encontramos con tu familia en Navidad, tal vez podamos planear una larga escala en Dallas. Si nos quedamos allí una noche, podríamos cenar con ella antes de continuar..."

"Suena como un buen plan", dijo, sonriendo. *Quiere que conozca a su hermana. ¡Maravilloso!*

"Genial". Brooke sonrió, pero no pudo evitar notar un poco de incertidumbre en sus ojos.

9

"*Haaaacia* los hooombreeees!" La prolongada cadencia final del aria "Gloria a Dios" sonó a través de la sala del coro con una energía que producía escalofríos. La sonrisa de Brooke casi dolía. Ahora, el ensayo había pasado de ser un placer a una alegría.

Es tan encantador dejar de coquetear a Kenneth y, en cambio, abrazarlo. Las noches de los lunes son duras, porque no es práctico pasar la noche juntos cuando el ensayo termina tan tarde, pero ahora hay muchas otras noches.

"Excelente trabajo, a todos", susurró el Dr. Davis, con su voz suave, quebrada por la emoción. "Este va a ser el mejor concierto de la historia. Estoy muy orgulloso de todo lo que han logrado". Aclaró su garganta, se frotó los dos ojos y continuó, sonando mucho más normal. "La próxima semana es el último ensayo aquí en la sala del coro. En dos semanas, tendremos el primero de dos ensayos con la orquesta. Uno será el lunes, como un ensayo normal, para quitar toda la emoción del evento. Luego, el ensayo general el jueves, y nuestro concierto será el viernes 3 de diciembre, a las siete. Llamada a escena y prueba de sonido a las seis, como siempre. Si tienen alguna pregunta, envíen un correo electrónico a la oficina de la sinfónica o pregunten al líder de su sección. Me temo que estaré fuera de la ciudad esta semana y no estaré disponible".

Hizo una pausa, con respecto al coro. "Cuídense. Lávense las manos. Beban agua. Traten de no enfermarse entre ahora y la próxima semana. Pueden retirarse".

Un tranquilo bramido de murmullos, como el mar extendiéndose sobre la arena, estalló entre el coro, puntuado por el pisoteo de los adultos robustos, mientras bajaban ruidosamente de las tarimas.

Debido al ruido, Brooke apenas oyó al Dr. Davis decir: "¿Señorita Daniels?"

¿Me está llamando? se preguntó

"Srta. Daniels, ¿puedo hablar con usted, por favor?"

Uh. Me está *llamando.* "Ya voy, señor".

Bajó al podio, donde un enjambre de personas estaba molestando al director con preguntas. Él se encontró con sus ojos y sonrió irónicamente.

Pucha. Supongo que tengo que esperar.

Esperar no resultó ser oneroso, porque un momento después, Kenneth la abrazó por detrás, apoyando su barbilla en la parte superior de su cabeza. Su palpable presencia inmediatamente eliminó toda la tensión del día de sus hombros, dejándola débil. *No quiero nada más que acurrucarme en sus brazos y dormir.*

Al final, los charlatanes se alejaron, dejando a Brooke y Kenneth a solas con el profesor.

"Srta. Daniels. Gracias por esperar. Tengo que pedirle algo".

"¿Qué es, señor?" Brooke preguntó, dirigiéndose al anciano con curiosidad y fatiga.

"Nuestra soprano solista se echó atrás", explicó. "Le diagnosticaron nódulos en las cuerdas vocales y necesitará ser operada y pasar una cantidad considerable de tiempo en reposo vocal".

"Oh, Dios", dijo Brooke. "Eso es terrible. Pobre mujer". Entonces se le ocurrió una idea inquietante, haciendo que su corazón latiera.

"¿Qué puedo hacer para ayudar?" *Seguramente quiere que le sugiera una estudiante local, ¿no?*

El Dr. Davis se aclaró la garganta. "El Sr. Hill sugirió que, ya que ha cantado los solos de soprano del *Mesías* muchas veces, podría ser capaz de reemplazarla. ¿Estaría dispuesta a hacerlo?"

A Brooke se le cayó la mandíbula. "¿Yo?"

"Sí, por supuesto".

"Pero, tenemos tantas excelentes sopranos. Unos con más experiencia que yo, y..."

"Tiene la calidad de tono correcta para la música barroca, Srta. Daniels", explicó. "Sí, tenemos muchas sopranos finas, pero la mayoría de ellas cantan en el estilo romántico, con un tono pesado y un gran vibrato. Aunque son capaces de controlarlo para el canto coral, parece probable que les costaría resistirse a dejar que su solo... serpenteara, y las secciones de recitación se enturbiarían. Tienes un tono puro y claro, con un mínimo de vibrato, que la pieza requiere. ¿Lo considerarías?"

"Deberías hacerlo, Brooke", murmuró Kenneth en su oído. Su cálida voz hizo que un agradable escalofrío subiera por su espalda. "Eres una directora fantástica, ¿pero nunca quieres sólo cantar? Dudo que los ensayos una vez a la semana y cuatro conciertos al año te satisfagan. ¿Estoy en lo cierto?"

"Tienes razón", respondió, "pero..."

"¿Pero?"

Kenneth hizo esto, se dio cuenta. *Lo planeó como un regalo para ti. Quiere hacerte feliz.* En ese momento, se sintió feliz. Tan feliz que le dolía, en su pecho, donde su corazón palpitante amenazaba con destrozarle las costillas. "Sí", susurró. "Sí, lo haré. Mientras pueda seguir cantando con el coral también".

"Por supuesto", respondió el Dr. Davis. "Colocaremos el micrófono cerca de tu sección. Adelántate para tu solo. Luego retrocede y únete al coro de nuevo. Haremos lo mismo con el Sr. Hill, y nuestros solistas de alto y tenor tendrán la misma opción, si deciden aceptarla".

"Funciona para mí", dijo Brooke, tratando de sonar alegre, pero su voz sonó ronca.

"Será mejor que descanses de hablar. Suenas un poco tensa", señaló el Dr. Davis. "Bebe un poco de té caliente con miel y limón, y por favor no dejes que muchos adolescentes respiren sobre ti. No estoy de humor para encontrar otro reemplazo".

"Haré lo que pueda, señor", prometió. "Buenas noches".

Aturdida, dejó que Kenneth la guiara. Junto a los percheros, se quedó mirando fijamente, sin estar segura de lo que sentía. Kenneth se alejó de ella, y la pérdida de su calidez la dejó temblando. Encontró su abrigo, uno de los pocos que quedaban después de que casi todos se habían ido, y se envolvió en él. El sonido de la cremallera rompió el hechizo, y ella saltó sobre él, arrastrándolo a un fuerte abrazo.

"¡Tú hiciste esto!" exclamó. "Kenneth, tú hiciste esto... por mí".

"Lo hice", estuvo de acuerdo. "¿Supongo que estás contenta?" Aunque las palabras sonaban suaves, un indicio de *algo* en su tono le rogó que reconociera la intención detrás de ellas.

"Gracias", respiró, atrayéndolo hacia abajo para darle un beso. "Gracias,

amor".

"Cualquier cosa por ti", prometió.

Ella lo besó de nuevo.

"Será mejor que te vayas a casa", sugirió. "Recuerda lo que pasa cuando nos besamos un lunes por la noche..."

"Sí. Cosas buenas, en su mayoría, pero un cansancio al día siguiente".

"Un *martes* cansado", señaló. "¿Normalmente no tienes ensayos tardíos el martes?"

"Hasta las siete", le dijo Brooke.

"Maldición. ¿Puedo verte el miércoles?"

"Jueves", le dijo. "No tengo ningún ensayo extra el jueves. Hay un taller de fin de semana el sábado, así que es jueves o nada".

"Jueves", estuvo de acuerdo. La besó de nuevo. "Vete entonces. Buenas noches, nena."

"Buenas noches."

La mente de Brooke vagó mientras conducía, tan mal que no se dio cuenta de nada entre el momento en que salió del estacionamiento y el momento en que entró en su reducido espacio para ubicarse junto a su vecino, habitualmente mal estacionado. Luchó contra el intenso frío de principios de diciembre y entró en el vestíbulo y la sala de correo. Allí, vio a su amigo rondando, como de costumbre, cerca de los buzones.

"Stanley, ¿esto es todo lo que haces, merodear por el vestíbulo?", bromeó.

"De ahí vienen los mejores chismes, querida", balbuceó con un extravagante movimiento de su mano. "Mejor revisa tu correo de inmediato."

"¿Qué sabes de mi correo?" Brooke preguntó. "Espero que no hayas estado fisgoneando. Entrometerse en el correo es un delito federal". Abrió la caja y sacó una pila de volantes, facturas y un sobre con la impresión de la empresa de gestión en la esquina superior izquierda. Lo abrió y miró la misiva con el corazón a flor de piel. *Seguramente no.*

"Tranquilízate, Brookie", dijo Stanley. "Recibí el mismo correo que tú. La venta acaba de cerrarse. Nos están desalojando a todos. Necesitamos estar fuera el primero del año para que puedan empezar las renovaciones".

El frío del exterior parecía haberse deslizado por la puerta, esperando el momento adecuado para atacar. Una vez que Brooke tuvo la guardia baja, la envolvió de pies a cabeza. La besó con un escalofrío que hizo temblar su cuerpo.

"Esperábamos esto", dijo ella a través de sus labios entumecidos.

Genial. ¿Y ahora qué? se preguntó.

"Hablamos de ello, pero ¿quién creía que realmente iba a suceder?" Stanley sacudió la cabeza. "Esperaba que los nuevos propietarios se hicieran cargo y no aumentaran demasiado el alquiler".

"Yo también, pero no era probable, ¿verdad? Es un edificio histó- rico que ha sido maltratado. Tiene una estructura preciosa".

"Sí", Stanley estuvo de acuerdo. "Bueno, lo hecho, hecho está, y un mes, cerca de las vacaciones, no es suficiente para encontrar un nuevo lugar."

Oh, Dios. Tiene razón. Esto es una pesadilla. Seguramente tendré que encontrar un lugar temporal mientras busco, y no estoy ni cerca de estar lista para comprar nada. No a menos que quiera mudarme dos horas fuera de la ciudad y viajar todos los días. "Tengo que irme, Stanley. Buenas noches." Sin saber qué le dijo, o incluso si él respondió, ella se alejó flotando. Flotó, porque no podía sentir sus pies, el suelo o cualquier otra cosa. Estaba entumecida, pero por el hormigueo en la punta de sus dedos.

Sin prestar atención a las "reglas", abrió la puerta con llave y la abrió con un ruidoso golpe. Ningún grito de protesta respondió, y Brooke cayó sin elegancia en el sofá, con el brazo sobre los ojos. "Vale, Universo, ¿qué me estás haciendo? ¿Qué significa esto?"

Consideró llamar a su hermana, pero luego rechazó la idea. "Es tarde. El sonido del teléfono podría perturbar a River. Eso no sería amable. Además, ¿qué pasa si está descansando?"

Agitada, Brooke se puso de pie de nuevo y serpenteó sin rumbo por el departamento. Las paredes del espacio compacto parecían cerrarse sobre ella. "No tengo adónde ir, pero no puedo quedarme aquí. Jackie se alegrará de estar libre, pero... ¿qué voy a hacer?"

Pasó por el baño y entró, se distrajo durante cinco minutos cepi- llándose los dientes y lavándose la cara, aunque su mente inquieta nunca liberó realmente el problema.

"*Odio* cuando las decisiones de otras personas interfieren con mis planes. Lo odio. Una cosa es considerar las opciones, discutir y hacer ajustes. Otra cosa es sacudir las estructuras de la gente".

Salió del baño y apagó la luz. De nuevo, caminó por la habitación, de un lado y del otro, mientras las preocupaciones la asaltaban. Descuidadamente, se dirigió a la nada, hasta que la correa de su bolso se enganchó entre sus pies, haciéndola tropezar.

"¡Maldición!" gruñó, enderezándose y agarrándose a la correa causante de su tropiezo. El peso de su bolso la hizo escarbar dentro de una creciente colección de recibos innecesarios y envoltorios de chicle hasta que encontró su teléfono. Sin pensarlo, activó la pantalla y presionó su número de marcación rápida.

"¿Hola?"

El hermoso y bajo tono de la amada voz de Kenneth la envolvió y se hundió en ella, quitándole la sensación de angustia.

"Nena, ¿estás ahí? ¿Has marcado con el trasero?"

"No, estoy aquí", respondió. "Lo siento, es que tienes una voz tan hermosa, me distraje."

"Gracias". Ahora, Kenneth sonaba desconcertado. "¿Necesitabas algo?"

"Sí. Espero no haberte despertado."

"No lo hiciste", respondió. "Estaba haciendo algunos trabajos".

"Oh, siento haberte molestado."

"No me molestas", instó. "Es aburrido. Me alegro de la distracción. Además, pareces molesta. ¿Qué es lo que pasa, nena?

"Mi edificio ha sido vendido", dijo ella. "Tengo que dejar el departamento para el primero."

"¿De enero?"

"Mhm."

"Maldición, es muy rápido. ¿Es legal?" Kenneth preguntó. "¿Treinta días? Puede tomar ese tiempo sólo para que se apruebe una solicitud".

"Lo sé", respondió, sintiendo que su angustia aumentaba. "Seguramente tendré que conseguir una habitación en algún hotel de mala muerte, durante varios días, a precio excesivo, gastando dinero cada semana hasta que encuentre algo, y *luego* pagar el primer y último mes de alquiler y el depósito. ¿Sabes qué terrible tajada le quitará esto a mis ahorros? Sin mencionar el tiempo que me tomará hacer todo esto, justo en Navidad, con un concierto para dirigir, otro para actuar, solos, finales y calificaciones".

Abrumada, Brooke levantó las manos y preguntó: "¿Qué voy a hacer, Kenneth?"

"Oye", dijo, su voz baja y lenta como la melaza. Oscura y dulce. "Tranquila, Brooke. Tranquila. Hay una solución. Lo pensaremos. Será simple e indoloro".

"¿Cómo *sabes?*", exigió. "¿Qué puedo hacer?"

"En primer lugar", instó, "tienes que dejar de entrar en pánico. Mudarse de departamento no es *tan* terrible. Entiendo que no es lo que querías, pero preocuparte tanto, no te ayudará en nada. Además, recuerda que no tienes que hacer esto por tu cuenta. Yo estoy aquí. Te ayudaré. Nunca estarás sin hogar, y no necesitarás quedarte en ningún hotel de mala muerte. Lo prometo."

Oh, por supuesto. Por supuesto, me dejará dormir con él hasta que encuentre un lugar. Qué bueno sería eso de todos modos. Brooke se relajó un poco. *Sigue siendo una molestia y un golpe para las finanzas, pero no gastaré en las semanas de la transición. Estará bien.* Respiró profundamente y soltó su respiración lentamente. "Gracias. Realmente eres el mejor, Kenneth".

"Hazme un favor, ¿vale? ¿Estás lista para ir a la cama?"

"Sólo tengo que cambiarme".

"Entonces, cámbiate, cariño. Ponte tu pijama más cómodo".

Presionó el botón para poner el teléfono en el altavoz y sacó un camisón de franela. "Hecho".

"Acuéstate".

Retiró la manta y se metió en la cama.

"Estás muy cansada. Tuviste un gran día. Por eso estás en pánico, pero no puedes dejar que esto te mantenga despierta toda la noche. Te vas a enfermar, y tienes un gran solo que cantar. ¿Estás acostada ahora?"

"Casi". Rápidamente dio la vuelta al departamento, apagando las luces. Luego se deslizó bajo las mantas. "Ahora sí".

"Bien. Piensa en dónde está tenso tu cuerpo. ¿Hombros? Relaja tus hombros. Afloja tus puños y tu mandíbula. Imagina que estás a punto de cantar "Reina de la Noche". ¿Qué necesitarías hacer con tu cuerpo para estar lista para un aria tan desafiante?"

En el momento oportuno, su cuerpo cayó en una postura de canto, forzando a la tensión a liberarse. Una fatiga envolvente la envolvió. Bostezó.

"Vas a estar bien", le aseguró Kenneth. "Todo va a estar bien. Vas a tener una buena noche de sueño, y mañana – sí, mañana – la solución se presentará por sí misma, y será fácil."

"Pero cómo puedes..."

"Detente", instó. "Deje de entrar en pánico. Sólo confía en mí. ¿Confías en mí?"

"Sí".

"Entonces relájate. Preocuparse no ayudará. Relájate. Duerme. Te quiero, Brooke."

Una vez más, forzó sus músculos a liberarse. *Tiene razón. Preocuparse sólo desperdicia energía. No resuelve los problemas.* El agotamiento se fue acumulando, superando el estrés persistente. "Te amo, Kenneth".

"No puedo decirte cuánto me gusta oír eso. Duerme, cariño. Buenas noches."

"Buenas noches", dijo en voz baja. Apenas despierta, buscó a tientas el teléfono hasta que apretó el botón, y luego lo dejó caer en la mesita de noche. El sueño se apoderó de ella un segundo después.

Kenneth colgó el teléfono, con una idea irresistible rondando su mente. Sin detenerse a reflexionar, buscó en su teléfono e hizo otra llamada.

Una voz somnolienta se agitó en el teléfono, "Si este no es un hombre locamente guapo con chocolate, voy a colgar".

"Mm, ¿de acuerdo?" Kenneth dijo. *¿Es realmente tan tarde?* Echó un vistazo a la pantalla. *9:37. No está tan mal.*

"¿Quién es?" Autumn sonó despierta ahora.

"Es Kenneth. Lo siento si te he despertado."

"¿Kenneth? ¿El Kenneth de Brooke? Oh, hola."

"Sí, hola. Tengo una pregunta para ti".

"Dispara", sugirió, no como un epíteto, sino como una invitación.

"Necesito hacerle una pregunta a Brooke, pero me preocupa su reacción".

"Oh, Dios. ¿Vas a declararte?"

Kenneth se ahogó. "No. Quiero decir, sí, probablemente, algún día, pero no ahora. Eso sería una locura. No voy a proponerle matrimonio en este momento. Hemos sido una pareja por menos de dos meses."

"Bien, eso es probablemente sabio", dijo Autumn. "Algunas personas estarían de acuerdo en moverse tan rápido, pero no Brooke. Definitivamente no."

"Bien".

"¿Entonces de qué te preocupas y por qué preguntas, Kenneth?" Autumn suspiró, y su suspiro se convirtió en un bostezo.

Bien, Hill. Ve al grano. "El edificio de departamentos de Brooke ha sido vendido, y todos los inquilinos serán desalojados. Está entrando en pánico, por supuesto, pero no debería ser un gran problema. Quiero invitarla a que se mude conmigo, pero está tan nerviosa. ¿Crees que la invitación la ayudaría o la asustaría más?"

"Ooooh". Autumn exhaló. "Entiendo a dónde vas con esa pregunta. Bien por ti por ser tan sensible".

Suspiró. "¿Puedes decirme *por qué* está tan asustada de todo? La conexión que tenemos es... indescriptible. La amo. Ella dice que me ama, pero..."

"¿Pero siempre se está conteniendo?"

"Exactamente. ¿Tiene esto algo que ver con el padre de ustedes? Ella mencionó unas cuantas veces lo controlador que puede ser..." Se alejó, sin querer ofender.

"Sí, en gran parte, estoy segura. Papá nunca ha actuado bien en lo que respecta a Brooke. Es más duro con ella de lo que tiene razón de ser, y a menudo es feo. Es como que, no importa lo que ella haga, no es suficiente para él. Siempre encuentra razones para estar decepcionado de ella. Deberías haberlo visto cuando ella le dijo que iba a cambiar su especialidad por la música. Era como si hubiera sacado un arma y le hubiera disparado".

"¿Por vivir su vida? ¿Por no dejarle seguir su carrera? Eso no está bien."

"Lo sé", acordó Autumn, "especialmente cuando consideras que *nunca* me hizo pasar un mal rato por nada. Ni siquiera cuando me quedé embarazada y dejé la universidad. Ni cuando abrí una tienda de ocultismo. Diablos, me regaló el anticipo de mi tienda, y me deja alquilar la casa de huéspedes de su propiedad por debajo del valor de mercado para que pueda ahorrar dinero".

"¿Qué demonios? No me extraña que tenga problemas".

"Sí, papá es un idiota con ella. Eso es una gran parte del problema. Ella sigue tratando de ganar su aprobación, pero no creo que haya manera de que pueda hacerlo. Ella debería poner límites a sus tonterías y ser feliz".

"Suena como un buen plan".

"Puedes ayudarla con eso", sugirió Autumn. "Muéstrale cómo es la auto-aceptación radical. Afirmarla en cada oportunidad que tengas. Por lo que me ha dicho, lo haces sin pensar".

"Bueno, sí. Sólo quiero que sea feliz".

"Bien, bien. Entonces definitivamente deberías invitarla a mudarse. Es hora de que desafíe su status quo de nuevo, y el universo la ha forzado. Es práctico para ustedes dos ahorrar dinero viviendo juntos. Ese argumento debería influirla al menos un poco".

"Pero, ¿estará de acuerdo?" Kenneth exigió. "Su reticencia sobre nuestra relación seguramente pesa más que un padre autoritario".

"Aceptará", aseveró Autumn. "Creo que papá es la raíz de los problemas de Brooke, pero... Bueno, escucha, esta no es realmente mi historia para compartirla, pero dudo que ella sea sincera al respecto. Todavía está herida y humillada. Sé que no está tratando de hacerte daño, pero... el bagaje es una mierda".

"Estoy escuchando", respondió Kenneth.

"Así que, no sólo papá trató de elegir la vocación de Brooke, sino también le presentó a quien iba a hacer la especialización con ella, Jordan Hwang".

"Oh, Dios. ¿También eligió a su novio?"

"Más que eso". Autumn sonó irónica. "Creo que lo vio más como un matrimonio arreglado. La única vez que papá mostró la más mínima aprobación, fue cuando Brooke se mudó con Jordan y estudiaba finanzas. Ella seguía su camino exactamente como él se lo había trazado, y ella se sentía miserable, pero él era feliz."

"¿*Quería* que se mudara con un tipo?"

"Lo hizo", aceptó Autumn tristemente. "Ella incluso pensó que lo amaba".

"No es sorprendente, dadas las circunstancias", respondió Kenneth. "Debe haber estado desesperada por la aprobación de alguien".

"No te equivocas".

"Entonces, ¿qué pasó?" Kenneth preguntó. "¿Se agrió la relación después de que Brooke cambiara de especialidad?"

"No, me temo que no", dijo Autumn. "Habría sido mejor si lo hubiera hecho, sobre todo porque en ese momento sólo habían estado saliendo unos pocos meses. En cambio, vivieron juntos durante dos años. Ella creía – todos creíamos – que él estaba esperando a terminar la universidad, y luego le propondría matrimonio."

"¿No lo hizo?" Kenneth lo adivinó.

"No". Autumn suspiró. "Unos días antes de la graduación, le dijo a Brooke que se mudaba para ir a la escuela de graduados. Ella se sorprendió, pero le preguntó a dónde se dirigía, para poder solicitar un trabajo. Él le dijo..." Aclaró su garganta, y cuando continuó, su voz estaba lejos de ser firme. "Él le dijo que era hora de tomar caminos separados. Que su aventura universitaria había terminado, y que planeaba seguir adelante *sin* su *compañera de cuarto*. Estaba destrozada. Ella había planeado casarse con él, y él sólo la veía como una compañera para coger."

Sus palabras contundentes y lacrimógenas golpearon a Kenneth como un puñetazo en las tripas. *Eso explica mucho.* "Señor ten piedad", dijo, haciendo eco del juramento favorito de su abuela, "¿Qué dijo su padre? ¿No se enfadó con su interno por no estar a la altura de las expectativas?"

Autmn resopló. "¿Papá? ¿Ver la realidad? Diablos, no. Culpó a Brooke por perder una "buena posibilidad " y le dijo que era su culpa que Jordan perdiera el interés. Estaba destrozada. Me sorprendió que sobreviviera a su programa de maestría después de eso".

El estómago de Kenneth se transformó en náuseas al imaginar cómo se debía haber sentido. *Es increíble que se arriesgara.* "Entonces, ¿sería una mala idea preguntarle, aunque eso arreglaría su problema de vivienda por completo?"

Autumn hizo en pausa. "Sigo pensando que es una buena idea", le dijo por fin. "Deberías invitarla, pero de alguna manera tienes que ayudarla a saber que esto no es una conveniencia o temporal...sin que se asuste por la rapidez de la decisión. Es un campo minado. Te deseo suerte".

"Gracias. Suena como que voy a necesitarla. Gracias también por decirme lo que necesitaba saber".

"De nada. Por favor, cuida de mi hermana. Ella lo necesita. Se lo merece".

"¿Pero lo permitirá?" Kenneth preguntó.

"Pregunta justa", respondió Autumn. "Bien, no importa. Sólo iré a hacer algunos ejercicios de visualización".

"¿Es esa la versión New Age de la ofrenda para rezar?"

"No, yo también rezo", respondió Autumn. "De hecho, es una buena idea. Buenas noches, Kenneth. Gracias por llamar."

"De nada". Adiós".

Colgó el teléfono y lo miró fijamente. *Como de costumbre, responder a una pregunta sólo hace que surjan un montón más, cada una de ellas más incontestable que la anterior.*

10

$\mathcal{B}$rooke bostezó enormemente al girar la gran llave de la puerta del coro, cerrando de forma decisiva el ensayo con todas sus preguntas. "Sí, puedo escribir una carta de recomendación", murmuró en voz baja. "Sí, iremos a varios concursos en primavera. Sí, el campamento de vacaciones de primavera se llevará a cabo este año. Sí, todo el mundo todavía tiene que hacer una audición para el grupo de mayores, incluso si son mayores."

"¿Un día largo?" Nancy preguntó, saliendo de su oficina.

"Un poco", respondió Brooke. "Estamos en esa parte incómoda del año en la que, aunque hemos aprendido las notas, los estudiantes tienen que superar la inercia y trabajar en el estilo y *prestar atención*. Tienen el pavo que les da sueño y la Navidad en el cerebro."

"Y el concierto es la próxima semana."

"Y el concierto es la semana que viene", aceptó Brooke. "Estarán bien, no tengo ninguna duda. No están tan preparados como creen. Sucede en esta época todos los años."

"Estarán bien", coincidió Nancy. "¿Estás bien, Brooke? Pareces un poco agitada".

"Estoy bien", dijo al instante. "Voy a tener que encontrar un nuevo departamento. Mi edificio ha sido vendido. Feliz Navidad para mí, ¿eh?"

"Oh, esto es muy malo", respondió Nancy, dando una palmadita en el hombro a Brooke. "¿Tienes algún lugar en mente?"

Brooke sacudió la cabeza. "Estoy un poco perdida, y he estado demasiado ocupada toda la semana incluso para empezar a buscar."

"Oh, querida. Y tenemos un ensayo el sábado también. Tal vez deberías dejar que me encargue de ello para que puedas visitar algunos departamentos, cariño".

"Oh, no podría", respondió Brooke. "Todos cuentan conmigo, y son demasiados niños para ti y el acompañante. Quiero decir, todos son buenos chicos, pero..."

"Otro par de ojos no vendría mal".

"Bien. No te preocupes, Nancy. Estoy segura de que se me ocurrirá algo".

"¿Quizás esta tarde? Ya que son sólo las cuatro, podrías hacer algunas llamadas telefónicas..."

"Es una buena idea", respondió Brooke. "Me voy a la casa de mi novio. Estoy segura de que me ayudará a buscar".

"Oh, ¿estás viendo a alguien?" Los ojos de Nancy se abrieron de par en par detrás de sus bifocales. "No estoy segura de haberlo sabido. No has mencionado a nadie. ¿Cómo se llama?"

"Kenneth..."

"¿Kenneth Hill?" Nancy aplaudió y gritó como una adolescente. "¿Ese adorable cantante de ópera es tu novio? Oh, Brooke, ¡eso es maravilloso!"

Brooke sonrió, aunque todavía se sentía estresada y débil. "Gracias. Es tan agradable y dulce como parece. Estoy increíblemente bendecida".

"Él también, cariño", le recordó Nancy. "Date prisa, ahora. Fuera. Ve a verlo."

"Ya voy, ya voy". Brooke entró en su oficina y sacó su pesada chaqueta del respaldo de su silla, encogiéndose de hombros a pesar del calor casi tropical de la oficina. Agarrando su bolso del cajón del escritorio, se abrió camino para salir. Nancy había regresado a su oficina.

"Mm, ¿Nancy?"

"¿Sí, querida?"

"¿Has oído algo sobre el puesto de director principal?"

"No, seguro que no", respondió Nancy. "No creo que me mantengan al tanto, pero me sorprendería que dijeran algo antes de que se cierre el aviso de publicación en enero".

"Oh, claro. ¿Quieres que cierre la puerta del pasillo al salir?" preguntó.

"Claro", respondió Nancy. "Sólo déjame asegurarme de que puedo encontrar mis llaves, aquí están. Te veo mañana".

"Nos vemos", respondió Brooke.

El pasillo del exterior del edificio parecía demasiado corto. Mientras abría las puertas a empujones y salía en una tarde de principios de diciembre, la ráfaga de frío le quitó el aliento. Temblando, se dirigió rápidamente por la acera hacia el estacionamiento de los profesores. Podía ver su vehículo cerca de la parte trasera. Parecía alejarse cuando se acercaba, su aliento producía vapor alrededor de su cara y oscurecía su visión.

"Inviernos del norte", murmuró, recordando el "frío" de Texas. "Cincuenta grados y soleado. Qué tropical suena eso ahora. Extraño el sur".

Una ráfaga le golpeó en la cara, robándole las palabras y recordándole que, si bien el invierno había llegado definitivamente, era probable que el frío fuera aún más intenso en los meses venideros. "Ugh. Ya estoy sufriendo el invierno, y aún no ha comenzado."

Gruñona y frustrada, Brooke aumentó su ritmo. A pesar del ejercicio vigoroso, sentía aún más frío al caminar, y se sentía más decaída que nunca. "Maldito lugar", murmuró.

Al final, llegó a su vehículo, sólo para descubrir que una fina película de hielo se había formado en todas las ventanillas durante el día. Maldiciendo por otra demora, encendió el motor y puso la calefacción, antes de buscar los guantes que había olvidado en el coche esa mañana. Se sentían congelados y fríos aún más en sus manos, antes de aceptar a regañadientes su calor. Ignorando sus dedos doloridos, buscó detrás del asiento del conductor y encontró una rasqueta, rápidamente quitó la escarcha de sus ventanillas, en un patrón irregular de largos y erráticos movimientos, que dejaban trozos pegados aquí y allá.

Para cuando hubo dejado las ventanillas transparentes, el coche se había calentado a una temperatura tolerable, y ella se recostó en el asiento, tirando la rasqueta a un lado y apoyando su cabeza en el apoyacabeza. A medida que su cuerpo se calentaba, sus sentimientos incómodos pasaron a primer plano. "Odio el invierno mucho más de lo que esperaba. Pensé que sería una aventura, pero es sólo una molestia. Caramba, hoy estoy gruñona, y no puedo tener pensamientos agradables. Pobre Kenneth. Se está poniendo agria, Brooke, esta vez. Tal vez debería cancelar nuestro encuentro, para que no tenga que soportar mi mal humor."

Su teléfono sonó.

Esperando que sus dedos congelados se descongelaran lo suficiente para tomar el volante, buscó a tientas en su bolso y lo sacó, viendo un texto de Kenneth. Instantáneamente, una sensación de calidez y calma estalló en el centro de su pecho, irradiándose hacia sus frías extremidades. Abrió el mensaje y vio que era una foto de él sosteniendo una botella de Kahlua. Debajo, un breve mensaje decía: "Ha sido una larga semana. Celebremos el haber llegado al jueves.

No podría estar más de acuerdo. Estoy en camino, envió de vuelta.

Respondió con un pulgar hacia arriba y varios emojis de sonrisas y besos en la cara, junto con un par de corazones.

El humor gruñón de Brooke se evaporó. Encendió el motor de su auto y salió del estacionamiento. Entre las camionetas de la escuela y la gente que salía del trabajo temprano, las calles estaban abarrotadas y llenas de gente. Se abrió camino, atrapada detrás de un autobús urbano, incapaz de evitarlo porque el tráfico en el carril izquierdo nunca disminuyó.

El cielo, sorprendentemente oscuro para la hora, estaba lleno de nubes pesadas y oscuras. Mientras Brooke conducía, parecían hincharse y retroceder, pulsando contra la puesta de sol. Un chapoteo golpeó el parabrisas, y luego otro, y un tercero; gotas de lluvia grandes y pesadas, mezcladas con hielo.

Oh, genial.

El tráfico disminuyó aún más, hasta que Brooke sólo pudo avanzar un par de dolorosos centímetros cada vez. El viaje de quince minutos a través de la ciudad duró casi una hora, y al final, la carretera se volvió resbaladiza. Su coche empezó a derrapar en las curvas.

Por fin, llegó al parque frente al edificio de Kenneth y se encontró con un lugar, casi demasiado diminuto para su pequeño coche y que no estaba cerca de donde ella quería estacionar. Aun así, se detuvo con facilidad, estacionándose torpemente en un ángulo que en realidad no era paralelo al bordillo, aunque no interfería con el tráfico.

"Suficientemente bueno", murmuró, examinando su alineación. Luego se dio la vuelta y caminó media cuadra con un viento desagradable que le hizo caer gran cantidad de nieve en la cara.

Sus zapatos de trabajo planos resbalaban y se deslizaban por la acera, y sus pies casi se salían de dentro de ellos. Se agarró al tronco de un árbol delgado y sin hojas para estabilizarse, antes de avanzar con dificultad hasta el cruce de peatones que atravesaba seis carriles de tráfico desbocado y fuera de control.

No quiero cruzar, pensó.

Otra ráfaga de viento helado la empujó hacia atrás desde el borde, como si la protegiera.

En el lado opuesto, una figura alta con un abrigo azul brillante se acercó a la acera. Aunque el viento lo golpeaba, no se desvió del rumbo como lo hizo Brooke. Se metió con confianza en el paso de peatones, mirando a los coches como si los inmovilizara con la fuerza de su voluntad.

No invadieron su espacio.

Llegó a la acera de enfrente y extendió una mano, atrayendo a Brooke hacia él. "Estaba preocupado".

"El tráfico era un desastre", murmuró ella, cerrando su abrigo. "Quedé atascada detrás del autobús. Creo que inhalé todo un tanque lleno de diesel del escape."

"Me lo imaginaba", respondió. "El tráfico siempre está horrible a esta hora del día, y el clima lo empeora. Como un compañero sureño, no estaba seguro de cómo estabas conduciendo en esta situación." Agitó una mano ante la precipitada ofensiva. "Mezcla invernal es un nombre tan inocuo para esta aguanieve del demonio".

"Lo sé", respondió Brooke. "No voy a mentir. Fue una conducción bastante aterradora".

"Me doy cuenta. Estás temblando. La luz está a punto de volverse a nuestro favor. Démonos prisa en entrar".

Brooke no respondió. En cambio, se metió más profundamente en la chaqueta de Kenneth, dejándolo que la guiara hacia adelante, hacia la calle. Cruzó decidido y la llevó al vestíbulo de su edificio.

"¿Está bien?", preguntó una voz al azar.

"Sí, sólo con frío. Es tan pequeña, y está muy feo afuera", respondió Kenneth. "Tenía miedo de que se fuera a volar a Wisconsin. No quiero perder a mi novia".

Ella se rió, alejándose de su abrigo. "No te equivocaste al preocuparte. Tenía algunas dudas sobre mi capacidad para cruzar por mi cuenta." Mordiendo su guante, sacó su mano y entrecruzó sus dedos con los de Kenneth. "Gracias por rescatarme, amor".

"En cualquier momento. ¿Subimos?"

"Vamos".

Kenneth saludó a su vecino y se alejó hacia el ascensor. Una vez que las puertas se cerraron, y dejaron de ver el vestíbulo, Brooke rodeó a Kenneth con sus brazos y lo inclinó hacia abajo.

"Hay una cámara, sabes", murmuró entre dientes.

Ella se encogió de hombros. "Estoy segura de que el guardia de seguridad ha visto a la gente besarse antes. No estoy proponiendo nada más fuerte".

"Auh". Frunció su labio con un mohín aparatoso.

"En el ascensor, tonto. Una vez que estemos solos..."

"Ah, sí."

Se miraron a la cara y se echaron a reír.

Un momento después, el ascensor se detuvo y la pareja salió corriendo por el pasillo hasta el departamento de Kenneth.

"¿No es ridículo?" Brooke preguntó con una risita.

"Locura", Kenneth estuvo de acuerdo. "Se siente como en la secundaria otra vez".

"Háblame de ello". Brooke golpeó su dedo del pie con impaciencia mientras Kenneth sacaba la llave de su bolsillo y la encajaba en la cerradura.

"¿Tienes prisa, nena?", preguntó.

"Podría tener prisa".

A Kenneth se le cayeron las llaves al suelo. "Ups".

"Sabes, si te retrasas, te diviertes burlándote de mí, pero también nos retrasas a *nosotros*." Se arrodilló y tomó las llaves, entregándoselas a Kenneth.

"¡Oh!" Riéndose, abrió fácilmente la puerta y entró.

"Estás de buen humor", señaló.

"Bueno, por fin estás aquí", le dijo. "Te he extrañado. También estoy muy nervioso".

Brooke levantó una ceja. "¿Por qué?"

"Tengo algo que preguntarte", dijo. "Es algo importante, y no sé cómo vas a reaccionar".

"Eso suena siniestro. Tal vez deberías terminar con esto y que terminemos ambos con este sufrimiento". A pesar de su tono frívolo, una sensación de náusea comenzó a aparecer en el vientre de Brooke.

"Estoy de acuerdo. Deja esa bolsa y ven a sentarte conmigo", sugirió.

Brooke dejó caer su cartera y su bolso de viaje cerca de la puerta, y dejó que Kenneth la llevara al sofá de la izquierda. Su corazón comenzó a latir con fuerza.

Por favor, no me dejes ahora, ella pensó con tristeza. *Por favor no termines esto ahora que estoy enganchada.* Que sus pensamientos no encajaran en el contexto de sus comentarios ni siquiera se le ocurrió. El pánico ciego se desató, y ella lo aplastó lo mejor que pudo.

Él giró parcialmente para mirarla, tomando su mano y colocando sus dedos enlazados sobre su rodilla. Respiró profundamente. "Necesito preguntarte algo", dijo otra vez. "No quiero que te lo tomes a mal. Quiero decir, para ser honesto, hablé con tu hermana, y ella me contó un poco sobre... sobre tu ex, y no quiero que ninguna de esas tonterías se interponga en esto."

La confusión no hizo nada para calmar el creciente pánico de Brooke. "¿Jordan? ¿Qué tiene que ver él con todo esto?"

"Tal vez debería ir al grano", dijo Kenneth. "Brooke, quiero que te mudes conmigo. ¿Estás dispuesta?"

Más confundida que nunca, Brooke bajó las cejas y miró fijamente a Kenneth. Sus cálidos ojos marrones parecían tiernos... y preocupados. "Sí, realmente lo aprecio", dijo ella. "Es genial tener un lugar donde quedarme mientras busco un lugar mejor para vivir. Odiaba la idea de desperdiciar el dinero en un hotel de mala muerte".

"No, eso no. Quiero decir, si es importante para ti vivir sola, por supuesto que es tu elección, pero no estoy hablando de que te quedes aquí temporalmente. Quiero que nos mudemos juntos... como una pareja".

"¿Quieres decir, a largo plazo?"

"Exactamente".

Brooke tragó saliva. "No lo sé, Kenneth. ¿No es un poco rápido? Hemos sido una pareja desde octubre, pero apenas es diciembre. Menos de dos meses."

"Lo sé", estuvo de acuerdo. "Normalmente habría esperado unos meses más, pero el asunto de tu edificio de departamentos..."

"Lo sé". Se mordió el labio. "Es una opción sensata, pero..."

"¿Pero?"

"Pero necesito un minuto para pensar".

"Sabías que te lo pediría eventualmente. Dadas las circunstancias, ¿por qué te sorprende?"

Brooke miró la cara de Kenneth, observando cada rasgo amado. Pelo corto y grueso, oscuro y rizado cerca de su cuero cabelludo. Amplios y cálidos ojos marrones, fijados en ella con un calor innegable. Nariz ancha y labios carnosos, medio escondidos bajo una barba bien recortada. Se veía tan atractivo y dulce. Le llegaba al corazón.

¿Por qué luchar contra lo inevitable? se preguntó. *Kenneth es para mí. Es solo eso. Nunca más habrá algo como esto. Él me quiere con él. Me ama lo suficiente como para tolerar todos mis divagues y mi exceso de pensamiento. Dispuesto a limitar su búsqueda de trabajo para que yo pueda construir mi carrera. Todo lo que quiere es que estemos juntos. Pasar nuestras noches juntos, incluso cuando tenemos un ensayo. Volver a casa el uno con el otro.* El pensarlo era innegablemente atractivo.

"Sería práctico", dijo otra vez. "Creo que vamos a unir nuestros recursos más y más en el futuro. ¿Por qué pagar dos alquileres cuando sólo tenemos que pagar uno?"

"Dos clases de utilidades..."

"Pero mi coche..."

"Este edificio en realidad asigna dos espacios por persona, pero ambos coches tienen que estar registrados a nombre de los inquilinos. No quería que te remolcaran tu auto".

"Ah, gracias".

Le alisó el pelo de la cara. "Es práctico, pero no es por eso que quiero hacerlo."

"Ya lo sé", dijo. "Una cosa que he aprendido hasta ahora es que puedo confiar en ti, Kenneth."

Su sonrisa pasó de una expresión de nostalgia a una tierna sonrisa. "Eso significa mucho para mí, Brooke".

"Nunca pensé que *no* fueras lo suficientemente bueno para mí", le recordó. "Sólo me preocupaba por retenerte".

"Como si pudieras", se burló.

"Dime una forma más de que sea práctico", instó Brooke. "Casi me convence la idea".

"Tengo que salir de la ciudad por unos meses en la primavera. El contrato de arrendamiento no es hasta junio. Odio la idea de pagar por un departamento vacío, y..."

"Vendido", dijo.

Sonrió. "Entonces, ¿te mudarás?"

"Lo haré", Brooke estuvo de acuerdo. "¿Cuándo?"

"Dijiste que tenías un ensayo este sábado, ¿verdad?"

Ella asintió.

"El domingo entonces. Te ayudaré."

"Perfecto". Brooke se estremeció, incapaz de mantener una sonrisa en su cara. "Estoy feliz".

"Yo también".

"¿Kenneth?"

"¿Sí, cariño?"

"Yo sigo teniendo frío".

Kenneth se hundió contra los almohadones del sofá. "Bueno, entonces, nena, ¿por qué no vienes aquí y ves si puedo calentarte?"

Brooke sonrió, poniéndose de pie y tirando de su suéter por encima de su cabeza.

Para cuando Kenneth terminó con ella, ya no sentía ningún escalofrío o estrés. Ella colapsó contra su pecho, su cabeza sobre su hombro, completa como un gatito bien alimentado e igual de contenta.

11

*A*unque había subido al escenario muchas veces, esta vez, las luces hicieron sudar a Brooke en su vestido negro de concierto. A su derecha, la solista alto brillaba con un vestido de lentejuelas azules, con su corpulento cuerpo tambaleándose en sus tacos aguja. El solista tenor, un hombre delgado, había añadido una corbata roja salvaje. Directamente frente a ella, Kenneth le llamó la atención, luciendo guapo en su esmoquin y barba recién recortada.

Le guiñó un ojo.

¿En qué estaba pensando, aceptando esto? se preocupó. *No he hecho un solo en años. No desde la universidad. ¿Quiero hacer esto?*

El tiempo para protestar había pasado, así que Brooke estiró su espalda y se dio vuelta ignorando intencionalmente al público, que no podía ver en la oscura sala de conciertos.

El Dr. Davis subió a su podio. Levantó su batuta y le pidió al concertino que hiciera sonar su cuerda para que la orquesta pudiera afinar.

Brooke dejó que su mirada se deslizara sobre los violines, luego los instrumentos de viento de madera, y por último los instrumentos de viento en metal y los de cuerdas, mientras todos alineaban sus tonos. Inhaló lentamente por la nariz y exhaló. *Mierda. Aquí vamos.*

La orquesta tocó un acorde largo y bajo. Luego uno corto seguido de otro largo. Otro acorde corto. Un melisma continuo. Seguidamente, se deslizaron lentamente a través de la primera parte de la obertura del *Mesías*.

Brooke cambió lentamente su peso de un pie al otro, para evitar bloquear sus rodillas. Su corazón se aceleró siguiendo el ritmo. Lento, pero pesado, golpeando en su garganta.

La segunda sección de la obertura comenzó con los violines sonando rápidamente, con unos acordes alegres. Las violas y las cuerdas graves los seguían. Luego los vientos se unieron y el tímpano golpeó. Los oboes sonaban, mientras los clarinetes tocaban. De alguna manera, bajo la alegre melodía, una triste tensión se apoderó de ellos y creció. Al final, terminaron con un agradable acorde.

El tenor solista se puso de pie.

Es tan delgado, pensó Brooke. *Me pregunto cuánto poder tiene.*

Respondió sacando un enorme pulmón lleno de aire y cantando, "Te coooonsueeeelo". Aunque suave, su tono tenía más fuerza de lo que ella esperaba. Sonrió mientras él se movía confiadamente a través del recitado de "Te consuelo", y luego voló en el aire del "Valle de Ev'ry". Jugó con los melismas, haciéndolos suyos y saboreando cada giro y trino.

Caramba. Espero que mis arreglos no desentonen. Son mucho más simples y más tradicionales. Ojalá hubiéramos tenido tiempo de hablar antes del ensayo general.

Terminó el aria y Brooke volvió a la sección de sopranos para el coro de apertura, "Y la gloria del Señor". La música conocida ayudó a calmar sus nervios.

Esto es bueno, pensó, ya que la adrenalina del terror y la alegría de actuar se mezclaron para crear una elevación que ninguna droga podría igualar.

El coro corto no tomó mucho tiempo, y luego comenzó otra sección de solistas.

Esta vez, le tocó a Kenneth impresionar al público, y lo hizo. Su rico bajo se apoderó de cada molécula del cuerpo de Brooke mientras se movía a través del recitado de "Así dice el Señor". Cuando esta parte de la narración llegó a su fin, miró en la dirección de Brooke, le llamó la atención y le guiñó un ojo. Luego, como el tenor, se sumergió en su aria, "Pero quién puede permanecer". Puso su propio sello en la desafiante melodía, llevándola a un nivel de exigencia técnica aún mayor.

Estoy deslumbrada, pensó Brooke. *Es tan difícil para las partes bajas de la voz – alto y bajo – ajustar su tono a la movilidad simple requerida para una pieza como esta, y aun así, toca cada nota tan ligeramente como una pluma. Oh, estoy tan enamorada de él.*

Luchó por concentrarse, porque el siguiente coro, "Y él purificará", era uno de los más difíciles de interpretar, y tenía varias entradas a ciegas que no se podían sentir, sólo memorizar. *No es mi favorito, pero es muy llamativo. Los oyentes inteligentes apreciarán lo duro que hemos trabajado para prepararlo.*

Parece que lo habían hecho. Sutiles cambios en las figuras sombrías más allá del escenario sugirieron que se habían inclinado hacia adelante, con atención. A pesar de la dificultad, Brooke no se esforzó en contar correctamente, ni en tomar nota de sus tonos de entrada. *Tengo que dar un buen ejemplo. Tengo estudiantes ahí fuera.*

La siguiente sección fue para la solista de alto, que le dio un giro diferente y especial a su recitado y aria. Le pasó la posta a Kenneth con una simple mirada. Él lo tomó con gusto, preparando el escenario para uno de los coros más populares de toda la pieza, uno que Brooke estaba segura de que muchos miembros de la audiencia habían venido a escuchar particularmente. *Uno en el que estaba deseando cantar.*

La orquesta los preparó tocando las líneas que conducían a la entrada de toda la sección de sopranos. "Porque un niño nos ha nacido..." cantó, disfrutando de los largos y complicados patrones de notas que sonaban mucho más difíciles de lo que eran.

La sinfonía pastoral pasó en un parpadeo de líneas orquestales pacíficas, para luego pasarle finalmente el turno a Brooke.

Oh, mierda. Soy yo. Tratando de respirar lentamente, se adelantó, acercándose al micrófono, y cerró los ojos por un momento. *Céntrate y respira. Respira. Puedes hacerlo.* La luz iluminó su cara.

"Había pastores en los campos", cantó, notando que su tono sonaba un poco débil. Con toda su concentración, forzó su atención a sus entrañas, potenciando su voz para poder llenar la sala con sonido. "Vigilando sus rebaños por la noche."

La orquesta entró.

"Mira, el ángel del Señor vino sobre ellos. Y la gloria del Señor brilló alrededor de ellos. Y tuvieron un gran temor. El ángel les dijo: "No teman, porque les traigo buenas nuevas de gran alegría, que será para todo el pueblo. Porque os ha nacido hoy, en la ciudad de David, un salvador que es Cristo el Señor..." Mientras Brooke se acomodaba para cantar, sus nervios se desvanecieron, y su concierto se aceleró hasta que su miedo se ahogó y la puso en un estado de ensueño.

Pasaron más arias, recitados y coros. El solo más largo de Brooke, "'Su yugo es fácil'", pasó volando en un parpadeo. Sin embargo, la conciencia no comenzó a regresar hasta la mitad del coro del Aleluya, pero incluso entonces, su estado onírico persistía. El final del concierto la sacudió, y parpadeó, dándose cuenta de que le dolían las piernas y la espalda.

Aplausos. Luces. Brooke parpadeó mientras el estado de ensueño se retiraba, dejándola exhausta. Cuando el director la miró, ella hizo una reverencia. Luego, volvió a saludar con el coro.

La orquesta hizo una reverencia y comenzó a salir del escenario. Las luces del teatro se encendieron.

Se quedó parpadeando mientras los cantantes se retiraban.

"Vamos, nena", instó Kenneth. Su voz la sorprendió. La tomó del brazo y la llevó a la parte de atrás. "¿Estás bien?"

Sacudió la cabeza. "Gran concierto", murmuró.

"Te escucho. Estoy volando. Te diré algo... cuando era más joven, mis padres solían comprarme helado después de una actuación. ¿Quieres despertarte con un poco de azúcar y luego ir a casa... a nuestro departamento?"

Su gran sonrisa la llevó de vuelta al mundo real. "Me alegro de que estés conduciendo. Estás más acostumbrado a esto que yo".

"Estarás bien", dijo. "Pero no te sorprendas. La elevación es adictiva. Querrás cantar un solo otra vez. Te lo garantizo".

"Mientras estés conmigo", respondió.

Las gradas de un gimnasio universitario eran tan bonitas como las del gimnasio de la escuela, donde Brooke había asistido a muchos grupos de porristas. Arqueó su espalda dolorida, masajeándose con un nudillo y deseando sillas con respaldo. El rugido que resonaba en los altos techos le hacía doler los oídos. El banderín que colgaba de cada esquina no hacía nada para amortiguar su intensidad, aunque sí añadía un toque de elegancia al entorno, que de otro modo sería monótono.

En el suelo, fila tras fila de graduados se arrastraban y se acomodaban en sillas plegables, esperando que el presidente de la universidad dejara de parlotear, para que *sus* momentos pudieran comenzar. Como era de esperar, comenzaron con los estudiantes graduados.

"Recibimos a un doctor en artes musicales, Kenneth Tyrone Hill. El Sr. Hill escribió una ópera góspel, llamada 'Jimmy en el río', que la Ópera Infantil de Chicago estrenó en noviembre. Felicitaciones, Dr. Hill".

El silbato de dos dedos de Brooke contrastó con los educados aplausos, cuando Kenneth subió al escenario con su divertido sombrero flexible y su bata de manga larga con los colores de la universidad. La miró y le guiñó un ojo, antes de estrechar la mano del presidente y recoger su diploma.

La mente de Brooke vagó inmediatamente después cuando docenas de estudiantes de maestría, seguidos por cientos de estudiantes universitarios atravesaron el escenario. Ella recordó vívidamente sus propias graduaciones universitarias –

ambas. La emoción de recibir la afirmación de su duro trabajo y sacrificio. La alegría. La decepción de que nadie haya venido a presenciar su momento. El recuerdo de esa vorágine se arremolinó a su alrededor, dejándola aún más incómoda que las gradas en las que estaba sentada.

Por fin, Zúñiga, Angie, aceptó su licenciatura en enfermería, y la ceremonia de graduación terminó. Brooke se dirigió, en una sofocante multitud de simpatizantes, a la puerta por la que los sonrientes graduados corrían a los brazos de sus amigos y familiares. Encontraron posiciones alrededor del espacioso vestíbulo para posar para las fotos, ya que la tormenta de nieve del exterior proporcionaba un telón de fondo poco apropiado.

Esta debe ser una hermosa ceremonia en mayo. Aun mucho más grande. Qué diferencia. Me gradué en diciembre, y estaba completamente lleno, pero al menos pudimos salir al exterior con un tiempo tolerable y tomar fotos con un parque y algunos árboles de fondo.

"¡Brooke!" La gloriosa voz de bajo de Kenneth gritó su nombre sobre el estruendo, y se encontró con unos cálidos ojos marrones, casi desbordantes de alegría. Corrió a un lado a un adolescente que miraba su teléfono celular y voló a los brazos de Kenneth. Él la abrazó.

"Lo hiciste", susurró. "¡Estoy tan orgullosa de ti!"

"¡Es tan asombroso!" golpeó el aire con su mano libre. "¡Lo hice!"

"Seguro que sí, Dr. Hill". Ella sonrió.

La besó. "Me alegro de que estés aquí, cariño".

"Por supuesto. ¿Dónde más podría estar?"

"Pensé que podrías tener un ensayo. ¿No hay un concierto pronto?"

"Es pasado mañana", explicó, " por supuesto que hay un ensayo, pero pedí el día libre. He ido a todos los ensayos de este año, sin importar la hora. A Nancy no le importó. Le preocupaba que yo no estuviera *aquí*. Como si hubiera alguna opción. El hombre que amo está recibiendo su doctorado. ¿Dónde más podría estar?"

"Me alegro de que hayas venido", dijo en voz baja, tan baja que casi no pudo oírlo.

"Yo también", respondió ella. "Muy contenta".

Se inclinó y le dio un beso cálido en sus labios. "Estoy muy, muy contenta."

12

"Fue un gran aterrizaje", comentó Brooke, sacando su equipaje de debajo del asiento de enfrente.

"Bueno, hubo viento", señaló Kenneth. "Me alegro de que no haya sido peor".

Ella lo miró. "No tenía ni idea de que alguien con una tez tan oscura pudiera ponerse verde".

"Brooke, por favor", murmuró, tragando saliva.

Brooke le acarició el pelo, disfrutando de la sensación de rizos gruesos entre sus dedos. "Lo siento. No me di cuenta de que te marearías."

"Sí, bueno, lo hice". Volvió a tragar.

"Mira, nos estamos moviendo", dijo ella, instándolo a ponerse de pie. "Salgamos de aquí."

"Creo que sería una buena idea", estuvo de acuerdo. Kenneth se puso de pie con un ruidoso gemido, sacando su mochila de debajo del asiento delante de él, mientras se adelantaba. "Me estoy poniendo viejo", comentó.

"No lo creo. Te ves muy bien".

"¿Tú crees? Mira estos grises." Se pasó la mano por el pelo y la barba.

"No lo sé. No puedo ver la parte superior de tu cabeza. Eres alto. Yo soy baja".

"Oh".

Kenneth sacudió la cabeza, y cuando se calmó, su color ceniciento había vuelto a la normalidad. Se inclinó y dejó caer un rápido beso en sus labios. La gente delante de ellos empezó a moverse hacia adelante, y Kenneth salió de los asientos hacia el pasillo, arrastrando a Brooke detrás de él. Ella se aferró a sus dedos. Juntos salieron del avión y entraron en el concurrido Aeropuerto Internacional de Dallas – Fort Worth.

Una vez fuera de la pista de aterrizaje, Kenneth guió a Brooke fuera de la multitud de gente que corría de puerta en puerta. "¿Cuándo es nuestro vuelo?"

"Mañana a las diez", respondió. "Hora de cenar con mi hermana y mi sobrino, y luego acurrucarnos en su casa para esta noche antes de..."

"¿Antes de enfrentarnos a la arremetida de mis hermanos menores, mamá, papá y la abuela?"

"Sí, eso".

"No estás nerviosa por esto, ¿verdad, cariño?"

"Un poco", respondió Brooke. "Quiero decir, sé que tu familia significa mucho para ti".

"Y tú también", le recordó.

Ella sonrió, aunque sentía más como un estiramiento tenso de sus músculos faciales, que como una expresión de felicidad. "Gracias. También estoy un poco nerviosa por estar aquí. Me alegro de ver a mi hermana, pero espero que mi padre no se entere. Arruinará la Navidad de todos".

"Auch". ¿Es tan malo?" Kenneth preguntó.

"Peor", respondió Brooke. Entonces, sin querer entrar en más detalles, ella tomó la mano de Kenneth y lo llevó hacia la salida. "Vamos. Autumn dijo que nos recogería en el mostrador de American

Airlines. Está un poco lejos de aquí."

"Después de este vuelo, no creo que me importe. Necesito estirar las rodillas".

"Estírate, nene".

Se apresuraron por el aeropuerto, pasando por tiendas y restaurantes de los cuales el olor a grasa vieja se esparcía horriblemente. "Huele a papas fritas", comentó Brooke.

"Con pescado congelado", añadió Kenneth.

Brooke arrugó su nariz. "Encantador".

"¿No lo es, sin embargo?"

Encontraron el camino al mostrador y salieron por la puerta. La ráfaga de viento que los envolvió más allá de la puerta corrediza se sintió como... *en casa.*

"¡Esto es genial!" Kenneth murmuró.

"Bien", Brooke estuvo de acuerdo. "¿Qué temperatura crees que hace, unos 60?"

"Al menos", estuvo de acuerdo. "¿El invierno en Texas suele ser tan agradable?"

"Puede ser. A veces tenemos frío, pero no el frío de Chicago".

"¿50?"

"O menos", acordó Brooke, "pero la nieve es rara y cuando ocurre, es como polvillo".

"Suena tolerable. Sabes, esto podría ser un error".

"¿Qué?" Brooke preguntó mientras escudriñaba la zona de recepción de turistas, en busca del coche de su hermana. *Me pregunto si todavía conduce el mismo Camry.*

"Viniendo al sur en el invierno. Ya estaba demasiado frío y húmedo para mi gusto, y no podemos esperar nada mejor hasta abril. Ahora, vamos a probar el invierno del sur y luego volveremos."

Brooke frunció el ceño. "Tienes razón. Extraño el invierno del sur, eso es seguro." Aunque la conversación parecía ociosa, la colocó a Brooke en un lugar débil. *Si no fuera por mí, Kenneth vendría al sur en verano. Se está quedando en un clima frío y húmedo que no le gusta... por mí.* La injusticia de lo que ella le estaba pidiendo, la golpeó de nuevo.

Él se ofreció, ella se lo recordó. *No le pedí que hiciera nada. Él lo eligió. Me eligió a mí.*

De alguna manera, el pensamiento no la tranquilizó. *Siempre ha sido mejor para mí de lo que merezco.* Como todavía no sabía cómo encajaban sus objetivos profesionales, los objetivos de Kenneth y su relación, apartó la idea, pero la persistente sensación de injusticia no se desvanecía. Se cernía en el fondo de su mente, haciéndola sentir ansiosa.

Un coche tocó bocina, y Brooke miró, para ver una pequeña camioneta Chevy. La ventanilla bajó y la melena de pelo rubio oscuro y ondulado de Autumn se balanceó hacia adelante mientras se asomaba. "Hola, chicos. ¡Entren!"

Brooke abrió la puerta del acompañante y se deslizó al asiento central, poniendo su bolso en su regazo. Kenneth entró a su lado, arrojando su bolso a sus pies.

"¿Cómo estuvo tu vuelo?" Autumn preguntó mientras Brooke deslizaba un brazo alrededor de su hermana para darle un abrazo.

"Turbulento", le informó. "Todavía me siento un poco mareada. Espero que nuestro vuelo de mañana sea mejor".

"Siento oír eso", se disculpó Autumn. "Si quieres, puedo hacer una limpieza de aura y meditación contigo, para ayudarte a soltarte."

"Puede que te tome la palabra", dijo Brooke.

"Suena interesante", Kenneth estuvo de acuerdo.

"Siento el abrupto saludo", dijo Autumn. Ella bajó la velocidad de su coche, ante la línea de vehículos que pasaban constantemente. "Me tomaré un poco más de tiempo cuando estemos en casa y salgamos de este lío. No importa cuán alerta esté, el tráfico todavía me da ansiedad".

"Puedo entender por qué", comentó Kenneth, con respecto al rugido de los autos. "Ni siquiera hemos dejado el aeropuerto todavía. ¿Cómo son las autopistas?"

"Una pesadilla", le informó Brooke. "Es como Chicago, pero con mucho menos transporte público. Hay autobuses, y también el servicio de tren ligero DART, pero... la mayoría de los tejanos prefieren conducir ellos mismos."

"Ya veo". Giró hacia la ventanilla.

Brooke pudo ver sus hombros tensos, mientras Autumn salía del aeropuerto y entraba a la autopista. Allí, un flujo constante de coches pasó volando, en fila india, a toda velocidad. "¿No se parece a Atlanta?", preguntó.

"Se parece", Kenneth aceptó, "pero mis padres enseñan en un suburbio, y aparte del concierto ocasional o la excursión de compras, nos quedamos en nuestro pequeño rincón y lejos de la congestión".

"Supongo que todos los habitantes de la ciudad tratan de hacer lo mismo. Todos menos los taxistas y los conductores de autobús, que no tienen elección", comentó Brooke.

"Es lo más probable", aceptó Autumn. "Yo sé que sí. Mi mundo cotidiano existe en unas quince millas cuadradas entre mi casa, que está en la propiedad de papá, mi tienda, el apartamento de mi ex y la escuela de mi hijo. Intento permanecer dentro de esa área tanto como sea posible. Por cierto, mi ex decidió que necesitaba a River para la Navidad de este año, así que hicimos un intercambio. No estará en casa hasta después de Año Nuevo... a menos que realmente necesite *a alguien que lo cuide*". Puso los ojos en blanco.

"Auh, pucha", se quejó Brooke. "Tu ex sigue siendo un imbécil, Autumn".

"Estoy de acuerdo, pero lo hecho, hecho está. Fue divertido mientras duró... parte del tiempo."

"Mm, Autumn, hablando de papá", Brooke preguntó con dudas, "¿estás segura de que no va a irrumpir? Sabes que no me siento cómoda viéndolo".

"Lo sé, cariño." Autumn soltó el volante con una mano y tomó el hombro de Brooke con un suave apretón. "No le dije que te esperaba, y siempre ha sido muy respetuoso de mi privacidad. La única vez que intentó irrumpir sin permiso, me pilló en la cama con mi sabor del mes. No creo que quiera volver a ver eso nunca más."

"¿No te dio vergüenza?" Brooke preguntó. Su propia cara se sonrojó al pensarlo. *Señor, si alguien irrumpiera, viéndome a mí y a Kenneth, moriría. No me avergüenzo de que sea mi amante, pero... hay límites.*

La mano de Kenneth se deslizó dentro de la suya, como si hubiera adivinado su pensamiento. Apretó suavemente.

"No estoy avergonzada", respondió Autumn. "Fue él quien invadió mi privacidad, no yo quien hizo algo malo. Trató de culparme por mi comportamiento, pero le recordé sus modales, y me dejó en paz después de eso. Ahora llama antes de venir, y me respeta si digo que no".

"Siempre te ha respetado más", murmuró Brooke.

"Tienes razón," aceptó Autumn. "Papá es un imbécil. Yo lo sé, tú lo sabes, todo el mundo lo sabe. Nadie quiere que te sometas a su terrible comportamiento, y nadie lo hará delante mío".

"Te lo agradezco", dijo Brooke en voz baja.

Kenneth le apretó la mano otra vez.

El silencio descendió en la cabina de la camioneta mientras Autumn se concentraba en el tráfico. Kenneth sintió el rugido de los autos con una agitación palpable, y Brooke se quedó quieta procesando su ansiedad.

La ciudad fluía, los rascacielos y los complejos de departamentos se transformaban gradualmente en urbanos. Primero, los barrios densamente poblados de casas descuidadas y destartaladas. Luego vecindarios más cuidados con césped y robles. Por último, las subdivisiones suburbanas daban paso a las semi-rurales con lotes de un cuarto de acre o más grandes. Aquí, las gallinas se ubicaban en los patios, y un caballo poco común sacaba la cabeza del campo para verlas pasar con ojos serios.

Autumn giró en un largo camino de grava marcado con una ostentosa valla de hierro forjado.

"¿Aquí es donde vive tu padre?" Kenneth susurró, mirando el patio delantero de un cuarto de acre. Detrás de él, una casa de un solo piso de ladrillos dorados parecía brillar a la luz del sol. Las ventanas del frente, lavadas diariamente por el ama de llaves, representaban una amenaza para los mirlos y ruiseñores, ubicados en los árboles de mezquite que se alineaban en el camino, que conducía a la puerta. El techo de metal verde brillaba. De hecho, todo el edificio tenía la apariencia de gran cantidad de dinero invertido en ella. A Brooke le enfermaba mirarlo.

"No te emociones", respondió. "No he estado dentro de la casa desde que cambié mi especialidad por la música."

"¿Te ha repudiado?" Los ojos de Kenneth se abrieron de par en par.

"No, sería bienvenida a visitarlo si quisiera", explicó Brooke. "Es que es tan grosero y sarcástico. No tengo paciencia para eso. Arruina todas las visitas tratando de forzarme a admitir que cometí un error".

"No creo que lo hicieras, por si sirve de algo", dijo Kenneth. "Eres una música talentosa, lo cual es objetivamente verificable, ya que no sólo audicionaste para el coro sinfónico, sino que incluso te las arreglaste para hacer un solo para ellos. También eres una profesora talentosa, como lo demuestra lo bien que tus estudiantes – los novatos, por cierto – ganan las competencias. Claramente encontraste tu nicho, y lo que sea que esté atorado en su garganta, tiene más que ver con él, que contigo."

Aunque las palabras eran correctas, un velo se proyectaba sobre los sentidos de Brooke al entrar en la sombra del hogar de su infancia, enfriando incluso la irresistible calidez de Kenneth.

"Tiene razón, sabes", dijo Autumn.

Brooke notó que la voz de su hermana y la de Kenneth tenían el mismo afecto. *La gente me ama y me respeta; gente que me conoce de verdad y gente que quiere conocerme.* Ella guardó en su memoria lo que consideraba, para poder pensar en ello más tarde.

Autumn continuó diciendo verdades tranquilizadoras. "Los problemas de papá son los suyos, y cuanto antes lo aceptes y dejes de esperar que sea una especie de... algo positivo para ti, te sentirás mejor y más saludable. Por favor, no dejes que sus problemas se conviertan en los tuyos."

"Haces que eso suene tan fácil", comentó Brooke amargamente. "Es mi *padre*. ¿Quién no quiere la bendición de su padre en sus elecciones de vida?"

"Todo el mundo quiere eso", acordó Autumn, "pero no todo el mundo lo consigue. Está bien llorar por el padre que no tuviste y seguir adelante. ¿No tienes amor y apoyo en tu vida?"

"Estoy empezando", dijo Brooke, apretando la mano de Kenneth otra vez.

"Y por eso, estoy agradecida", dijo Autumn. "Gracias, Kenneth".

"¿Por qué?" preguntó.

Pasaron más allá de la casa al sol de Texas, e inmediatamente, Brooke se sintió más aliviada.

"Puedo soportar las plumas de puercoespín de Brooke. Ella no quiere ser tan quisquillosa. Lo sé, pero..."

"Hola, estoy aquí", protestó Brooke, agradeciendo que su risa sólo sonara moderadamente quebradiza. "¿Podemos dejar el festival del amor para otro momento? Ustedes me hacen parecer patética".

Autumn se rió. "Bien, bien. Siento haberme puesto tan pesada. Te extraño mucho. Ojalá hubieras encontrado un trabajo más cerca para que pudiera verte más de una vez cada cinco años, pero de nuevo, escaparte y conseguir tu espacio ha sido probablemente bueno para ti".

Brooke asintió. "Chicago es genial, excepto por el clima... y el tráfico. Pero amo mi trabajo, y mira lo que me trajo la ciudad". Se apoyó en el hombro de Kenneth. Un toque en la parte superior de su cabeza sugirió un beso. Ella sonrió.

Autumn detuvo el coche al lado de la casa de invitados, una estructura de dos pisos con fachada de revestimiento blanco, persianas negras alrededor de un prominente mirador y alegres buganvillas en flor en el patio. Un enorme roble sombreaba el camino de entrada. "Bueno, esto es todo", anunció.

"Creo que es casi del mismo tamaño que la casa en la que toda mi familia creció, hasta hace unos años, y somos siete, incluyendo a mi abuela."

"No hay nada especial en una casa grande", dijo Brooke. "Es lo que hay dentro de las habitaciones lo que hace que un lugar sea acogedor o frío".

"Ahora que estoy de acuerdo," dijo. "¿Vamos?" Abrió la puerta y saltó del auto, extendiendo sus brazos sobre su cabeza y soltando un gruñido.

"Qué pedazo", dijo Autumn con una risita. "¿Seguro que no quieres compartir un poco más... por favor?"

Brooke se volvió hacia su hermana y levantó una ceja.

"Bien, bien. No importa. Sal y te mostraré dónde poner tus cosas".

"¿Nos quedaremos en la habitación de River?"

"Dudo que quieras hacerlo. Tiene tantos Legos en el suelo. Preparé la habitación de invitados".

"¿Una casa de huéspedes con una habitación de invitados? ¿Qué sigue?" Brooke sacudió la cabeza.

"A papá le gustan las cosas finas", explicó Autumn. "Tengo mucha suerte. El alquiler de un lugar de este tamaño me llevaría a la bancarrota. Soy una malcriada".

"¿Vale la pena el intercambio?" Brooke preguntó. "Quiero decir, estoy lejos de tener dinero, pero pago a mi manera, y no tengo que soportar la mierda de nadie."

"Pero esa es la cuestión", explicó Autumn. "No tengo que soportarlo. Lo llamo, le digo que se calle, lo echo a patadas si se comporta como un imbécil. Sólo puede controlarme si se lo permito, y no se lo permito".

"Bueno, no tengo el tiempo ni la energía para lidiar con eso", dijo Brooke.

"No tienes que hacerlo", respondió Autumn. "Si alguien es malo contigo, depende de ti decidir cómo lidiar con él, y no lidiar con alguien es una opción perfectamente legítima. Si es por tu propio bien, nunca expliques o te disculpes. Sólo haz lo que sea mejor para ti".

"Tampoco es fácil", comentó Brooke, "pero, oye, hermana, ¿no podemos dejar la sesión de asesoramiento metafísico sólo por un rato y divertirnos un poco juntos?"

"Por supuesto, por supuesto". Autumn saltó del coche, agarró su bolso de detrás del asiento del conductor, y se dirigió a la casa, colocando la llave en la cerradura.

"Esto se está poniendo un poco tenso", comentó Kenneth, ubicándose detrás de Brooke y deslizando sus brazos alrededor de su cintura.

Ella se apoyó en su pecho, disfrutando de la suavidad y el calor.

"Vamos, tortolitos", llamó Autumn. "Está abierto".

Brooke sonrió y se adelantó, dejando que las manos de Kenneth se deslizaran por sus brazos hasta que pudieran entrelazar sus dedos. "Es mejor entrar", dijo.

"Señor, estoy atrapado en una novela de suspenso", bromeó Kenneth.

Brooke miró por encima de su hombro para verle girar los ojos hacia el cielo. Hizo un gesto y le dio un puñetazo en las costillas.

"¡Eh!"

"Tonto".

Ella lo guió y se detuvo sorprendido, mirando fijamente a la espaciosa sala de estar de dos pisos. "¿Esto es una casa de huéspedes? ¿Esto fue construido en los últimos cinco años? Sé sincera, Autumn. ¿Papá la construyó sólo para ti y para River?"

"Lo hizo", dijo ella. "A veces me avergüenza, pero... mi hijo vale la pena. No puedo permitirme darle una vida así. Vamos, déjame mostrarte el cuarto de huéspedes".

Brooke sostenía su bolso con una mano y los dedos de Kenneth con la otra, mientras seguían a Autumn, por una sala de estar con muebles marrones y paredes doradas emulando el atardecer, con decoraciones en tonos de amarillo, rojo y naranja. A lo largo de la pared lateral, una escalera con peldaños de madera pulida y contrahuellas blancas, conducía a un desván abierto con una zona de descanso llena de juguetes. Cuatro puertas se alineaban en la pared trasera. Las puertas de cada extremo estaban cerradas, lo que sugería habitaciones ocupadas. En el centro, las puertas abiertas revelaban un dormitorio con una cama de hierro y un edredón blanco, y un baño con una alfombra de baño con huellas de dinosaurio y una cortina de ducha con follaje de la selva.

"Dejen sus cosas aquí", sugirió Autumn, "y siéntanse libres de usar el baño en la noche. River no volverá hasta dentro de una semana, lamentablemente".

"Estoy tan triste que lo extraño. Me siento como la peor tía del mundo".

"Oye, lo entiendo", dijo Autumn. "Esto te ocurre por ser una profesora. Tienes grandes descansos, pero no cada vez que los quieres".

"Bien", Brooke estuvo de acuerdo. "Por favor, dile que la tía lo ama, que lamenta mucho no haberlo visto y que lo extraña".

"Yo lo haré".

"¿Les importa si me doy una ducha?" Kenneth preguntó. "Odio la forma en que los aviones me hacen sentir, como si los gérmenes estuvieran trepando sobre mí".

Brooke miró a su novio con una divertida media sonrisa curvando sus labios. Levantó una ceja.

"Sí, tengo problemas. Me mareo, y soy un poco fóbico con los gérmenes, ¿de acuerdo?"

"También a la defensiva", bromeó Brooke. "Supongo que no soy la única que piensa demasiado las cosas, ¿eh?" Se acercó a Kenneth y lo abrazó. "Te quiero más porque no eres perfecto. Recuerda eso."

Su expresión tensa se suavizó un poco. "Gracias, Brooke". Se inclinó y le besó la frente antes de meterse en el baño y cerrar la puerta tras él.

Brooke comenzó a reírse. Recorriendo el pasillo, entró en el dormitorio y tiró su valija sobre la cama, hundiéndose en el colchón.

"¿Quieres descansar?" Autumn preguntó.

"No, estoy un poco tensa", respondió Brooke, parándose sobre sus pies y cruzando hacia la ventana que daba al patio... y cruzando hacia la otra ventana que daba a la gran casa principal donde había crecido. Se estremeció.

"Puedo ayudarte con eso", sugirió Autumn.

"¿Examinando mi aura?" Brooke preguntó, medio en broma para distraerse de sus nervios.

"Chica, estás lleno de bromas hoy, ¿no?" Autumn comentó, arrojando su pesado cabello rubio sobre su hombro. "No te rías. Gano buen dinero haciendo esto por la gente, y a ellos les encanta. Te prometo que si me dejas, puedo hacerte sentir más relajada y feliz."

"Puedes intentarlo", respondió Brooke, "pero probablemente soy la persona más ansiosa que conozcas".

"Puede que te sorprendas", respondió Autumn. "Mucha gente se siente ansiosa por muchas cosas, reales o imaginarias. Puedo ayudarte si quieres que te ayuden. ¿Qué dices, Brooke? Te fuiste de casa hace cinco años, y fue absolutamente lo correcto. No podías separar tus sentimientos de las expectativas de papá, así que necesitabas espacio físico para hacer tu propio camino. No te veo haciendo grandes progresos, sin embargo, para dejar sus expectativas atrás. Actúas como si aún estuvieras tratando de probarle algo".

"¿Qué quieres decir?" Brooke preguntó, inmediatamente a la defensiva.

"Sigues actuando como si tu trabajo fuera tu identidad. No he olvidado que casi dejas ir a Kenneth, en el caso de que tuvieras que elegir entre él y tu trabajo, como si no pudieras conseguir otro. Brooke, podrías trabajar en cualquier lugar. Literalmente en cualquier estado o área metropolitana importante – sin mencionar una gran cantidad de pequeñas ciudades en todo el país – que estarían encantadas de tenerte, especialmente ahora que tienes cinco años de experiencia".

"Ninguno tendría el prestigio", señaló Brooke. "Esta es una escuela de música particular. Estas instituciones son escasas y especiales".

"¿Y Kenneth no lo es?" Autumn preguntó. "¿No sería genial crear un programa de prestigio de la nada? ¿O encontrar un programa importante en una escuela secundaria pública? Texas se toma *muy* en serio sus coros estatales. Hay literalmente miles de oportunidades profesionales ahí fuera. ¿Por qué este trabajo vale más que tu alma gemela? No lo vas a negar, ¿verdad?"

Brooke sacudió la cabeza. "Kenneth es increíble. Lo amo, y estoy muy contenta de que él también me ame. Me pidió que me mudara con él".

"¿Qué has dicho?" Autumn le preguntó.

"Me mudé hace tres semanas".

"¡Cállate! ¿Vives con él? Oh, Dios mío. ¡Así se hace! Tenía tanto miedo de que te acobardaras".

"No me acobardé. No quiero separarme de él, y los dos estábamos perdiendo el sueño tratando de llegar a nuestros propios departamentos. Además, mi edificio fue vendido, y necesitaba un nuevo lugar para vivir. Era el momento de unir nuestros recursos, así que lo hicimos."

"¿Tomaste una decisión sin mí? ¡Estoy tan orgullosa de ti!" Autumn tomó la mano de Brooke y casi la arrastró por las escaleras hasta la sala principal y se dejó caer en el sofá, arrastrando a su hermana detrás de ella.

"Sí, ya soy una adulta", dijo Brooke secamente.

"¡Bien!" Dijo Autumn. "Por favor, por favor, déjame limpiar tu aura. Estás en mejor forma de lo que pensaba, Brooke. Todo lo que necesitas es superar el pensamiento que te bloquea, y estarás en el camino correcto. A partir de ahí, toda tu meditación, fundamentos y manifestaciones serán muuuuucho más abiertas. Quieres eso, ¿verdad? Tú meditas, ¿no?"

"Mm..." Brooke se mordió el labio. "Estoy fuera de práctica".

Autumn frunció los labios. "No me extraña que estés bloqueada. Puedo limpiarte, pero debes tomar decisiones para cuidar tu alma, no sólo tu trabajo. Me alegro de que te hayas mudado con Kenneth, y que sean felices juntos, pero eso no es lo mismo que cuidar de ti misma. Tú y él se merecen una relación sana, pero no puedes tenerla hasta que *tú* estés lo más sana posible".

"Lo entiendo", dijo Brooke. "Kenneth me ha hecho reevaluar todo mi plan de vida".

"¿Lo ha hecho?" Autumn la desafió. "¿Lo ha hecho, o lo has forzado a entrar en tu plan de vida?"

"No forcé nada", protestó Brooke. "Él se ofreció..."

"¿Y por qué era esa la única opción? ¿Por qué es tan condenadamente imposible para ti hacer cualquier alteración en tu plan con él? ¿No vale la pena?"

"Él vale cualquier cosa", respiró Brooke.

"Ves, suenas enamorada, pero te estás conteniendo de comprometerte completamente. Por eso quiero ayudarte. Necesitas dejar ir algunos apegos malsanos y hacer tu propio camino."

"Caramba, eres insistente. Habla para tratar de convencerme". Brooke puso los ojos en blanco.

"Sólo porque eres tú. Te amo, y odio verte atada de esta manera."

"Bien, hazlo entonces", exclamó Brooke al final, exasperada por las molestias de su hermana. "No esperaba venir a verte y que un New Age se abalanzara sobre la puerta, pero veo que no tendré paz hasta que hayas hecho lo tuyo".

"¡Genial!" Autumn giró para abrir el cajón de su mesa de café y sacó un pequeño terciopelo

"Alguien tiene un nuevo juguete", comentó Brooke. "Nunca olvidaré lo emocionada que estabas con tu bola de cristal. ¿Qué es esta vez?"

"Agua de cuarzo", proclamó orgullosamente Autumn. "Tiene todos los beneficios del cuarzo claro, pero ha sido tratado con oro. ¡Mira esta belleza!" Ella volcó la bolsa en su mano.

"Vaya, es *muy* bonita", dijo Brooke, examinando la brillante piedra verde-azulada. "¿Puedo verla?"

Autumn sonrió y le entregó la piedra. Brooke no pudo evitar sonreír, mirando la superficie lisa y brillante. "Me gusta esta cosa. ¿Qué harás con ella?"

"Es bueno para tus chakras superiores. Tengo algunas otras piedras también. Creo que si empezara a trazar una cuadrícula, pondrías los ojos en blanco, pero hay algunas cosas que tengo que pueden ayudarte".

"¿Chakras?"

"No lo has olvidado, Brooke. ¿Recuerdas cómo solíamos explorar todas estas cosas? Lo dejaste cuando fuiste a la universidad, pero lo recuerdas, ¿no?"

"Me acuerdo", respondió Brooke. "Nunca me sentí capaz de relajarme allí, y eventualmente, dejé de intentarlo".

"No estabas escuchando a tu yo superior", le informó Autumn. "Toma, devuélveme esa piedra. Tengo una diferente para que sostengas."

Brooke entregó el cuarzo acuático lamentándose, pero luego Autumn sacó otra color púrpura con líneas blancas. "Toma, sostén esta en tu mano izquierda".

"¿Por qué la izquierda?" preguntó Brooke, con los recuerdos mordisqueando los bordes de su conciencia.

"Es tu mano no dominante, tu mano receptiva. Aquí."

Brooke aceptó la piedra. Su pulida circunferencia se ajustaba a la palma de su mano, y no pudo evitar acariciarla con el pulgar. "¿Qué es?" preguntó.

"Lepidolita. Te ayudará a aceptar el sentimiento de que eres digna de tener relaciones sanas. Si puedes aférrate a ellas y priorízalas, no tendrás tiempo que perder tratando de complacer a *alguien* que se está aprovechando de ti. Sólo aférrala. Juega con ella o acaríciala si quieres. Además, quítate los zapatos. Es importante que tus pies estén en contacto con las baldosas del suelo."

"Bien". Brooke no tenía ningún problema con la petición, aunque se sentía extraña al estar descalza, ya que llevaba meses deseando que le cubrieran más los pies. "No sé si las piedras realmente hacen algo".

"Lo sé", aceptó Autumn. "A veces sólo necesitas una piedra de preocupación para mantener tu mano ocupada, ¿verdad?"

"Claro", aceptó Brooke, contenta de tener una razón sensata de por qué la lepidolita le gustaba tanto. Tocó una línea blanca con la punta de su pulgar. "Entonces, ¿qué quieres decir con que no estaba escuchando a mi yo superior?"

"Cuando fuiste a la universidad, te dejaste convertir en la marioneta de papá por un tiempo. Estudiaste lo que él te dijo que estudiaras. Saliste con quien él te dijo que salieras. ¿Cómo te resultó eso?"

"Mal. Todavía me cuesta pensar que él quiso hacerme daño."

"El daño no intencionado es el más insidioso", le dijo Autumn. Levantó el cuarzo acuático y lo rodeó lentamente, una y otra vez, por encima de la cabeza de Brooke.

"Durante más de un año de tu vida, cerraste la posibilidad de que pudiera haber más para ti, que lo que papá quería. Cerraste la posibilidad de que pudiera haber algo más que trabajo y dinero", dijo, "y, en su mundo, el trabajo *es* dinero. Es el trabajo, es el propósito del trabajo y es el propósito de la vida. Tendrá sus propias consecuencias por esas elecciones, pero nunca fueron destinadas a ser tuyas."

Autumn observó a su hermana con una mirada significativa. "Hay más para ti, Brooke. Hay más que el mero hecho de ganar dinero. Hay salud espiritual. Te diste cuenta de parte de esto por tu cuenta, pero el resto se obstruyó. Tu trabajo, tu amor, tu propio ser, es más, más alto y mejor que ganar dinero".

Brooke asintió. "Ya lo sé".

"Lo sabes, pero no lo crees, cariño, o estarías viviendo en un mejor equilibrio. Reconocer tu trabajo como un medio para un fin. Sí, trabajas porque lo disfrutas, pero sigues acaparando el dinero, no para ahorrar para lograr un objetivo más alto, sino para demostrar algo a un viejo amargado que no puede entender nada bien".

Brooke inhaló profundamente y liberó su respiración. Cuando lo hizo, se sintió más liviana, aunque no podía decir honestamente lo que había cambiado.

Autumn bajó el cuarzo y trazó una lenta figura de ocho sobre los ojos de Brooke. "Debido a tu obsesión por intentar que papá esté orgulloso de ti, te dejaste llevar en direcciones que no te servían. Aunque finalmente rechazaste sus planes para ti, te ha faltado sabiduría sobre cómo comprometerte en tu nuevo camino. Tu vida laboral está completamente desequilibrada. Sólo ahora, años más tarde, has empezado a dejar de hacer del trabajo el centro de tu vida, en lugar de un aspecto al que puedas darle un significado, pero que no sea tu única razón de vivir".

De nuevo, Brooke respiró profundamente. Esta vez, dejó salir lentamente su respiración. Su exhalación pareció empujar el brazo de Autumn hacia abajo. Continuó haciendo su movimiento de figura de ocho, pero ahora sobre la garganta de Brooke.

"Te encanta cantar, pero casi dejas de cantar por completo porque estabas muy ocupada trabajando. Casi pareces sentirte culpable por tu música, y sólo te concentras en el trabajo y el dinero. Enseñas a la gente a hacer música, pero casi pierdes la tuya."

Esto lo sintió real Brooke. Recordó la euforia de su última actuación; una alegría que había usado para consolarse en la escuela pero que apenas había experimentado desde entonces. *Kenneth me está trayendo esto de vuelta. Me está devolviendo partes de mí misma. Es como él me ama... ¿pero cómo lo amo yo a él?*

La piedra de aguamarina se movió más abajo otra vez, haciendo su lento recorrido justo frente a los pechos de Brooke. "Mereces recibir amor. Le das tu amor a tus estudiantes. Les has dado lo que te has negado a ti misma. Brooke, el amor es para ti también. No puedes dar lo que no tienes, pero la oferta es ilimitada. No tienes que entregarlo todo. Puedes recibir amor. Puedes y debes hacerlo. Todavía dudas en aceptar el amor de Kenneth, ¿no?"

"Uhhhh..." Brooke no supo cómo responder a eso.

"Crees que eventualmente se irá para perseguir sus sueños, y te quedarás atrapada donde estás, y lo perderás y todo será normal, ¿no?"

Brooke tragó.

"Si te quedas bloqueada, y él se queda contigo, ninguno de los dos tendrá lo mejor de sí. Permite que el amor entre en tu corazón, Brooke. Siente la piedra en tu mano. Siente la energía moviéndose por tu cuerpo. Ha estado atrapada y estancada, pero se está volviendo más libre. Aquí, toma esto". Ella colocó el cuarzo acuático en la otra mano de Brooke. "Tienes más que dar que el sudor de tu frente. Tienes más que ofrecer que tu trabajo. Puedes ofrecer amor, pasión y muchas otras cosas buenas. Puedes ser una amante equilibrada o incluso una amiga, aunque imagino que no has hecho muchas amistades, ¿verdad?"

Brooke sacudió la cabeza. Su poder del habla, por el momento, se había esfumado.

Autumn buscó otra piedra, esta vez negra con un matiz rojizo. Lentamente la deslizó sobre el vientre de Brooke. "Eres demasiado hiperactiva aquí. Toda tu energía proviene de tu trabajo y tu impulso para el éxito financiero, pero sin un canal que la lleve a cosas más importantes, y sin un fundamento para traerlas a tierra, te deja agitada. No tienes que sentirte tan ansiosa todo el tiempo, pero significa que tendrás que liberar la idea de que el éxito financiero es algo más que un medio para un fin. No debes atar tu sentido propio y tu autoestima a tu trabajo. Eres mucho más importante que eso".

Algo apretado y feo en la barriga de Brooke se alivió. Le dolió como un golpe en el medio de su abdomen, y luego una ráfaga de calor subió por su cuerpo y volvió a bajar antes de colisionar contra su cintura y acumularse.

Una vez más, la piedra se movió hacia abajo. "Tu sacro nunca se apagó de verdad. Permitiste que tu creatividad permaneciera porque la necesitabas para impulsar tu trabajo. Por eso fuiste capaz de conectarte con Kenneth. Estoy bastante segura de que cada vez que tienes sexo con él, te cura un poco, pero no es suficiente. El sexo por sí solo no es amor, tampoco el trabajo por sí solo es vida. Si, disfrutas de tu trabajo, y si, disfrutas del sexo, pero reconoce que sin conectarte con él, no puedes tener ni una pálida idea de lo que es posible."

Una sensación de hormigueo se deslizó por la espalda de Brooke.

"Pronto estarás lista para volver a ese plano. Has estado lista durante años, pero de alguna manera, nunca has creído que podía ser una posibilidad para ti. Aún no lo crees, pero lo estás intentando. Sigue intentándolo".

La energía colisionó y se deslizó por sus extremidades inferiores, hasta que Brooke se sintió bastante descompuesta.

"El bloqueo aquí puede ser el peor de todos", dijo Autumn. "Papá te hizo esto cuando eras una niña pequeña. Te hizo perder la confianza en ti misma en lo más profundo. Trató de destruir tu sentido del yo para convertirte en lo que él quería – una marioneta cuyos hilos controlaba. No sé por qué, pero a veces lo odio por eso. Tú también deberías hacerlo".

Brooke apretó sus puños. Cuando los abrió, mirando para que las piedras se equilibraran en el centro de cada palma, se sintieron calientes y sintió un cosquilleo. Una luz dorada brillaba detrás de sus párpados.

"Reconoce el odio para que puedas liberarlo. Reconoce la ira y el dolor de una niña huérfana cuyo padre disfrutaba más del control, que de amarla. Un padre que nunca pudo verla como era y trató de imponerle valores superficiales en lugar de su valor intrínseco. Era enfermizo y equivocado".

"Sí, lo odio", respiró Brooke. "Así que ayúdame, Dios, lo odio". *¿Con quién más estoy enfadada? ¿Con mamá, por irse antes de que pudiera conocerla? No tiene sentido. Ella no eligió morir, pero eso no importa. Me dejó sola con él. Que el cielo me ayude, incluso Autumn... ella no lo sabía, pero se llevó a mi madre.*

Esas pequeñas chispas de ira y dolor se elevaron, la conflagración de rabia que formaba el núcleo de su psiquis. La fuente de su poder y de su tormento.

De nuevo, la energía rodó y se estrelló, pero esta vez, cuando golpeó el bloqueo en la base de su espalda, se abrió paso, directamente a través de sus piernas y por las plantas de sus pies, cayendo en las frías y crudas baldosas del piso.

"Ahí tienes", dijo Autumn. "Ahora, tenemos que cortar este cordón que utiliza para extraer energía de ti."

Vagamente, Brooke vio a su hermana sacar un cuchillo de plata del cajón y hacer un círculo detrás de ella.

"¿Qué demonios estás haciendo?" La voz de Kenneth cortó la

energía rodante que Brooke estaba vertiendo en el suelo, acercando y liberando de nuevo.

"No te alarmes", dijo Autumn, y su voz sonaba distante y fría, como si la luna misma pudiera hablar. "No le haré daño. Ella tiene un apego negativo, un cordón si quieres, con nuestro padre. No le sirve, y por eso debe ser cortado. Tendrá menos pánico en general sin él en su cabeza todo el tiempo."

Brooke podía sentir el movimiento detrás de ella, y luego Autumn dio la vuelta, el cuchillo todavía agarrado en una mano.

"Ahora eres libre", dijo Autumn. "Concéntrate en poner un límite entre él y tú. Le has dado demasiado poder sobre tu vida y tus elecciones, pero ya no tienes que hacerlo. Eres libre. Eres perfecta, tal como eres, y eres digna de amar, dar y recibir. No es necesario que te conviertas en una gruesa cuenta de banco y una casa en los suburbios."

Incapaz de moverse o hablar en contra de la energía que se precipitaba a través de ella, Brooke cerró los ojos.

"¿Qué es eso ahora?" Kenneth preguntó.

"Selenita", respondió Autumn. "Sacará lo último de la energía negativa de su aura. Se sentirá rara por un tiempo, pero al final, esto será muy bueno para ella. Ya lo verás. ¿Brooke? ¿Cariño? Deberías beber un poco de agua".

Brooke parpadeó a su hermana. Sus pensamientos arremolinados comenzaron a aclararse. "Agua suena bien", dijo con voz ronca. "¿Qué demonios acaba de pasar?"

"Nueve años de energía atrapada acaban de liberarse", explicó Autumn, todavía agitando suavemente lo que Brooke ahora reconoció como el cristal favorito de su hermana – una varilla ligeramente doblada de blanco luminoso – que giró lentamente hacia arriba y hacia abajo unos pocos centímetros por encima de su cuerpo. Alargó la mano y la arrancó con su mano libre, como si sacara un gusano de la tierra. "Kenneth, querido, ¿podrías darle a Brooke un vaso de agua? Tazas a la izquierda de la pileta, agua filtrada y hielo en la puerta de la heladera."

"Claro", respondió.

En el fondo, Brooke pudo oír el estruendo de los engranajes cuando la máquina expulsaba el hielo triturado y luego un suave silbido cuando el agua fluyó sobre él.

Autumn se desplomó de nuevo.

"¿Ahora qué estás haciendo?"

"Lazos muertas", respondió Autumn. "Los apegos que ya no te sirven. Posiblemente conocidos de la universidad, ex-alumnos, cualquiera que no forme parte de tu vida. No te hacen daño, pero ocupan algo de espacio y energía, así que no hace daño quitarlos".

"Dices cosas que no entiendo", murmuró Brooke.

"Tú también dices cosas que no entiendo, querida", le recordó su hermana. "Tus acordes no se parecen en nada a los míos, y las cadencias y crescendos y sforzandos. ¿Recuerdas cuando estabas trabajando en tu obra maestra?"

"Conozco todos esos términos", señaló Kenneth. Apareció de la nada al lado de Brooke y le dio un vaso de agua.

"Gracias, querido. Tú sabes más términos musicales que yo, seguro."

"Bueno, si te preocupa, hay más doctorados por hacer, y muchas escuelas para ofrecerlos."

Brooke abrió inmediatamente su boca para refutar sus palabras, y luego la cerró lentamente. ¿Por qué no? pensó, ahora rebosante de energía.

"Nunca fue parte del plan", señaló su lógica.

¿Y qué? su intuición argumentó. *Los planes son hojas de ruta, no contratos. Siempre puedes decidir una ruta diferente.*

"¿Realmente *quieres* volver a la universidad?", exigió la razón.

¿Quién sabe? La intuición se volvió a encender, *pero ¿por qué debería negarme a considerarlo sólo porque nunca lo he hecho antes? La vida no se detiene después de la graduación. Kenneth es mayor que yo y acaba de graduarse. Mira lo emocionante que es para él planear su carrera, tomar decisiones, seguir sus sueños dondequiera que el viento lo lleve.*

Consideró la idea. *Me limito a lo que tengo delante de mí, e incluso si me quedo en este trabajo para siempre, nada dice que sea todo lo que puedo hacer. Puedo vivir. Puedo cantar. Puedo enamorarme. Casarme. Tener hijos, o no. Adoptar un hurón. O ir a la escuela de posgrado. No hay nada malo en nada de eso.*

"Detente", dijo en voz alta a las dos voces que discutían en su cabeza. Tomó un sorbo de agua y se recostó contra los almohadones del sofá.

"¿Parar qué, cariño?" Autumn preguntó.

"Nada", respondió Brooke. "Sólo estoy pensando demasiado, como siempre".

Kenneth se sentó a su lado y la colocó de lado, así que ella se apoyó en el brazo del sofá con los pies en su regazo. "Basta ya", ordenó. "Sólo relájate y sé, nena. No tienes que responder a todas las preguntas a la vez."

Brooke inclinó la cabeza hacia atrás. "Puedo sentir tu energía", murmuró. "Puedo sentirla desde el otro lado de la habitación. Puedo sentirla desde el otro lado del estacionamiento. Me llama. Por eso no puedo resistirme a ti". Cerró los ojos. Un momento después, el sueño se apoderó de ella.

"Eso sí que fue interesante", dijo Kenneth ociosamente, acariciando el pie desnudo de Brooke y admirando el esmalte verde plateado en las uñas de sus pies.

"¿Quieres probarlo?" Autumn ofreció.

Se rió. "Suenas como si estuvieras vendiendo drogas. ¿La limpieza del aura es adictiva?"

"Como el ejercicio," respondió Autumn. Se sentó en una lujosa mecedora en ángulo recto con el sofá. "Te hace sentir... saludable. Relajado. Libre. Al menos, así es como me siento".

"¿Es una reacción común?" Señaló la posición de Brooke al dormir.

Ella sacudió la cabeza. "Pobrecita. Si no se libera pronto del juicio de papá, puede quedar atrapada en la amargura. Es demasiado buena persona para eso. Merece ser feliz, pero no sabe cómo manejarse".

"Estoy trabajando en ello", señaló.

"No es cosa tuya", respondió rápidamente Autumn. "La felicidad de Brooke está en sus propias manos. Ella puede elegir establecer límites contra la gente intrusa y vivir en paz, o puede elegir mantener a la gente complaciente y desgastarse a sí misma. No hay nada que puedas hacer por ella, Kenneth, excepto amarla por lo que es... y establecer algunos límites propios".

Kenneth bajó las cejas y miró a la hermana de su novia, fulminándola con la mirada. "¿Qué quieres decir con eso?"

"No tenías que dejar que Brooke te empujara con sus ultimátums y demandas tontas. Puedes decirle que no o decirle cómo te sientes. Ella estará bien haciendo compromisos y modificaciones. Así es como funcionan las relaciones".

"Eres la persona más incómoda que he conocido", dijo.

"Me lo dicen mucho", respondió Autumn, pasando su largo pelo rubio por encima del hombro. "No me malinterpretes; Brooke me lo contó bastante y sé lo testaruda y establecida que puede ser. Para una artista, no hay nada como un espíritu libre. Pero también puedo ver algo a tu alrededor. Estás nervioso. ¿Por qué es eso?"

"¿Y por qué debería decirte algo tan personal?", exigió. "Apenas te conozco".

"No te pido que me lo digas, pero todo lo que concierne a mi hermana me interesa. Ella es malísima cuidando de sí misma, así que siempre estoy alerta... cuando puedo. Te lo pido por dos razones: una, para asegurarme de que no le permitas seguir bloqueada".

"¿Y el otro?"

"Porque uno de ustedes necesita estar sano. Si tienen problemas e impedimentos..."

"No lo sé", dijo Kenneth. "Supongo que tengo algunas cosas, como todos los demás, pero no creo que esté demasiado jodido".

"Bien, entonces ¿por qué tenías tantas esperanzas en Brooke

mientras ella estaba enloqueciendo con sus planes y tratando de alejarte?"

Sacudió la cabeza, luchando por poner en palabras algo que nunca había articulado del todo. "Intuición, supongo. Mi mamá y mi abuela siempre me enseñaron a escucharme a mí mismo. Si algo se sentía mal, a correr como el demonio, sin importar cómo se veía en el papel. La otra cara de la moneda es que a veces las cosas se sienten... bien. Además, ten en cuenta la línea de tiempo. Conocí a Brooke, fuimos a unas cuantas citas – realmente prometedoras, eso sí – donde descubrimos que teníamos una química increíble, múltiples intereses en común y una forma cómoda y fácil de interactuar. Se sentía como un futuro".

Una pizca de sonrisa cruzó los labios de Kenneth. "Me asustó muchísimo cuando se echó atrás, justo cuando estaba listo para avanzar, pero el tiempo que tardó en "pensar" fue sólo de unas dos semanas. Estaba terminando mi carrera. Eso me mantuvo ocupado, y lo siguiente que sé, es que prácticamente me saltó en el estacionamiento." Se rió suavemente. "Aparte de una tensa conversación, puede que no nos hayamos visto durante ese tiempo de todos modos. Sé que ella pasó por mucho, pero... bueno, volvió enseguida."

"Y le diste una segunda oportunidad", señaló Autumn. "Después de que ella básicamente te dejó por nada".

"Lo estás entendiendo mal", le dijo Kenneth. Hizo otra pausa. "¿Alguna de esas piedras mágicas tuyas ayudan a poder expresarme mejor?"

"Me ofrecería a equilibrar tu chakra de la garganta", dijo. "Brooke dejó caer mi cuarzo acuático, pero sería perfecto para eso. Puedo verlo bajo el sofá allí."

Kenneth se encogió de hombros. "Pregúntame en otro momento. Supongo que ella no me dejará. Fue un comienzo muy intenso de una relación, y ella tenía razón sobre nosotros y nuestros lugares en la vida. Se tomó un tiempo para pensar, y luego regresó. Ahora vivimos juntos. No disfruté de la separación, pero es importante tomarse su tiempo y pensar cuando algo es intenso. Ella quería espacio para hacerlo. Está bien que ella se haya tomado ese tiempo".

Miró a Autumn y la encontró escudriñándole con una expresión de curiosidad. "¿Qué?"

"No estoy segura todavía. Pregúntame en otro momento."

"Me parece justo", estuvo de acuerdo.

"¿Tienes hambre? Apuesto a que cuando Brooke se despierte, querrá comer algo enseguida. Está procesando mucho, y es estresante para ella estar aquí."

"Podría comer algo", Kenneth estuvo de acuerdo. "¿Qué tienes en mente?"

"Podría ordenar una entrega. ¿Hamburguesas? Conozco un gran lugar..."

"¿Qué, no eres vegetariana?" Kenneth levantó las cejas.

"Normalmente lo soy", respondió Autumn, "pero hago alguna excepción para una ocasión especial".

"Te diré qué, entonces", sugirió Kenneth. "Sé que Brooke se muere por una verdadera barbacoa de Texas. Lo que tenemos en Chicago es... está bien, pero puedo decir que no es lo mismo."

"Suena bien". Autumn sacó un teléfono del bolsillo de sus jeans anchos y comenzó a apretar los botones. "¿Tienes un favorito? Normalmente sólo pido un montón de carne, salchichas, ensalada de papas y té dulce."

"Puedo aceptar tu propuesta", respondió Kenneth.

"Hecho", dijo Autumn.

13

*B*rooke abrió lentamente los ojos y se encontró mirando un techo blanco con vigas marrones expuestas. "¿Qué ha pasado?"

"Te desmayaste", le informó Autumn. "¿Recuerdas?"

"Oh, sí", respondió Brooke. "Eso nunca había sucedido antes".

"Nunca antes habías estado tan reprimida", respondió Autumn. "Apuesto a que ahora tienes hambre".

"Voraz", Brooke estuvo de acuerdo.

"También tienes que estabilizarte a ti misma. Ya que es agradable, salgamos, descalzas, y comamos bajo el árbol. Te sentirás mejor si lo haces. ¿Cuánto tiempo hace que no tienes los dedos de los pies en la hierba?"

Brooke levantó una ceja. "Vivo en un departamento en el ático de una vieja mansión. El parque más cercano es... bueno, ni siquiera lo sé. El parque más cercano que conozco está cerca del departamento de Kenneth. Caminar descalza no es prudente. Perros, ¿sabes? Además, es invierno. Yo salgo, pero sólo en verano."

"Entonces, ¿años?"

Brooke no respondió. Tampoco le dijo a su hermana lo atractivo que sonaba salir y sentarse bajo un árbol.

"¿Estoy invitado?" Kenneth preguntó desde la proximidad de sus pies. "Sigo siendo un escéptico".

"Los escépticos necesitan aire fresco, hierba, sol y comida también, ¿no?" Autumn desafió.

"¿Está todo bien?" Brooke miró a su hermana desde el brazo del sofá. "¿Qué le hiciste a mi novio? ¿Le diste un cristal?"

"Nunca lo haría", protestó Autumn.

"Mentirosa", bromeó Brooke. "Agitas esa selenita a todo el mundo".

"Me pidió que esperara." Por fin, Autumn sonaba seria. "Esperaré un rato".

"Aprecio tu tolerancia", dijo Kenneth, la ironía se notaba en su tono de voz. "Me imagino que todos mis problemas te están poniendo nerviosa, ¿no?"

"No tienes *tantos*", respondió Autumn, mirándolo con una expresión que decía que estaba exagerando. "Pareces relativamente normal. A todo el mundo le vendría bien una limpieza de vez en cuando, pero no estás en una forma terrible".

"Me alegra saber eso".

"¿Estás segura de comer fuera?" preguntó Brooke, la ansiedad brotaba dentro de ella. "Desde allí, estaríamos a la vista de la ventana de la oficina de papá".

"Cierto", acordó Autumn, "pero nunca está en casa a esta hora del día. Son sólo las cinco. Probablemente no estará por aquí durante horas todavía."

Brooke se mordió el labio.

Se oyó un golpe en la puerta y ella se estremeció. "¿Quién es?" Se puso en pie de un salto, buscando la forma más rápida de salir de la habitación.

"Es la comida, cariño", dijo Autumn. "Dios mío, estás nerviosa. ¿Estás bien?" Giró sin contestar y abrió la puerta para encontrarse con un mensajero que sostenía dos enormes y fragantes bolsas de papel.

El estómago de Brooke bramó ante el atractivo aroma.

Kenneth inmediatamente tomó a Brooke en sus brazos. "¿Qué pasa, cariño?" preguntó. "¿Por qué estás tan alterada? ¿Qué es lo peor que puede pasar? Tu padre puede ser un imbécil, pero ahora no tiene control sobre ti. Eres una mujer adulta y profesional, de treinta años. Incluso si él viniera, ¿qué podría hacer?"

Brooke apoyó su frente contra su hombro. "No lo entiendes. No se trata sólo de que él sea controlador. No he seguido sus órdenes en años. Es tan grosero. Si tengo que lidiar con sus comentarios desagradables, arruinará toda mi Navidad. Quiero evitarlo por completo".

"Bien. Sabes, Autumn puede tener razón acerca de estar en la naturaleza. Poner tus hombros al sol sería bueno para ti. Sin embargo, tampoco digo que estés equivocada. Tal vez este no sea el momento. Quizás sea mejor quedarse dentro por ahora. Sin embargo, en la casa de mis padres, hay un bonito patio de hierba. Podemos ir allí descalzos. Me aseguraré de ello, si tenemos una tarde decente de buen tiempo".

La puerta se cerró. Los bolsos crujieron, y entonces Autumn también puso una mano en el hombro de Brooke. "Creo que sería bueno para ti tomar un poco de aire fresco", dijo, "pero es totalmente tu elección. Me preocupa un poco que sigas tan preocupada por sólo verlo. ¿Por qué te asusta tanto? Como dice Kenneth, no puede hacerte nada".

Brooke miró a su hermana y a su novio. Aunque su sistema de alerta interno le gritaba que no lo viera, pudo ver que ambos pensaban que estaba loca. "Vale", dijo al final. "Bien, vamos".

"¿Estás segura?" Kenneth preguntó. "No tienes que esforzarte. No sobre esto. Estás de vacaciones, cariño. Relájate y no te sientas obligada a cumplir las expectativas de nadie más".

Respiró hondo y lo soltó por la nariz: "Está bien".

Autumn la escudriñó. "Desearía que vivieras más cerca. Tienes que seguir trabajando para mantener tus chakras abiertos y tus escudos cerrados. Eres demasiado vulnerable".

"Puedes mostrarme la salida", dijo Brooke, recogiendo una bolsa de comida y dirigiéndose a la puerta.

~

"Ooooh, el tonto y el dos de varitas en reversa", se burló Autumn, poniendo las cartas del tarot frente a Kenneth. "¿Tienes problemas con la pasividad, cariño?"

"Tal vez", murmuró, y Brooke pudo ver su piel oscura volviéndose aún más oscura.

"Vamos, Autumn, no te burles de él. Si quieres que se trague esta mierda arcana, tienes que ser amable."

"No soy yo", protestó Autumn. "Son las cartas. Le dicen que es hora de hacerse hombre".

La expresión de Kenneth le sugería a Brooke que estaba masticando la parte interior de su mejilla.

"No te preocupes por ella, cariño. Creo que eres perfecto". Ella se arrojó de costado sobre su regazo y puso su cabeza sobre su hombro.

"Gracias, Brooke. Aunque no está equivocada. Mi madre es una mujer negra fuerte. Tiene que serlo, para tener éxito en su trabajo – la educación especial es lo más difícil de enseñar, y es una de las mejores – pero no hay duda de que luchó para lidiar con un hijo músico... un hijo artista, a veces susceptible, tímido y pasivo. Puede que haya desarrollado el hábito de... mantener la cabeza baja y fingir que estoy de acuerdo para mantenerla fuera de mis asuntos."

"¿Es una especie de apisonadora, entonces?" Brooke lo adivinó.

La cara de Kenneth adoptó diferentes expresiones, sugiriendo estar a la defensiva, mostrando decepción, arrepentimiento y luego ansiedad. Suspiró. "Un poco. Es más fácil para mí enfrentarme a ella por teléfono. Puedo hacerlo cara a cara, pero... prefiero no hacerlo. No es que ella pueda impedirme hacer lo mío de cualquier manera. ¿Por qué discutirlo con ella?"

"Oh, ahora estás jodido." Autumn tomó un sorbo de vino tinto. "Un felpudo y un placer para la gente. Los van a pisotear a los dos.

Brooke, será mejor que practiques el establecer límites ahora. Repite después de mí. "No me siento cómoda discutiendo eso. ¿Por qué necesitas saberlo? No voy a hablar de esto contigo. Métete en tus asuntos".

"¡No puedo decirle eso a la madre de Kenneth!" Brooke protestó.

"Ella podría respetarte si lo hicieras", sugirió Kenneth. "Ella es en realidad una criatura rara – una que puede darte y quitarte todo. No toma prisioneros, pero respeta a los que se le oponen... educadamente, por supuesto. Puede darle a una mujer sureña un "jódete" como ninguna otra, pero también puede escuchar a una sin guardar rencor."

"Bueno, entonces estoy muerta", dijo Brooke. "Kenneth, te amo, pero tenía miedo de tu familia *antes* de escuchar todo esto. ¿Estás seguro de que es bueno que nos conozcamos? ¿Y si no le gusto?"

"Le gustarás de una forma u otra", dijo Kenneth, "porque te quiero y ella me quiere. Será más fácil si la rechazas de vez en cuando".

"Es tu madre, Kenneth", señaló Autumn. "Tal vez deberías dar el ejemplo. Retrocede y muéstrale a Brooke que no esperas que se retraiga y sea pisoteada".

Kenneth hizo un gesto. "¿Qué más tienen que decir estas malditas cartas?"

Autumn se rió y puso otra carta sobre la mesa. "Diez de copas". Felicidad. ¡Grandioso!" Tiró otra sobre la mesa de café, sin extenderlas en sí mismas, sólo apilándolas. "También los amantes, que no se trata tanto del amor en sí mismo, sino de tomar decisiones juntos y... oh, mierda." Autumn volcó su copa de vino en su boca.

"¿Qué?" Brooke exigió. "¿La torre? ¡Auh, hombre!"

"¿Qué?" Kenneth preguntó. Miró la carta e hizo un gesto. "Esto no parece auspicioso. ¿Qué significa? ¿Es que todo mi mundo a punto de derrumbarse?"

"Sí", dijo Autumn, "pero no de mala manera. Es uno de esos momentos de cambio de vida en los que todo lo que crees que sabes se transforma. Es condenadamente incómodo, pero prepara el camino para un futuro mejor. Espera ser sacudido en el próximo par de días."

Como si las palabras no les hubieran causado suficientes problemas, la puerta se abrió de golpe y una figura robusta y fornida irrumpió en la habitación. Brooke retrocedió al ver a su padre.

"¡Papá!" Autumn chilló, se puso de pie y colocó su cuerpo entre ella y Brooke. "¿Qué estás haciendo aquí?"

"¿Qué quieres decir?" gruñó. "La última vez que lo comprobé, todavía era dueño de esta casa."

"Sí, pero no es normal que irrumpas sin avisar. ¿Recuerdas que hablamos de esto? Yo pago el alquiler. Tenemos un contrato. Prometiste avisar."

"A menos que haya una emergencia". Cerró la puerta de un portazo y entró en la habitación. Deteniéndose frente a Brooke, cruzó sus brazos agresivamente sobre su pecho y se quedó mirando.

La constante ansiedad de Brooke se convirtió en pánico absoluto. Se acurrucó cerca de Kenneth, pero su habitual energía tranquilizadora no la ayudó en nada. Sus manos comenzaron a temblar. Apenas podía respirar por los latidos de su corazón.

"No veo una emergencia aquí", señaló Autumn. "Nadie está sangrando. No hemos llamado al 911. Sólo estamos sentados hablando".

"Con alguien que no debería estar aquí."

Brooke tragó con fuerza y habló con una voz seca y ronca. "No me di cuenta de que no era bienvenida".

Su padre se volvió hacia ella. Su mirada tuvo el impacto de un puñetazo en el abdomen. Ella se puso de pie de un salto.

"No lo eras, por supuesto. Me decepciona que hayas estado tan distante últimamente, y me decepciona aún más que hayas venido a la ciudad sin avisarme. Deberías quedarte en tu antigua habitación en la casa grande, y si tienes a alguien especial, ¿no debería reunirme con él para darle mi aprobación? ¿O has sacado una página del libro de tu hermana y estás trayendo hombres al azar?"

"¡Papá!" exclamó Autumn.

Él se volvió hacia ella, pero en vez de estremecerse, ella le miró fijamente.

"¿Qué?", le respondió. "¿Has dejado de actuar como una zorra?"

"¡Cállate!" Autumn se quebró. "Mi vida sexual no es asunto tuyo".

"Si está sucediendo en *mi* casa, lo es".

Autumn respiró profundamente. "Ya veo. Bueno, supongo que eso significa que tendré que mudarme pronto."

Se rió amargamente. "Claro. Apuesto a que sí".

Girando sobre su talón, pasó por delante de Brooke y se acercó a Kenneth. Se puso de pie lentamente.

"Bueno, ¿qué dice usted, señor? ¿Tú y Brooke tienen algo en común o ella te eligió como su compañero de viaje?" Sus ojos se entrecerraron. "Te conozco. Te he visto en algún lugar antes."

"No lo creo, señor", dijo Kenneth con una voz tranquila y vacilante. Parecía sorprendido, mirando al padre de Brooke con los ojos muy abiertos. "Sólo he estado en Texas un par de veces, y sólo en el aeropuerto, hasta hoy. Y sí, Brooke y yo estamos juntos. En cuanto a su pregunta, soy cantante de ópera. Acabo de terminar mi doctorado".

"Grandioso. Otro hippie", murmuró papá en voz baja. Su mirada se agudizó, y le extendió su mano a Kenneth. "Trace Daniels".

"Kenneth Hill", respondió Kenneth, estrechando su mano. En el estado de hiperconciencia de Brooke, ella pudo verlo aplicar una presión abrumadora para igualar la de su padre.

"Entonces, ¿un doctorado en *ópera?*" dijo arrastrando las palabras. "Eso no suena como algo que lleve a mucha riqueza. ¿Cuál es su plan?

"Me voy de gira por Europa con la compañía de ópera en primavera, y luego planeo solicitar un puesto de profesor en otoño."

Trace soltó la mano de Kenneth. "Un maestro, que el cielo me ayude. Los dos acabarán pidiendo ayuda en beneficios sociales", fanfarroneó, quizás para ocultar una pizca de estremecimiento.

Kenneth levantó una ceja y volvió a mirar en silencio.

"Papá", dijo Brooke. Su cara se sentía caliente y sus palabras trataban de clavarse en su garganta, pero no podía permitir este continuo juego de dominación con su amado. "Déjalo en paz".

"Sólo estamos conversando", insistió Trace. "No hay nada inusual en ello. Además, si estás *con* este tipo, ¿no debería conocerlo? ¿No quieren mi bendición en su relación?"

Brooke negó con la cabeza. "No me importa tu bendición", dijo con firmeza. "Dejaste claro, hace mucho tiempo, que tenía un costo que no estoy dispuesta a pagar".

Trace volvió su mirada agresiva hacia su hija. Ella se estremeció pero se negó a retroceder. Desde una distancia tan pequeña, ella podía sentir su energía de ataque de una manera física.

"Vaya, simplemente vaya", dijo sarcásticamente. "¿Después de todo lo que he hecho por ti – después de alimentarte, vestirte y alojarte todos estos años? Después de pagar tu educación, ¿así es como me pagas? ¿Rechazando mis consejos sin siquiera escucharlos? ¿Quitándome la oportunidad de conocer a tu pareja? ¿Has olvidado el cheque que te envío cada mes? Me debes esto".

El miedo de Brooke comenzó a disiparse en un blanco resplandor de rabia. "¿Has olvidado que nunca he cobrado un cheque tuyo, y que dejaste de financiar mi educación cuando dejé de estudiar la carrera que elegiste para mí? No te debo nada."

Trace sacudió su cabeza y se volvió hacia Kenneth. "¿Puedes creer a estas chicas? Esa", gruñó y le dirigió un dedo acusador a Autumn, "diciéndome que me calle en mi propia casa, y esta..." Señaló a Brooke. "¿Tan desagradecida después de todo lo que he hecho por ella? ¿Qué pasa con estas chicas, eh?"

Kenneth respiró profundamente. Miró a Brooke y luego a Autumn antes de volver a Daniel. "Bueno, señor", dijo en voz baja, "me parece que el respeto se gana. Irrumpir en la vida de una mujer adulta en la casa que está alquilando... No toleraría eso de un propietario, y tiene razón de estar ofendida. En cuanto a Brooke... No creo que los niños les deban a sus padres por mantenerlos. Mis padres nunca me pidieron nada a cambio de comida, ropa o alojamiento cuando era niño. Si mostrara algo de respeto, tal vez lo recibiría a cambio".

La mandíbula de Brooke cayó. Ella nunca había oído un tono tan frío y categórico de Kenneth, ni lo había visto tan polémico.

"¡Te ha hechizado!" Trace exclamó, "si no puedes ver algo tan obvio. Pensé que la otra era la bruja".

"Es suficiente", dijo Brooke. Sacó su teléfono de su bolsillo y presionó algunos botones. El teléfono empezó a sonar.

"Metro Taxi", dijo una voz acentuada.

"Necesito un taxi en el 1723 de la calle Central Hills".

"¿Para ir a dónde?"

Brooke hizo una pausa. "Um... hotel del aeropuerto. Especificaré cuál cuando llegue el conductor".

"Suena bien. ¿Cuántos pasajeros?"

"Dos".

"Está bastante lejos. Tardaremos al menos 30 minutos".

Mierda. "Está bien". Ella colgó. "Lo siento, Autumn. No puedo quedarme aquí esta noche después de todo."

"Lo entiendo completamente", respondió Autumn. "Lo siento".

"Está bien. No sabías que esto iba a pasar. Creo que no querías tenderme una emboscada".

"Seguro que no", aceptó Autumn.

"¡Qué demonios!" Trace gritó.

"No importa, papá", dijo Brooke. "Si no me soportas en *tu* casa sin que me arrodille ante ti y te bese el anillo, me iré de aquí". Se volvió hacia Kenneth. "Recojamos nuestras cosas, cariño, y esperemos fuera. El ambiente aquí dentro se está volviendo desagradable".

"¿Adónde crees que vas?" Trace gritó.

Brooke lo ignoró. Subió las escaleras para buscar su valija del dormitorio, antes de correr al baño para recoger el cepillo de dientes de Kenneth.

"¿También buscaste mi champú?" preguntó, encontrándose con ella en el pasillo.

Ella asintió, extendió el envase y el cepillo, y bajó las escaleras, sólo para detenerse a mitad de camino. Su padre se paró en la base de las escaleras, bloqueando el camino.

Kenneth chocó con su espalda, afortunadamente no con la fuerza suficiente para desequilibrarla.

"¿Por qué huir?" Trace preguntó. Debajo de su perpetua expresión de ira, ella podía ver su confusión.

"Porque estás siendo grosero", Brooke declaró rotundamente, "como siempre lo has sido. Irrumpes en una visita a la que no fuiste invitado, haces comentarios insultantes sobre todos y ahora estás siendo físicamente agresivo. *Sabes* que a la gente no le gustan estas cosas. Tienes clientes. Te respetan. ¿Por qué ellos merecen tu respeto y nosotros, tu propia carne y sangre, no? ¿Un cheque de pago significa más para ti que la familia? Si es así, no hay nada más que podamos decirnos. Ahora sal de mi camino o llamaré a la policía".

Parpadeó dos veces. Una tercera vez. Luego se hizo a un lado.

Brooke pasó a su lado, sus dedos entrecruzados con los de Kenneth.

"¡Brooke, espera!" Trace gritó, pero dejó de responder.

Brooke condujo a Kenneth a través de la sala de estar, fuera de la puerta y la cerró detrás de ella.

Justo antes de que encajara en su marco, oyó a Autumn decir: "Mira lo que hiciste ahora. Si quieres que Brooke te vuelva a dar la hora, deja de humillarla".

La respuesta de Trace se perdió en el portazo, pero su tono sarcástico de "nunca me equivoco" sonó alto y claro en los oídos de Brooke.

"Qué hombre tan encantador", comentó Kenneth. Una vez fuera de la vista de la casa, redujeron su ritmo a una cómoda caminata y se dirigieron al final del camino. "Ahora entiendo mejor las cosas".

"¿Por qué soy un caso perdido?" Brooke dijo amargamente, deteniendo su precipitada carrera hacia la carretera. "¿Por qué cambiar *cualquier* plan me asusta? ¿Por qué los hombres y las relaciones me asustan tanto?"

Kenneth giró para mirarla durante un largo momento. Luego la tomó con un enorme y tierno abrazo, posando sus labios en los de ella.

Brooke trató de relajarse. Ella pudo sentir, finalmente, la tentadora calidez de la presencia de Kenneth, pero no sirvió de nada. Estar en la propiedad de su padre la dejaba *demasiado* expuesta y vulnerable.

"¿Estás bien, nena?" preguntó al final, poniéndola contra su pecho.

"No, en realidad no", respondió Brooke honestamente. "Me siento como una mierda. Lo último que quería era exponerte a la grosería de mi padre y sus estúpidas ideas. Deberíamos salir de esta entrada. El taxi llegará pronto".

Empezó a caminar de nuevo, y esta vez, la sombra de la gran casa se sentía aún más amenazadora que antes. Era como si tuviera el poder de atraparla en este fango de malas intenciones y hábitos que la había estado fastidiando durante tantos años.

Es una elección, se dio cuenta *Cada vez que elijo dejar que las estúpidas creencias de papá, sobre el valor humano, se filtren en mis decisiones. Cada vez que me permito ponerme ansiosa porque él no aprueba lo que estoy haciendo. Cada vez que elijo dejar pasar una oportunidad de vivir, de experimentar, porque debería estar ahorrando cada centavo para comprar una casa, que es el único signo de riqueza que podré permitirme, él me está absorbiendo de nuevo.*

Cada vez que pensaba lo cerca que había estado de perder – no, de renunciar – intencionalmente a su relación con Kenneth basada únicamente en este tipo de razonamiento retorcido, un profundo escalofrío le recorría la espalda. Sus manos comenzaron a temblar.

La larga y oscura sombra dio paso a un débil sol vespertino al fin, y unos pocos metros más de grava, los condujeron hacia la puerta. Pasó por una típica autopista de Texas bordeada de grandes casas familiares y pequeñas granjas.

"Esa es la puerta de la prisión de mi alma", comentó, no exactamente a Kenneth. "Escapé una vez. Nunca debí haber regresado."

La abrazó de nuevo, apoyando su barbilla en la parte superior de su cabeza. "Sólo tiene poder sobre ti si se lo permites", señaló Kenneth. "Él no es Dios o un rey o presidente. Es un pequeño tirano, sí, pero su imperio sólo existe dentro de esa puerta. Ahora que lo sabes, puedes empezar a reunir todas las cosas que te dio para enviarlas de vuelta a donde pertenecen."

"No me dio nada", protestó Brooke. "Yo no lo aceptaría".

"Ideas, nena", respondió. "Pensamientos que no te sirven. Actitudes

DONDE SOPLE EL VIENTO

que hieren tu vida y te vuelven débil, que te hacen pensar que tu felicidad debería ser menos prioritaria de lo que debería ser. Puedes ver, ¿no es así?, que lo que estaba diciendo no tenía sentido. ¿Que ni siquiera *él* lo creía?"

"¿Qué quieres decir?" Brooke giró y miró a la cara a Kenneth, sorprendida al ver un poco de diversión en su expresión. "Esto no es divertido".

"Podría ser", argumentó, "si lo piensas bien. Sólo dijo que los músicos son hippies y que los profesores no tienen hogar. ¿Tiene eso sentido para ti?"

Parpadeó.

"No es que haya nada malo en ser un hippie", añadió pensativo. "Varios de mis profesores tienen ese estilo. ¿Sabes qué más tienen? Casas. Coches. Planes de jubilación. Van de vacaciones a Europa, Sudamérica y a cualquier otro lugar que les guste. Algunos de sus hijos van a escuelas privadas. No son ricos de por sí, pero ganan lo suficiente para vivir una vida cómoda, y para comprar faldas de campesino si quieren. ¿Realmente suena como el epíteto que trató de hacer?"

Brooke sacudió la cabeza.

"Y también insinuó que los profesores no tienen casas. Honestamente, tu apartamento apestaba un poco, es verdad, pero ¿por qué vivías allí? ¿Era realmente el único lugar que podías pagar?"

"Es el único lugar que podía permitirme en mi plan de ahorros", murmuró Brooke.

Kenneth asintió. "Vivías allí para poder ahorrar y encontrar algo mejor. Los profesores ganan un salario digno en cualquier escuela pública. A mi familia le fue bien con el salario de dos maestros. Es tonto".

"Lo es", Brooke estuvo de acuerdo. "Se tragó toda la mierda de 'los profesores no son profesionales' que mucha gente parece creer que es verdad. Se glorifica en ello".

"Eso es porque es un imbécil. Un grosero e ignorante", le recordó Kenneth. "Creo que puedes ignorar con seguridad cualquiera de sus consejos de vida. Mira lo mucho mejor que lo hiciste cuando no dejaste que se entrometiera".

Brooke asintió. "Lo sé, pero es difícil. Su voz siempre está en mi cabeza".

"Bueno, entonces tendrás que desterrarlo. ¿Tu hermana sabe un hechizo para eso?"

"Probablemente", respondió Brooke, "pero tendrá que ser por teléfono. Nunca voy a volver a este lugar."

Un ruido de neumáticos sobre la grava le llamó la atención, era un taxi amarillo que se detuvo a su lado. La ventanilla se deslizó hacia abajo. "¿Dos pasajeros a un hotel del aeropuerto?"

"Somos nosotros", Kenneth estuvo de acuerdo.

"¿A cuál de ellos?"

"Haré algunas llamadas y le diré con seguridad una vez que nos acerquemos", prometió Brooke. "¿No estamos como a una hora de allí?"

"Más o menos", el conductor estuvo de acuerdo, acariciando una barba salvaje y lanuda. "Suban."

Saltaron al asiento trasero y Brooke sacó su teléfono del bolsillo. Una rápida búsqueda y una breve llamada telefónica más tarde, habían establecido su destino. Brooke apoyó la cabeza en el asiento y cerró los ojos, luchando por mantener su mente en blanco.

La mano de Kenneth se deslizó dentro de la suya, uniendo los dedos. La sostuvo suavemente, su mano sobre su rodilla, su mano sobre la de ella. "Tranquila, cariño", murmuró. "Tenías razón sobre él. No tiene remedio. ¿Quién saluda de esa manera a una familia perdida y a unos completos extraños?"

"No creo que te estuviera esperando", respondió Brooke. "Pensó que me aplastaría, me haría sentir culpable y me atraparía de nuevo en su red, pero al ver que estabas allí, y ya había empezado su berrinche, tuvo que continuar con ello".

"Eso parece posible, aunque improbable."

"Y luego lo desafiaste. Él no es de los que aceptan un desafío de alguien que considera... inferior. No te echaste atrás, así que..."

"¿Así que apuntó?"

Ella asintió.

"Eso puede explicar un poco, pero en realidad no ayuda, ¿verdad?"

Sacudió la cabeza. "¿Está tan mal querer un padre que hace... cosas de padre? Quiero decir, ¿sería demasiado pedir un voto de confianza, el reconocimiento de que lo estoy haciendo bien? ¿Un saludo amistoso de él hacia el hombre que amo?"

"No es demasiado, no", le recordó Kenneth gentilmente, "pero no va a suceder para ti. No con él. No fuiste bendecida con un padre que te apoyara, y eso no va a cambiar. Probablemente sea mejor que te deshagas de él. Es un mal bicho".

"Estoy de acuerdo", dijo Brooke. Trató de pensar en algo que decir, pero su respiración le producía dolor en su pecho, y su labio temblaba, así que permaneció en silencio.

Un momento después, se detuvieron frente a un motel barato en el aeropuerto, y unos minutos después, se dirigieron a una habitación simple y sencilla.

Brooke se quitó la ropa y la lanzó contra la pared como si estuviera envenenada. Luego tiró las sábanas y se arrojó a la cama en ropa interior, con la cara debajo de su brazo.

Kenneth se sentó a su lado, con sus grandes manos cubriendo su espalda.

"Todo en lo que he basado mi vida, es una mentira fabricada por un hombre que no me ama. Arregló que otro hombre no me amara, me culpó por ello, e hizo todo lo posible para evitar que me amara a mí misma. No es justo". Golpeó la almohada con un puño cerrado.

"No lo es", Kenneth estuvo de acuerdo. "No es justo y no está bien. Te mereces algo mejor, cariño. Pero ten en cuenta esto. No estás sola. Estoy aquí, te amo y no me iré a ningún lado. Tus problemas no me asustan, y ahora que estás luchando libre de su influencia, te vas a sentir mucho mejor. Tu hermana también te quiere. ¿Viste lo disgustada que estaba cuando él apareció?"

Brooke no respondió. Una vida de aguda y suprimida miseria irradiaba desde los oscuros y enredados rincones de su corazón. Sus ojos ardían y su respiración se le atascaba en la garganta, pero no podía llorar. Sus lágrimas se sentían atrapadas. "¿Crees que necesito terapia?"

"Creo", dijo Kenneth, "que sería prudente que usaras algunos de tus ahorros para procesar y liberar de ti al viejo crápula, incluso si terminas retrasando tu capacidad de comprar una casa por un par de años".

"¿Qué estás diciendo?", exigió ella, dándose vuelta y sentándose.

"No estoy seguro", dijo él, con los ojos entrecerrados como si mirara algo lejano. "Tengo un presentimiento... pero no deberías preocuparte. Valdrá la pena".

"Suenas como Autumn", señaló Brooke.

Se encogió de hombros. "Tal vez tenga razón. ¿Quién sabe? Tal vez hay mucho misterio ahí fuera, y sólo podemos verlo si creemos. Todo lo que sé es que cuando algo se siente bien, tengo que aceptarlo. Y si se siente mal..."

"¿Te vas?"

Asintió con la cabeza.

"Desearía haberme alejado hace mucho tiempo".

"No hay tiempo como el presente", señaló.

"¿Kenneth?" Brooke preguntó.

"¿Sí, cariño?"

"¿Me abrazarías?"

"Con mucho gusto. Recuéstate."

Brooke se recostó de nuevo en la cama, y Kenneth se acurrucó contra ella. "Te quiero", le recordó. "Trata de estar bien, cariño. Trata de dejarlo ir".

"No puedo", se ahogó.

"No, lo sé. Ahora no. Por ahora, tienes que sentir esto, no ahogarte, ¿no es así?"

"Duele".

"Lo sé, nena. Lo sé. La vida duele tanto a veces."

Brooke dejó de intentar comunicarse y sólo se permitió sentir, realmente sentir el dolor de la crítica y el rechazo de toda la vida de su padre. El dolor de la muerte de su madre, tan pronto, que sólo tenía el más tenue recuerdo borroso de un regazo caliente y una suave voz cantándole. Su decepción cuando su amada hermana había ido por el mal camino. La ansiedad con la que vivía cada día, de que al final no fuera suficiente. La había afectado profundamente, haciendo que su corazón palpitara y apretado sus tripas hasta casi hacerla sentir descompuesta. Le dolían los hombros y la mandíbula.

Kenneth la abrazó, pero ni siquiera su presencia pudo ayudarla.

Nada puede ayudarme. Estoy destrozada. Tan rota que incluso mi propio padre me rechazó. Tan rota que no merezco mi trabajo, mi hombre... "¿Por qué me odia?" susurró. "¿Qué hice que fue tan terrible?"

"Nada, nena", respiró Kenneth. "Nada en absoluto. Es su culpa si no reconoce tu valor".

Brooke no le creyó. Había sido entrenada toda su vida para aceptar menos, para esperar menos. Incluso para ser menos. Menos que una persona completa. Menos que digna de amor, atención o autonomía. Para aceptar el control con agradecimiento y los insultos con gratitud. Su temprano adiestramiento la había instado a llamar a su padre y disculparse – por cualquier cosa.

No, se dijo a sí misma. *No he hecho nada malo. Es correcto distanciarme de alguien tan grosero. Es correcto protegerme de ataques no provocados. ¿Aceptaría esto de un total desconocido?*

Tristemente, probablemente, lo haría.

De alguna manera, una lenta paz comenzó a deslizarse en su conciencia. Tocó todos sus lugares doloridos con una energía que la calmaba. La fortaleció y la apoyó. No para curarla – que sería su propio trabajo – sino para proporcionarle un marco en el que su nuevo espíritu pudiera apoyarse.

No es que no sea digna de ser amada, se recordó a sí misma. *Autumn me ama lo suficiente como para cortar mis lazos emocionales con papá y tratar de "limpiarme" de la mejor manera que sabe. Tenerme en la línea de fuego le quitaría presión y le daría un sentido de superioridad, pero ella no lo quería. Ella quería mi felicidad más que su ruptura.*

Y *Kenneth.* Abrió sus ojos ardientes y doloridos y miró su cálida mirada oscura. *Un hombre hermoso. El epítome de alto, moreno y guapo. Él me ama. Me amó cuando me fui. Me amó cuando me alejé. Me dio la bienvenida de nuevo. Ha permanecido constante y verdadero, sin importar las tonterías que se me ocurrieran para alejarlo. De alguna manera, ha encontrado algo digno en mí, y se ha quedado por ello.*

Otro oscuro pensamiento resurgió. Decidí perder mi propia felicidad porque no podía dejar de buscar la aprobación de mi padre. "Esto termina ahora".

"¿Perdón?"

"Kenneth, necesito cambiar toda mi visión del mundo, y no sé quién o qué seré cuando termine. He sido una farsante toda mi vida, y ya no puedo manejarlo más."

"No eres una farsante", respondió. "Estás en el proceso de aceptar una infancia difícil. Eso lleva tiempo, especialmente si estás completamente aislada, lo cual es cierto. Tardaste cinco años enteros en salir de la niebla, y ahora, estás lista para seguir adelante. Sí, va a ser difícil, pero eres fuerte. Puedes hacerlo".

"¿Seguirás estando ahí para mí?"

"Oh, sí. Brooke, todo lo que quiero es que seas feliz y te sientas realizada. En realidad, estás tan cerca. Si pudieras creerlo, lo lograrías".

Brooke acercó la cara de Kenneth a la suya para darle un beso. Sus labios comprimieron los de ella con una dulzura desenfrenada, un tierno toque que activó todos los pedazos destrozados de ella. Vínculos iluminados, enlazados, asegurados.

De repente, desesperada por un vínculo humano, deslizó sus manos bajo la camisa de Kenneth y le acarició el pecho y el vientre.

"Hmmm, eso se siente bien", murmuró entre dientes.

"Quítatela", ordenó Brooke.

"Ooh!" Kenneth silbó entre dientes. Y se quitó la camisa por encima de la cabeza.

Brooke movió su mano hacia su espalda y se desenganchó el sostén, dejando libres sus pechos.

"Me encantan," dijo en voz baja. "Llenos y suaves". Ahuecó un generoso globo en cada mano. Un pulgar ancho acarició cada pezón.

Ella dejó escapar un pequeño gemido.

"¿Bueno?" Acarició de nuevo, y luego ajustó sus manos para poder agarrar sus pezones entre sus pulgares e índices, haciéndolos rodar suavemente para aumentar su placer.

"Oh, sí". Ella se acercó a Kenneth, acariciando su espalda.

Él le soltó los pechos y la acercó a sus brazos, reclamando sus labios en un beso caliente y salvaje. La pasión acumulada que siempre había persistido entre ellos, se encendió fácilmente.

"Kenneth", ella respiró contra su boca.

Él la besó de nuevo. Sus lenguas se enredaron en un ejercicio mutuo de deseo desenfrenado.

El sexo de Brooke se humedeció y se estremeció. Ella arqueó su espalda, queriendo una conexión lo más cercana posible con su amante, y pudo sentir el firme espesor de su erección contra su hueso púbico. "Hmmmm", balbuceó.

Kenneth le rozó el monte de Venus a través de sus bragas, sexy y lento.

Ella se mordió el labio y se encontró con sus ojos con una timidez coqueta.

"¿Demasiado?" preguntó él.

Ella sacudió la cabeza.

Él deslizó sus manos dentro de su ropa interior y volvió a acariciar su pubis, deslizando un dedo a lo largo de la abertura de su cuerpo y sintiendo la humedad. "Oh, cariño. Estás tan lista, ¿verdad?"

"¿Lista para ocuparme de mi hombre? Claro que sí", respondió, dejando de lado la conducta tímida.

Él curvó su dedo y la punta del mismo la penetró muy ligeramente. Su palma comprimió su clítoris.

Ella gimió.

"¿Te quitamos esto?" sugirió.

Brooke ni siquiera respondió. Sólo se agarró la cintura y empezó a tirar. Sus bragas se rindieron fácilmente a la presión, juntándose alrededor de sus tobillos. Las apartó con un pie.

Kenneth se levantó brevemente y volvió a la cama, desnudo. Su larga forma de color oscuro contrastaba con las sábanas blancas.

"Eres tan hermoso", susurró ella, deslizando una mano por su cuerpo hasta que pudo captar la tentadora plenitud de su sexo. Cuando él dejó caer un paquete de condones en la cama a su lado, ella sonrió. El hormigueo de la humedad entre sus muslos aumentó.

Kenneth, parecía estar igual de preparado. Una gota de humedad se acumuló en la punta de su pene.

Brooke la tomó en su pulgar y la alisó sobre la cabeza. Gimió, bajo y profundo. Brooke se dispuso a complacer a su hombre, envolviéndolo con su mano y moviendo su prepucio suavemente arriba y abajo.

"Eso es tan bueno", gimió. "Sí, nena".

Kenneth toleró sus caricias sólo por un momento antes de que la tomara de los hombros y la hiciera caer de nuevo en la cama. Agazapado sobre ella, tomó sus muslos con las manos y los abrió, exponiéndola a su mirada. Se colocó entre las piernas de ella, poniéndolas sobre sus hombros, y se sumergió.

"Ooooh", ella gimió mientras él besaba su sexo.

Luego acarició a lo largo de su vulva, sintiendo los rizos cuidadosamente recortados, separándolos y besándola de nuevo, directamente en el clítoris esta vez. Cuando Kenneth comenzó a sentir un placer salvaje y delicioso en el punto más sensible de Brooke, ella golpeó las sábanas con ambas manos. La manipuló con una exquisita habilidad.

Ella jadeaba y gemía mientras él la impulsaba suavemente hacia el orgasmo.

Dos gruesos dedos la invadieron, tocando lugares secretos dentro de ella. "Ven, nena", la animó. "Ven. Quiero ver lo bien que te puedes sentir."

La vibración de su voz y el cosquilleo contra su punto G la encendieron, y ella pasó a través de las estrellas a un lugar donde sólo existía el amor. Allí, Kenneth la envolvió en un capullo de tierna pasión y todos sus miedos e inseguridades se desvanecieron.

Esto es alegría. Esto es lo correcto. No necesito nada más. No tengo nada que probar. Mi existencia es prueba suficiente de que no soy un error. Lo soy. Yo importo. Amo y soy amada.

El placer se desvaneció en un lento gemido, y Brooke volvió a su cuerpo lo suficiente para recuperar el condón de su lado. Abrió el paquete mientras sus piernas se deslizaban por los brazos de Kenneth.

Él la soltó sobre la cama, para que pudiera llegar más abajo.

Con facilidad práctica, ella le colocó el condón. Entonces ella chilló sorprendida cuando él rodó, moviéndola encima de él.

"Vamos a hacer que cabalgues un poco, cariño", sugirió. "¿Qué dices?"

No surgieron palabras para responder a su petición, pero ella no las necesitaba. Agarrando su grueso pene, lo inclinó hacia arriba y dejó que la gravedad hiciera el resto. Él se deslizó en su profundidad, penetrando completamente. Su cabeza cayó hacia atrás. Pequeños sonidos de gemidos se escapaban con cada respiración.

Kenneth envolvió sus manos alrededor de sus caderas y la guió hacia arriba. Dejó que se hundiera de nuevo antes de levantarla y permitiéndole bajar de nuevo.

Oh, sí, pensó, añadiendo su propio movimiento a los empujes, elevándose juntos, una y otra vez, buscando el perfecto cumplimiento de su clímax mutuo.

Lo encontraron.

Entre un empuje entusiasta y el siguiente, la mecha se encendió, se quemó y se rompió. Los dejó a ambos congelados y temblorosos, atrapados en el ápice del placer. De nuevo, como siempre, esa sensación de perfecta unidad sacó a Brooke de su mente contrariada y la llevó a su cuerpo, permitiendo que el alma de Kenneth acariciara la suya con una dulzura irresistible.

Nada es más importante que esto – que nosotros. Nos tenemos el uno al otro, y por ahora, eso es suficiente. Ella se inclinó lentamente para que su cabeza descansara en su pecho.

Puso ambas manos sobre su espalda y se deslizaron en un resplandor que fusionó la relajación con una deliciosa fatiga.

Pronto dormiré, pero primero, un largo abrazo para disfrutar de esta conexión con el corazón, con mi alma gemela.

Pasaron largos momentos. La erección de Kenneth comenzó a disminuir, y se estiró para agarrar el condón mientras se alejaba de Brooke, pero siempre manteniendo una mano en su espalda.

Un suave zumbido invadió su abrazo somnoliento. Se hizo más fuerte e insistente.

Brooke lo ignoró, decidida a aferrarse al momento. Cuando finalmente se detuvo, se relajó. Al menos, hasta que empezó de nuevo.

"Maldición", murmuró. "¿Y ahora qué?" Se levantó de la cama, gimiendo por el agradable dolor de sus músculos.

El sonido se detuvo cuando se dirigía hacia su bolso, abandonado cerca de la puerta de la habitación del hotel, pero comenzó de nuevo inmediatamente.

"Cielos. ¡Qué!" se quejó, arrastrando el bolso de su correa y hurgando en sus profundidades. Recuperando su móvil, registró el número de Autumn y frunció el ceño, presionando el botón y llevándose el teléfono al oído. "¿Qué pasa?"

"Necesito tu ayuda", se lamentó Autumn.

"¿Qué?"

"Es papá..."

"No quiero oír hablar de papá", dijo Brooke. "He terminado con él".

"Está en el hospital".

Brooke se congeló, su furiosa diatriba fue silenciada. "Uh". ¿Qué? ¿Por qué?"

"Tuvo un ataque al corazón". Sollozó Autumn. "Estaba en mi sala de estar, gritando y pisoteando, como siempre hace cuando no le das lo que quiere, y de repente se agarró el pecho y..."

"¿Y?" Brooke exigió que su boca apenas se conectara con su cerebro.

"Y se cayó. Llamé a la ambulancia. Está en la UT Southwestern. Está a sólo unos minutos de donde tú estás. ¿Puedes ir a verlo, por favor?"

"Autumn, yo... no sé. No quiero verlo".

"Brooke, está teniendo un *ataque al corazón*".

"No quiero ser mala, pero probablemente se lo buscó él mismo. Andar a tientas como un niño pequeño por algo que no es de su incumbencia..."

"¡Brooke!"

"No estoy segura", le dijo Brooke a su hermana. "No sé... Todavía le caes bien. ¿No puedes ir tú?"

"¡No puedo!" Autumn se lamentó. "El padre de River me acaba de llamar para decir que lo va a dejar temprano. River está resfriado, y Braden no se ocupará de un niño enfermo. No puedo llevar gérmenes a donde está papá. Ya está debilitado... y River... ya está enfermo. ¡No quiero llevarlo a la sala de emergencias donde podría entrar en contacto con quién sabe qué! Por favor, Brooke. ¡Tienes que hacer esto!"

"Autumn, tu ex es un idiota".

"Lo sé", dijo ella. "Por eso es un ex, pero no importa. Una vez, no estaba en casa cuando decidió que su tiempo de visita había terminado, y dejó a River en la casa grande, asumiendo que la señora de la limpieza lo vigilaría. Le gusta molestarme, y no hay nada que pueda hacer al respecto. Pero que Braden sea un imbécil no viene al caso".

"Si, en realidad, si", dijo Brooke. "Tienes dos imbéciles con los que lidiar, y estás tratando de empujar uno hacia mí".

"No empieces conmigo", dijo Autumn. "¿Quieres que papá se quede solo para enfrentar todas las locuras que le puedan hacer?"

"Bueno, de una manera objetiva y humana, no", dijo Brooke, tratando de ser razonable. "Nadie debería pasar por un ataque al corazón solo, pero tampoco me gustó enfrentarme a lo que me hizo.

¿No podría ser esto el Karma para él? Ha sido un imbécil con todo el mundo, ¿así que nadie quiere apoyarlo en su hora de necesidad?"

"Quiero decir, no estoy diciendo que eso no tenga validez", acordó Autumn, "especialmente para ti, pero al mismo tiempo, ¿quieres ser la persona que dejó que su padre tuviera un ataque al corazón solo, cuando ella estaba literalmente a diez minutos en coche?"

Brooke se mordió el labio. "No quiero saber nada de él".

"Entiendo. ¿Puedes no querer saber nada de él, recién, mañana?"

Brooke respiró profundamente. "Tengo un vuelo mañana por la mañana que no voy a perder. Ciertamente no por papá, pero si significa tanto para ti, pasaré a ver cómo está y te pondré al día. Tomaré cualquier otra decisión basada en lo que vea."

"¡Gracias, Brooke! Gracias".

"¿Y, Autumn?"

"¿Sí?"

"Tienes que alejarte de papá. Dejar que los malcríe a ti y a River puede ser agradable en cierto modo, pero sólo le anima a entrometerse en tu vida, y luego te hace comentarios insultantes. Sigue siendo abusivo contigo, pero de una manera diferente".

"Creo que podrías tener razón", reconoció Autumn. "En este momento, mi vida entera está tan enredada con la suya, que no estoy segura de poder liberarme y aun así no saber si tengo donde caerme muerta, pero la experiencia de hoy ha sido definitivamente reveladora".

"Estoy de acuerdo", dijo Brooke. "Mis ojos están abiertos de seguro. Tal vez podamos ayudarnos mutuamente siendo responsables la una de la otra en el futuro".

"Tal vez", aceptó Autumn. "Bien, mándame un mensaje cuando sepas lo que está pasando".

"Lo haré. Adiós, hermana".

"Adiós".

Brooke colgó el teléfono y lo dejó caer en su bolso.

"Seguramente, no vas a ir." Kenneth exclamó, apoyándose en un codo y mirando hacia ella, sus lánguidos y apasionados ojos se abrieron de par en par.

"Supongo que debo hacerlo", respondió ella. "¿Y si muere? Un ataque al corazón no es poca cosa. Necesito verlo, por el bien de mi propia conciencia, no hay nada más".

"Creo que sólo conseguirás hacerte sentir peor", murmuró negativamente. "Brooke, me gustaría que lo reconsideraras. No veo de qué te serviría volver a someterte a su rudeza. No te lo mereces".

"Ya lo sé", respondió rápidamente.

"¿Lo sabes? ¿Sabes honestamente, en lo más profundo de tu corazón, que sus decisiones son suyas y no tienen nada que ver contigo, que no mereces el tratamiento que has recibido? ¿Que no mereces ser tratada como una mierda mientras tu hermana es mimada como una princesa?" Kenneth hizo una pausa, pareciendo considerar sus últimas palabras. "Honestamente, incluso abusa de ella, también. ¿Te has dado cuenta?"

"Me di cuenta", dijo Brooke con tristeza, "pero si mi padre muere... ¿Qué diría la gente si se enteraran de que lo abandoné en su última hora?"

"¿Qué gente? ¿Quién lo sabría? La gente sólo necesita saber lo que eliges compartir con ellos. Si muere, sólo di que tu padre falleció y deja los detalles fuera."

"¿Porque tengo algo que ocultar?" ella lo desafió. "¿Porque me avergüenzo de mi comportamiento y necesito guardar secretos? Voy a ir, Kenneth." Ella se alejó de él, buscando su ropa y su bolso.

"Espera, Brooke, aguanta", instó, tirando de su ropa interior.

"¿Esperar para qué?", exigió, sacando bragas limpias de su mochila y poniéndoselas.

"¿Cómo vas a llegar hasta allí? No querrás gastar más dinero en un taxi, ¿verdad?"

"Tomaré el DART", respondió. "Hay una parada a un par de cuadras de aquí".

"¿Qué diablos es un DART?", preguntó.

"El DART es la línea de metro de Dallas", explicó. "Es más barato que un taxi y más conveniente que un autobús."

"Bueno, si tú vas, yo voy contigo", insistió. "No dejaré que te pase nada, y eso es un hecho."

"Ven si quieres", respondió ella. "No me importaría que me acompañes, pero si sientes la necesidad de decir que te lo dije, sáltatelo."

"Entendido", reconoció. "Aunque sigo pensando que es una mala decisión, pero es tu decisión, así que hazlo. Sólo entiende que estaré dando vueltas para mantenerte a salvo".

Brooke se puso la camisa por la cabeza, añadió una chaqueta ligera y fue a buscar sus zapatos.

14

"*B*ueno, aquí estamos", dijo Kenneth, mirando alrededor del vestíbulo de la sala de emergencias. "¿Y ahora qué?"

Brooke se acercó a la ventana de registro.

Una joven que tenía el cabello platinado y lo llevaba en una larga y desordenada cola de caballo abrió una cubierta deslizante de plástico. "¿Puedo ayudarla?"

"Me dijeron que mi padre llegó en ambulancia hace un tiempo. Trace Daniels. ¿Sabe dónde puedo encontrarlo?"

"¿Daniels?" La joven hizo clic en algunos botones de la computadora. "Ha sido internado, pero está estable por el momento. ¿Quiere que alguien le muestre el camino?" Miró a Kenneth. "Debido a su frágil condición, no queremos excitarlo. Un solo visitante."

"No te preocupes", llamó Kenneth. "Sólo esperaré aquí. Es tu padre, y francamente, no parecía gustarle mucho. Envíame un mensaje para hacerme saber lo que está pasando, ¿de acuerdo?"

"Suena bien". Brooke se acercó. "Sé que estás enfadado", murmuró, "pero estoy asustada. Por favor, abrázame."

"No estoy enfadado", dijo. "Me molesta que te hagas esto a ti misma, pero tiene que ser tu elección." La envolvió en uno de sus abrazos tranquilizadores. "Estoy aquí para ti, Brooke. Nada cambiará eso. No voy a rechazarte sólo porque no estemos de acuerdo, ¿bien?"

Un profundo escalofrío la atravesó como un peso que no se había dado cuenta que llevaba liberado. *Así es como se da el verdadero amor.* "Gracias".

Le besó la frente.

"¿Señora?" Un camillero llamó a Brooke. "Si me sigue".

A regañadientes, se arrancó de los brazos de Kenneth. Desprovista de su calor, un escalofrío se hundió en ella, dejándola temblando. Ella siguió al joven a través del laberinto retorcido de los pasillos. Cuando él le indicó una habitación, Brooke hizo una pausa, respiró profundamente y se preparó antes de entrar en ella. Su corazón latía con fuerza, pero una extraña calma había caído sobre ella.

El atormentador de su infancia yacía en una cama regulable. Una bata de hospital era apenas visible bajo una manta blanca y fina. Su pequeña y frágil apariencia la dejó confundida. La personalidad de Trace siempre había ocupado más que su justa parte del oxígeno, pero ya no.

Por primera vez en su vida, Brooke se paró delante de su padre, mirando hacia abajo. Su rostro, relajado por su habitual ceño fruncido, se veía demacrado y pálido. Fuertes arrugas en las esquinas de sus ojos. Bolsas negras y con apariencia de moretones sobresalían en marcado relieve sobre su piel cenicienta. Su mandíbula sin afeitar se veía desordenada en lugar de elegante, y el sudor humedecía su pelo canoso.

Parece que la amargura cobra vida, pensó. *No es de extrañar que sea tan desagradable. Lleva años cargando con su infelicidad. No puede separarse de ella.*

Abrió los ojos, y a pesar de su evidente fatiga y tensión, ella pudo ver el vivaz colapso.

"No esperaba verte aquí", comentó.

"No esperaba *estar* aquí", respondió ella, con su voz fría y monótona.

"Entonces, ¿por qué estás aquí?", preguntó él. "Continúa. Corre a tu amante. Deja que te mime. Déjame a mi suerte."

Brooke levantó una ceja. "Podría", respondió. "No sería más de lo que mereces, y después de todo lo que has hecho, no me sentiría culpable por ello."

Abrió la boca y ella reconoció su expresión de placer pícaro.

"Papá", interrumpió, "estás a un insulto de no volver a verme. Entonces te enfrentarás a lo que te espera solo, porque Autumn no puede venir hasta la mañana."

Cerró la boca y la miró con los ojos entrecerrados. Sus gruesas cejas formaban una línea de enfado en su frente.

"¿Qué dijo el doctor?" Brooke preguntó.

Brilló otro minuto, pero cuando ella no se quebró farfullando o se puso a la defensiva, suspiró, relajó sus hombros y respondió como un humano. "Están seguros de que es un ataque al corazón. He tomado algunos medicamentos fuertes para romper el coágulo, pero necesito un procedimiento de cateterismo para evaluar el daño. A partir de ahí, decidirán si seguir adelante con los catéteres con balón o si necesito una cirugía de bypass".

"Oh", respondió Brooke. No tenía ni idea de qué decir. "Nada de eso suena agradable".

"Ha sido horrible hasta ahora".

Suspiró y se hundió en una silla cercana. "¿Alguna idea de cuándo comenzará el procedimiento?"

Puso los ojos en blanco. "Nadie me dice nada. Me pregunto si no será hasta la mañana. Aunque supongo que tengo suerte".

Tenía esa mirada de nuevo, pero por alguna razón, Brooke quería saber. "¿Por qué, papá?"

"Porque estás aquí".

Podía sentir que algo malo podía pasar, sin un destello de esperanza. *Esto es una trampa. Puedo sentirlo.*

"Quiero decir, si tuvieras un trabajo *real*, estarías trabajando ahora mismo, así que..."

La ira se encendió, y por una vez, no trató de apisonarla. "¿Ahora mismo? ¿A las once de la noche? No lo creo, y si tú lo hicieras, eso explicaría por qué estás aquí."

"¿Perdón?" se echó hacia atrás contra la cama, ofendido "La razón por la que estoy aquí, señorita, es su vergonzoso comportamiento..."

"¡Papá!"

Trace cortó su diatriba a mitad de camino y la miró.

"Cállate".

Extrañamente, lo hizo, así que Brooke continuó. "Es tu propia culpa que estés aquí. Entre tu horrible dieta, el estrés, el exceso de trabajo y tu obsesión por controlar las cosas que no son de tu incumbencia, te enfermaste".

"¡Bueno!" resopló. "Bueno, eso demuestra... quiero decir..." Trace se detuvo.

"Bien. Ahora, se te ha advertido que seas cortés, y lo digo en serio. Enseñar es un trabajo real, y al pretender que no lo es, estás insultando a todos los que se tomaron el tiempo para enseñarte *a ti*. Tus maestros de jardín de infantes, que te enseñaron a leer. Tus maestros de primaria que te enseñaron matemáticas. Tus maestros de negocios que te enseñaron a hacer lo que haces. Incluso tus profesores de inglés que te enseñaron a leer entre líneas y a escribir de la misma manera." Cruzó los brazos sobre su pecho. "No tienes nada que reprocharme. Si no puedes estar orgulloso de mis numerosos premios y logros, te agradeceré que te lo guardes para ti".

"No entiendo por qué nunca aceptas ni el más mínimo consejo amistoso", se quejó, pero la combinación de su pobre condición física y su inesperado desafío, parecía haberle cortado las alas.

"Porque no es un consejo amistoso. Uno, nunca pedí ninguno y dos, sólo se supone que es controlador. La mayoría de los padres ayudan a sus hijos a descubrir cómo perseguir *sus* sueños, no los de sus padres. Tuviste tu oportunidad de crear tu carrera profesional. Déjame hacer lo mismo. Estoy contenta con mi situación, y no cambiaría nada".

"Bueno, no esperaría que lo admitieras en este momento..."

Empezó a levantarse.

"Espera, espera. Me detendré."

Brooke permaneció de pie.

"¿No te quedarías, por favor?"

Se encogió de hombros. "No parece haber una razón. Toda esta mierda de control no es buena para tu corazón. Debería irme y dejar que tu presión sanguínea se asiente".

Suspiró. "Por favor, no te vayas".

"Entonces deja de molestarme. No es gracioso. Estoy cansada, y tengo un gran día mañana. Tienes mucha suerte de que haya venido".

"¿Tendrás un gran día"? ¿Qué vas a hacer mañana?", exigió.

"Bueno, al contrario de lo que podrías pensar, papá", dijo Brooke, "tengo planes. Sólo queríamos pasar una noche en casa de Autumn en una larga escala. Voy de camino a Atlanta para conocer a la familia de Kenneth".

"Vaya. Serio, ¿eh?"

"Supongo que nos casaremos algún día", le informó suavemente. "El tiempo lo dirá".

"¿Tan serio, hmmm? ¿Estás segura de que es una buena idea casarse con otro músico? Ya sabes lo que dicen..."

"No, papá. No lo sé, pero la última vez que lo comprobé, un profesor y una profesora tenían una vida decente de clase media, lo que me suena absolutamente perfecto".

"Quiero decir, si eso es lo mejor que puedes hacer..."

"Vale, ya está", dijo Brooke. "No tienes nada de autocontrol, ¿verdad? Escucha. No es "lo mejor que puedo hacer". Es lo que quiero. Lo que *yo* quiero, papá, para *mi* vida, que no puedes vivir por mí, dictarme o juzgar. Has agotado tus posibilidades. Me voy a ir. Disfruta de tu recuperación, y ya que estás en ello, podrías considerar hacer terapia para tu trastorno de personalidad".

Giró sobre sus talones y salió de la habitación. *Venir hoy puede haber sido un error, pero al menos ahora puedo apartarme de él sin culpa. Incluso cuando está medio muerto, no tiene autocontrol, ni modales, ni amabilidad. No necesito un padre así.*

Brooke encontró a Kenneth en el vestíbulo, sentado en un sillón bajo. "¿Vuelves tan pronto?", preguntó.

"Tenías razón", respondió Brooke con un suspiro. "Está lo suficientemente estable para ser un imbécil y lo suficientemente persistente para intentarlo. He terminado con él. Volvamos y durmamos un poco antes de nuestro vuelo de la mañana".

"La mejor sugerencia que he escuchado en..." miró su reloj. "horas".

Brooke se rió, aunque no se sentía muy tranquila. "Vámonos, ¿de acuerdo?"

Kenneth se puso de pie y escudriñó su rostro. "Sí". Él extendió una mano y ella la tomó. Su calidez templó su fría y justa ira a un punto de ebullición manejable.

Brooke se sintió extrañamente entumecida mientras se sentaba en el DART. Agarrando la mano de Kenneth, miró por la ventanilla las luces de Dallas en silencio. Su mente parlanchina finalmente se calmó, su corazón palpitante se redujo a un latido constante.

Caminaron las dos cuadras desde la parada hasta el hotel en una tranquila y húmeda noche. La temperatura había bajado, no al frío de Chicago, pero no se sentía cómoda con su fina chaqueta. Ella lo ignoró, incluso cuando los escalofríos comenzaron.

"Vamos", instó Kenneth. "Date prisa". Incrementó sus pasos, sus largas piernas recorriendo la distancia, mientras Brooke caminaba rápido para tratar de seguirle el paso.

El paso rápido calentó su cuerpo, pero no hizo nada para que recuperara la conciencia. Ni cuando entraron en el hotel, ni cuando Kenneth colocó la llave de la habitación en la puerta y los hizo entrar, ni cuando le dio el cepillo y la pasta de dientes, ni cuando la instó a ir a la cama.

Brooke tiró los zapatos y se quitó los jeans. Volviéndose de lado, se quedó quieta en la oscuridad, acunada en los brazos de Kenneth, mirando fijamente a la habitación oscura con ojos ciegos.

"Nena", murmuró Kenneth en un murmullo ronco, "¿estás bien? Parece como si estuvieras en shock".

"En un sentido real, mi padre – el padre que siempre deseé haber tenido – acaba de morir. Esperaba enfurecerme, pero en este momento, me siento... paralizada."

"Lo siento", susurró, con sus labios tocando su oído. "Siento que no hayas tenido el padre que merecías. Siento que no tuvieras una madre que te ayudara a encontrar tu camino. Siento que estés sufriendo. ¿Hay algo que pueda hacer?"

Su amor en este momento tenso la tocó en un lugar profundo y sensible. Un lugar frío. La cobijó allí, en lo profundo de la parte congelada de su alma, y se derritió en un torrente de lágrimas que se derramaron sobre su pecho. Intentó tragárselas, pero la abrumaron. Volvió su cara a la almohada y sollozó.

Kenneth frotó círculos en la espalda de Brooke mientras ella lloraba toda una vida de ser la decepción, la designada metida de pata de la familia. El chivo expiatorio de un hombre tóxico que no sabía amar, sólo manipular. El dolor y la injusticia se derramaron por la supurante herida de su corazón.

"No es justo", jadeó, golpeando la almohada. "No es justo. No me merezco esto. Nunca hice nada malo. No me lo merecía".

"Lo sé, nena. Lo sé. Está muy mal".

Aunque la respiración de Kenneth finalmente se niveló y su cuerpo se relajó, Brooke permaneció despierta durante toda la noche, abatida con el peso de su dolor. Cerró los ojos momentos antes de que sonara el teléfono de la habitación.

"Bueno", dijo Kenneth, "es hora de irse. Los aviones no esperan. ¿Estás lista?"

"Más preparada que nunca", respondió Brooke. *Justo lo que no quería... conocer a la familia de Kenneth cuando estoy tan cansada que apenas puedo moverme. Espero que les guste la Brooke zombie.*

1 5

E l taxi se detuvo frente a una serie de lindas casas. La que Kenneth indicó como la casa de su familia estaba pintada de blanco, con un tragaluz prominente en la parte delantera y un techo a dos aguas. Las de cada lado eran de ladrillo rojo.

Brooke miró la casa con nerviosismo mientras Kenneth saltaba del taxi, daba vueltas por la parte trasera y le abría la puerta.

"Vamos", le instó.

Respiró profundamente, y dijo: "Está bien". Entonces, ella aceptó su mano y le permitió acompañarla hasta la casa.

Recorrieron la acera hacia la puerta principal, cuando una multitud de personas salió de la casa. Tres jóvenes varones con cortes de pelo iguales – obviamente los hermanos menores de Kenneth – bajaron a la acera. Tres adultos se acercaron por detrás de ellos.

"Mamá, papá, abuela, me gustaría que conocieran a mi novia, Brooke Daniels. Brooke, esta es mi familia".

Brooke examinó los rostros ante ella. Kenneth se parecía más a su padre, Walker. Ambos tenían rasgos anchos, nariz roma y pelo oscuro muy rizado, cortado cerca de la cabeza, aunque la tez de Kenneth era más clara.

Walker extendió una mano, y Brooke la estrechó antes de que se volviera para abrazar a su hijo.

Su madre, Shayla, parecía ser la de piel más pálida, ya que claramente tenía una herencia más mixta. Sus rasgos más pequeños y su pelo más ondulado que rizado hacían que su origen étnico fuera ambiguo. Su estatura, por otra parte, encajaba con su profesión.

Alta y robusta, los brazos y hombros de Shayla estaban llenos de músculos, visibles a través del fino suéter que llevaba sobre su vestido veraniego. Sus pantorrillas, desnudas bajo el dobladillo de su vestido, también mostraban el desarrollo muscular indicativo de alguien que levantaba objetos pesados todo el día. Sin embargo, su rostro astuto e inteligente mostraba que no era una simple manipuladora de objetos.

Esta es una mujer que usa su cerebro y su cuerpo con fuerza, todos los días. Intimidó a Brooke un poco, una reacción que no se alivió cuando simplemente miró a Brooke con una ceja levantada, antes de darse la vuelta para abrazar a Kenneth.

Entonces, una mujer mayor se adelantó, extendió las manos y abrazó a Brooke. "Bienvenida, cariño. Me alegro de que estés aquí. Soy Della." Su acento era negro y sureño, cálido como la canela y dulce como el jarabe de caña. Cada una de las arrugas que cubrían su rostro de color oscuro, contenía una sonrisa.

Brooke no pudo evitar sonreír. "Encantada de conocerla, señora", dijo, tratando de parecer confiada, pero su garganta se apretó con los nervios y la fatiga, y surgió como un susurro pequeño y chillón.

"No te pongas nerviosa, ni un poquito. Estás aquí con nuestro Kenny, y nunca lo he visto tan feliz." Della sonrió.

"Gracias", murmuró Brooke.

"Sabes, podría estar feliz porque acaba de terminar su doctorado, mamá", señaló Shayla.

"No empieces, mamá", advirtió Kenneth a su madre.

"Oh, ¿*no* estás feliz con tu título?" preguntó su madre, parpadeando. "Ciertamente le dedicaste mucho tiempo y dinero."

"Cálmate", dijo suavemente. "Esa es una pregunta capciosa, y tú lo sabes. Por supuesto que estoy feliz de haber terminado mi carrera, pero estoy aún más feliz de haber conocido a alguien especial. Te advertí que no hablaras de Brooke y de mí, y lo dije en serio".

La madre de Kenneth frunció los labios y cruzó los brazos sobre su pecho. Sus ojos se entrecerraron.

"Shayla, esta no es forma de dar la bienvenida a un invitado", regañó Della a su hija. "Kenny es un chico grande con un buen corazón, y es sabio. Trajo a esta mujer a casa porque ahora es parte de la familia. Lo sabes, y puedes verlo claro como el día si los miras."

"Pero..." Shayla suspiró, con los hombros caídos.

Maravilloso, pensó Brooke, haciendose eco del suspiro. *Justo lo que necesitaba. Otro padre controlador. ¿Qué pecado de la vida pasada he cometido para merecer esto?*

Entonces, Shayla estiró su espalda. "¿No quieren entrar?", invitó fríamente.

"Gracias", respondió Brooke.

Kenneth presionó suavemente la espalda de Brooke y la acompañó hasta la puerta principal.

"¿Tuvieron un buen vuelo?" El padre de Kenneth preguntó, acercándose a ellos.

"No estuvo mal", respondió Kenneth. "estuvo turbulento de Chicago a Dallas, pero de Dallas a aquí fue suave como el cristal."

"Eso es bueno", respondió.

Entraron por un estrecho pasillo que conducía a una espaciosa sala de estar con paredes blancas, revestidas con ricas y cálidas obras de arte, muebles de cuero y un antiguo piano en la esquina. Pasaron a un gran comedor con una enorme mesa de madera pulida y diez sillas a juego. Esto daba a otro pasillo alineado con dos dormitorios, un cuarto de estar y un tocador. Terminaba con dos escaleras, una para subir y otra para bajar.

"Mamá, papá y Star duermen en este nivel", explicó, "y los chicos comparten todo el piso de arriba. No se quedaron para presentarse, pero Jackson tiene 17 años y está en el último año de la secundaria, Jamal tiene 19 años y ha trabajado durante un año mientras considera sus opciones y Paul tiene 22 años y está terminando su licenciatura en la Universidad de Atlanta. Está estudiando ingeniería. Sólo está en casa para el descanso, lo que es bueno porque puede ser un poco apretado ahí arriba con los tres tan crecidos. No es un dormitorio exactamente, sino más bien un departamento con tres camas y una sala de estar".

"Los mantiene alejados de debajo de mis pies", dijo Shayla con una sonrisa.

Brooke le devolvió la sonrisa, más por cortesía que por humor.

"Y tengo una suite abajo", añadió Della. "La habitación de Kenny también está ahí abajo".

"Ah", dijo Brooke. "Suena como que está bien organizado".

"Nos ha funcionado bien", le informó Shayla. "Con tanta gente en tan pocos metros cuadrados, tuvimos que ser creativos."

"Parece que ha tenido éxito", dijo Brooke. "Esta casa es maravillosamente acogedora".

"Gracias", contestó, aunque su tono aún no sonaba muy hospitalario.

"Mamá, vamos a pasar un rato abajo descansando. Ha sido un largo día de viaje y unos cuantos días agitados en general."

"Bien, Kenny", reconoció Shayla fácilmente. "Cenaremos en una hora. Cena de Nochebuena, por supuesto, ¿y ustedes dos irán al servicio esta noche?"

"Me encantaría", dijo Brooke con entusiasmo, aunque la religión formal nunca había sido parte de su vida.

"Claro, ¿por qué no?" Kenneth estuvo de acuerdo.

"Ahora, eso es simplemente encantador", Della respondió con una amplia sonrisa.

"Gracias, abuela", dijo Kenneth.

"Fue maravilloso conocerlos a todos," dijo Brooke. "Kenneth me ha hablado mucho de ustedes, y estoy muy contenta de estar aquí."

"Encantado de conocerte también, Brooke", dijo amablemente Walker.

Shayla refunfuñó.

Kenneth rodeó con su brazo la cintura de Brooke y la acompañó abajo.

～

"Oh, Dios mío", dijo Brooke, mirando su teléfono móvil. "Ja, esto es muy gracioso".

"¿Qué está pasando?" Kenneth preguntó, sumergiéndose en el sofá de la sala de estar de abajo a su lado.

"Un correo electrónico de mi padre. Me ofreció un soborno para que lo perdonara. Mira." Extendió su teléfono.

"¿Qué es esto? ¿Por qué está mi foto en esta página?"

"¿Recuerdas que papá dijo que te había visto antes? Fue en una *revista*. Aparentemente, esos dos bobos que perseguí la noche que nos conocimos escribieron su artículo después de todo. Sólo Dios sabe cómo lo lograron, particularmente sin tu consentimiento, pero lo enviaron al *Top Ten Por Ciento*, y ahí estás... en la revista favorita de mi padre. Es su manera de dar la aprobación que nunca le pedí."

"¿Qué es el *Top 10 por ciento*?" Kenneth preguntó.

"Sólo una revista sobre los peces gordos en varios ámbitos. Negocios, artes, ciencia, educación. No tengo ni idea de qué criterios utilizan para determinar quién es más "alto" que nadie, pero es algo importante. Supongo que ahora recibirás ofertas de trabajo de todas partes". Ella hizo un gesto de dolor interno al expresar las palabras. *Él estuvo de acuerdo, ¿recuerdas?* Ella se recordó a sí misma, forzando de nuevo el pensamiento de que limitar sus opciones de esta manera, no era realmente justo. *Autumn dijo que podía conseguir un trabajo en cualquier lugar. No está equivocada, pero...*

"Eso depende", respondió Kenneth, interrumpiendo sus pensamientos fugitivos, aunque una vorágine de sentimientos desencadenada por la tentadora oferta de su padre, la enfureció. "Su entrevista fue bastante... jodida. ¿Qué dice el artículo?"

Ella lo escaneó. "No es lo que te estaban preguntando, eso es seguro. Sólo habla de cómo estás trayendo una nueva cara de la diversidad y el talento a la escena musical de Chicago. En realidad es muy bonito".

"Uh. De acuerdo, entonces. Entonces, uh, ¿qué hay de tu padre?"

Se encogió de hombros. "No es una disculpa o un plan sobre cómo va a mejorar. Es sólo otra manipulación. Voy a ignorarlo. Tengo mejores cosas en las que pensar". Aunque trató de parecer valiente, su voz vaciló de nuevo.

Kenneth la abrazó, arrastrándola a su regazo. Ella apoyó su cabeza en su hombro. "Está bien que no lo superes todavía", murmuró.

"Estoy arruinando la Navidad", susurró.

"No, estás siendo muy valiente. Aquí estás, después de todo lo que acabas de pasar, siendo tan fuerte y amigable."

"No debería haber venido", susurró. "Debería haberme quedado en el norte. Allí, las cosas tienen sentido".

"Está bien", murmuró Kenneth, pasando sus dedos por el cabello de ella. "Está bien, cariño. Estás bien".

"No, no lo estoy. ¿Por qué me molesto? Mi padre me odia. Tu madre me odia. Ni siquiera debería estar aquí."

"Nadie te odia, cariño", le recordó. "Tu padre es un hombre enfermo. Mamá... bueno, dale algo de tiempo. Sé que al final se dejará convencer".

Sintió algún movimiento cerca de la puerta de la sala de estar pero no hizo ningún movimiento para mirar. En su lugar, giró, apoyó su cara en la camisa de Kenneth y absorbió de sus enormes pulmones el aire perfumado de su esencia. La calmaron pero no desterraron completamente su pena.

"Declaro, Shayla Shantell Hill. ¿Adónde han ido a parar tus modales?" Della se hundió en el sillón que había colocado en la esquina de su dormitorio, que junto con un segundo sillón y una pequeña mesa de café, creaban una sala de estar. Puso su taza de té en el platillo y miró a su hija. "Mira cómo la molestas".

"No sé lo que quieres decir". Shayla, sentada en el segundo sillón, sorbió su propio té, con su cara de inocente.

"Ni siquiera digas eso", dijo Della. "Estás tratando de hacer que Brooke se sienta molesta, está mal y estás equivocada. Es una buena mujer con buenos modales sureños, y hace feliz a Kenny. ¿Qué más quieres?"

Shayla suspiró. "Mamá, no me siento cómoda con ella. Ya lo sabes. Kenny debería tener una novia negra. Es mejor para él..."

"Mentira", dijo Della sin rodeos. "Esto es probablemente también una fuerte dosis de no querer que tu hijo crezca, junto con tu incomodidad emocional. Shayla, Kenny es un hombre adulto, de más de treinta años. Ha terminado la universidad. Este es el momento perfecto para que conozca a alguien".

"Claro, *alguien*, pero ¿por qué ella? Ella... no es como nosotros, mamá. Podría ser mejor..."

"¿Mejor que la mujer que ha elegido?" dijo Della, mirando a Shayla. "¿Mejor que una música talentosa que puede apreciarlo de maneras que nunca trataste, porque todo lo que podías ver era tu pequeño niño? ¿Mejor que una mujer que lo alcanza en uno de los momentos más difíciles de su vida? ¿Los viste juntos?"

"Sí", admitió Shayla. "Es dulce y todo eso, pero..."

"¿Pero qué?"

"Pero no puedo quitarme la sensación de que necesita una mujer que sea... más como él. Más como nosotros."

"¿Qué nosotros?" Della exigió. "Mi mamá era tan blanca como Brooke."

"Sí", dijo Shayla, "y mira cómo te funcionó. Medio blanca, sin familia. ¿No tuviste un tiempo maravilloso?"

"No te equivocas en eso", admitió Della. "La infancia fue dura, pero..."

"¡Ya ves!" Shayla gritó. "No fue mucho mejor para mí. No encajaba con los chicos blancos, pero más de una persona cuestionó si yo era "lo suficientemente negra". Es terrible ser un poco de esto, un poco de aquello y no tener un lugar donde pertenecer. Agradezco a mis estrellas de la suerte que hayas elegido un marido negro, y yo también encontrara uno. Al menos mis hijos tienen una identidad. Si Kenny se casa con Brooke, estamos dando un gran paso atrás".

"No me dejaste terminar", respondió Della con suavidad. "Sí, la infancia fue dura. Para ti y para mí. Sí, fue un poco más fácil para Kenny y los otros niños encajar porque no hacen que la gente se pregunte a dónde pertenecen, pero esas luchas nos han formado a ambas en las mujeres fuertes que somos."

"No es lo suficientemente bueno", Shayla respondió, su fuego no disminuyó. "Sí, somos fuertes. Somos fuertes porque mucha gente nos *ha hecho daño*. ¿Quieres eso para los hijos de Kenny?" Sus dientes apretados, sus molares rechinaron. "¿Cómo sabrá Kenny guiarlos, y mucho menos Brooke? Ella no tiene ni idea de lo que significa ser excluido. Tampoco parece muy fuerte, como si una brisa fuerte la arrastrara. ¡No hay forma de que ella sea capaz de lidiar con niños birraciales!"

"¿Te dijo que quiere tener hijos?" Della preguntó. "Puede que no lo haga, ya sabes. Además, ella es más fuerte de lo que crees. Más inteligente también. Me doy cuenta. ¿No me dijiste cómo lo defendió en público? Kenny también es duro, a su manera. Porque elige no pelear contigo como lo hace Star, crees que es fácil de convencer, pero no lo es. Sólo mira todo lo que ha logrado. Además, es una época diferente. Las cosas no son tan malas como antes".

"Todavía no es suficiente".

"Esa es *tu* opinión, no la de Kenny", le recordó Della a su hija. "Tus preferencias no le importan, ni deberían importarle. Todos entendemos tus preocupaciones. No quieres una nuera blanca, pero eso no importa porque es la elección de Kenneth."

"Uh", Shayla empezó, pero Della la cortó.

"Además, estás olvidando algo importante".

Shayla levantó ambas cejas.

"Si no echas a Brooke, si la aceptas, tú y yo estaremos cerca para ayudar a estos hipotéticos niños a entender cómo encajar en el mundo".

Shayla frunció los labios y juntó las cejas, con aspecto de rebeldía. "Si Kenny se casara con una mujer *negra*, nada de esto sería necesario".

"Sabes", respondió Della, sin inmutarse, "parece que todavía piensas que de alguna manera es tu decisión. No puedes elegir a su compañera más de lo que podrías elegir su carrera. Él elige. Tu única decisión es cómo lidiar con ella. Sólo porque hayas rechazado el lado blanco de tu pasado no significa que todos los demás tengan que seguir tus opiniones al respecto. ¿Quieres rechazarme a mí también? Soy igual que cualquier hijo de Kenny y Brooke lo sería... si ese hijo existiera."

"Eso no es culpa tuya..."

"El color de nadie es culpa suya", le recordó Della, una ceja cuidadosamente formada levantada en una expresión que sabía que su hija entendería. "Es la forma en que el buen Señor nos hizo – negros, blancos y mestizos – y no comete errores. No hay nada malo en mí, en ti o en Brooke. Mira, sé cuál sea tu posición, esta no es la manera de ayudar a las mujeres negras o birraciales a ascender".

"¿Qué es entonces?" Preguntó Shayla, deliberadamente sin entender.

Della no le creyó. Nunca lo hacía. "Se llama la vida amorosa de tu hijo", dijo secamente, "y por lo tanto no es asunto tuyo. No les hace daño a las mujeres de color si Kenneth – o cualquier otro hombre – se extiende más allá de las barreras raciales para encontrar una verdadera alma gemela. ¿Alguna vez consideraste que estas mujeres míticas que estás defendiendo podrían *elegir hacer lo mismo?*"

Se detuvo dando a Shayla la oportunidad de digerir sus palabras. Luego añadió: "Hay muchos compañeros si aprendemos a abrir nuestros corazones y a mirar más allá de los límites imaginarios que nuestra sociedad intenta colocar en nosotros. Cuanto más lo superemos, más gente *como nosotros* habrá. Podemos ayudar a guiar y dar forma al mundo en el que crecen, porque entendemos lo que es ser *diferente*. Sin embargo, entrometerse en la vida amorosa de tu hijo y rechazar a su novia no ayuda a nadie."

Shayla frunció los labios, pero el rechinar de sus dientes había cesado.

"Dos errores no hacen un bien, incluso cuando lo estás haciendo", señaló Della. "Estás aumentando el odio en el mundo cuando le quitas a alguien el amor por tu propia comodidad. Te hace parecer mezquina. Es indigno de ti, querida."

Shayla frunció el ceño.

"Frunce el ceño pero recuerda esto. Kenneth es un adulto. Él decide con quién quiere salir y eventualmente casarse. Tú no tienes nada que decir. Puedes tener éxito en alejar a Brooke, si eres lo suficientemente grosera, pero ¿estás preparada para ser responsable de romperle el corazón a tu hijo, y del daño que le hará a tu relación con él?"

Shayla frunció los labios pero no respondió.

Della se recuperó y sorbió su té, confiando en que su punto de vista había sido expuesto.

"En este, el día en que celebramos tu nacimiento, Señor, bendice esta comida, rezamos, y las manos que la prepararon. Amén", dijo Della.

"Amén", repitieron los otros miembros de la familia, y luego los chicos, hambrientos como sólo los jóvenes pueden estar, se abalanzaron sobre las cantidades masivas de comida que abarrotaban la mesa.

"Esto huele muy bien", dijo Brooke, mientras observaba el plato de jamón con miel delante de ella. Ella aceptó una rebanada y lo pasó. A continuación, apiló verduras, ensalada de patata y pan de maíz en su plato.

"¿Qué come normalmente tu familia en Navidad?" Della preguntó.

"Nada especial", contestó, sin saber cómo empezar la conversación, ni siquiera si quería hacerlo.

"¿Por qué lo preguntas, abuela?" Kenneth preguntó.

"Bueno, si Brooke va a ser familia, deberíamos incorporar algunas de sus tradiciones también", explicó Della.

Brooke se atragantó y tomó un sorbo de agua. "Eso es dulce. Um, realmente no tengo ninguna tradición." Se metió un bocado de jamón en la boca. "Mmmm. Esto está bueno."

"¿Sin tradiciones? Mi Dios, ¿qué significa eso?" Shayla exigió. "¿Qué clase de familia no tiene *ninguna* tradición?"

"Uh, bueno... mi padre... normalmente trabajaba. Mi hermana y yo... bueno, éramos sólo niñas. No tuvimos la oportunidad de tener ninguna tradición nuestra."

"¿Trabajó el *día de Navidad*? ¿A la *hora de la cena*? ¿No tienes una madre que podría poner fin a esa tontería?" Shayla preguntó, mirando a Brooke, consternada bajando sus cejas elegantemente arqueadas.

"Tristemente, no", respondió Brooke. "Ella murió cuando yo era una niña pequeña. No la recuerdo. Sólo hemos sido Autumn, papá y yo... y ahora el hijo de Autumn, River".

"Lamento oír eso", Della interrumpió, enviando a su hija una mirada de redención. "Crecí en un orfanato. Tampoco teníamos mucho que legar. Algunas iglesias enviaban cestas de caridad durante las fiestas, pero eso era todo. Cuando me fui de allí, decidí que iba a celebrar *de todo* lo que me gustaba. La vida es demasiado corta para ser objeto de lástima, ¿no crees?"

"Definitivamente", Brooke estuvo de acuerdo. *Puede que no haya tenido la misma experiencia, ya que la persona que pensaba que era tan despreciable era parte de mi familia, pero aun así. Ella tiene razón. ¿Por qué ser patético cuando puedes elegir celebrar* cualquier *cosa que te guste? Necesito pensar en eso.*

"Cuando conocí a Kenny, no a ti, corazón". Se puso a su lado y apretó el brazo de Kenneth. Luego se volvió hacia Brooke. "Mi difunto marido también era Kenneth. Es un nombre de familia."

"Yo también tengo un tío Kenny", señaló Kenneth. "Ahora vive en Baton Rouge. Prefiero usar mi nombre completo, sólo para mantener las cosas claras, pero por supuesto, a los padres y los abuelos se les permite todo." Le guiñó un ojo a Brooke y ella sonrió, agradecida por la breve explicación.

"De todos modos", Della continuó con su historia, "Cuando conocí y me casé con mi Kenny, tuvimos una larga charla sobre cómo queríamos celebrar varios eventos. Fue tan emocionante darse cuenta de que nuestros rituales y tradiciones se convertirían en los recuerdos de nuestros hijos... y en los nuestros." Sus ojos brillaban cuando relataba su historia. "Ahora, esos recuerdos son todo lo que queda de él, pero no lo lamento. Tuvimos una buena vida juntos, aunque fuera más corta de lo que me hubiera gustado."

"Sí", añadió Shayla, "la familia es muy importante, y tú vives tan lejos de la tuya... ¿He oído que están todos en Texas?"

La cálida nostalgia de la historia de Della se desvaneció cuando Shayla reanudó su agudo interrogatorio. *Así comienza la inquisición.* "Sí, así es. Es la primera vez que vuelvo en cinco años."

"Mucho tiempo para estar lejos de la familia".

"Hablo con mi hermana a menudo", dijo Brooke.

"Bueno, eso es bueno. ¿Y tu padre?"

Esto es lo último de lo que quiero hablar. "Um, mi padre es... difícil. No nos llevamos bien." *Allí. No hay necesidad de decir nada más. Mi padre ya me ha quitado bastante de mi salud mental.* "¿Qué clase de vegetales son estos? Nunca he probado nada como ellos."

Shayla la miró con desaprobación, pero Della se lanzó en una larga descripción de la receta y preparación de las buenas coles del sur, y Brooke se sintió aliviada.

La mano de Kenneth se deslizó en su regazo, apretando sus dedos, y ella se volvió hacia él con una sonrisa.

"¿Alguien quiere postre?" preguntó Della, indicando un enorme pastel de terciopelo rojo expuesto en el lugar de honor en el aparador, bajo una cúpula de cristal.

"¡Oh, no podría!" Brooke puso una mano en su vientre. "Estoy tan llena. La comida estaba deliciosa".

"Tal vez en una hora más o menos", sugirió Kenneth. "Habremos tenido la oportunidad de dejar que nuestra comida se asiente un poco."

"Buena idea", Walker estuvo de acuerdo.

Los chicos más jóvenes se quejaron con decepción, pero luego Jackson, el más joven, sugirió, "Vamos a tirar unos aros mientras esperamos".

Aunque el pasatiempo parecía más apropiado para los exuberantes diecisiete de Jackson, que para los sombríos veintidós de Paul, todos corrieron hacia la puerta.

El teléfono en el bolsillo de Brooke sonó. "Disculpen", dijo ella. Recogiendo sus platos, se dirigió a la cocina, los cargó en el lavavajillas y se sentó en el salón formal, revisando el mensaje de texto.

"¿Qué es eso?" Star, la hermana de Kenneth, preguntó, tirada en el sofá frente a Brooke. Sus largas trenzas colgaban sobre el apoyabrazos y se arrastraban hasta el suelo. Sostenía un teléfono frente a su cara mientras hablaba con Brooke.

"Mi hermana me envió un mensaje de texto".

"¿Sobre qué?"

"Esto y aquello", dijo Brooke, sin querer discutirlo.

"¿Cómo es tener una hermana?" Star preguntó.

"Más que nada agradable", respondió Brooke. "Mi hermana, Autumn, es una gran oyente. A veces es mandona, pero sé que siempre tiene las mejores intenciones en el corazón".

"Oh". Star se veía desanimada. "Suena como un hermano".

"Supongo que sí", respondió Brooke, "pero sin los pedos y los pies malolientes".

"¡Y *sudor*!" Star añadió.

"Y eso. Además, no inhala cada bocado de comida en toda la casa". Brooke echó una mirada furtiva a la hermana de Kenneth. "No le digas a nadie que he dicho esto, pero Kenneth sigue haciendo eso".

"¿Oigo a alguien tomar mi nombre en vano?" Kenneth entró en la habitación y se sentó en el apoyabrazos del sillón en el que Brooke estaba sentada.

"Por supuesto que no", Brooke mintió, riéndose.

"Lo estaba haciendo, totalmente", dijo Star.

"Traidora". Brooke puso los ojos en blanco.

"¿Qué decía tu mensaje?" Kenneth preguntó, mirando por encima del hombro de Brooke.

"¿Muy entrometido?" se burló. "Ella me hizo saber que papá está bien. Le hicieron el cateterismo y decidieron que no necesitará cirugía de bypass. La angioplastia con balón será suficiente. Es probable que se recupere totalmente".

"¿Qué vas a hacer?" preguntó.

Brooke se encogió de hombros. "Probablemente nada. Ya me he revolcado en ese fango lo suficiente. Es tiempo de que lo bloquee."

"¿Bloquear a quién?" El resto de la familia entró en la habitación, pero fue Shayla, por supuesto, quien se dirigió a Brooke.

Genial. *Ahora, ¿qué digo? No es algo de lo que quiera hablar con ella. Quiero decir, realmente no es asunto suyo. ¿Qué me dijo Autumn que debería decir?* En el momento, su cerebro se congeló. "Mi padre", tartamudeó. "Mencioné que no nos llevamos bien".

"Hm", gruñó Shayla. "Mueve tus pies, Star". Empujó a su hija, instándola a ponerse de pie y a posarse a su lado, "y guarda ese maldito teléfono. No es educado."

"Brooke está usando su teléfono", señaló Star.

Brooke rápidamente metió su teléfono en su bolsillo. "Lo siento. No quiero ser grosera. Es sólo que... mi padre está en el hospital y mi hermana me está poniendo al día".

"¿Tu padre está en el *hospital?*" Shayla se inclinó hacia adelante.

Mierda. Esto no está mejorando. "Sí. Se va a poner bien".

"Pero si ese es el tema en cuestión, ¿por qué estás aquí y no allí? Quiero decir, tenía la impresión de que no celebraban la Navidad, por lo que estar lejos de ellos no importaba, ¿pero está *enfermo?* No me siento cómoda con eso."

Brooke suspiró. "¿Recuerda que dije que no tenemos una relación estrecha? Lo visité. Fue suficiente".

"Lo siento, pero no estoy de acuerdo. Odiaría pensar que alguno de mis hijos actuara de esa manera." Cruzó los brazos sobre su pecho.

Es la primera vez que nos encontramos, y las cosas ya se están desmoronando. Además, no tiene ni puta idea de lo que está hablando. El autoritarismo de Shayla finalmente logró poner de los nervios a Brooke, y de repente recordó que Kenneth le había dicho que su madre respetaba a las mujeres que se enfrentaban a ella. *Bueno, ella ya está buscando razones para que yo no le guste. Entonces, podría darle una. No puedo empeorar las cosas exactamente.* "Señora, con el debido respeto, no sabe de lo que está hablando. Mi padre es una persona desagradable."

"Es verbalmente abusivo, mamá", añadió Kenneth. "Lo conocí durante diez minutos y lo vi. Nunca he conocido a un hombre tan grosero y desagradable. Brooke tiene razón en alejarse de él, y la he animado a seguir con ello".

"Gracias, Kenneth", dijo Brooke en primer lugar. "No quiero meterme en todo eso. ¿Recuerdas que dije que no quería que arruinara la Navidad? Bueno, me propongo mantener ese objetivo".

Se volvió hacia Shayla. "Como apenas me conoce y no tiene idea de cómo es mi padre, sería mejor que no hiciera suposiciones. No soy una niña sin corazón. Soy una adulta, y ya he tenido suficiente".

Star dejó escapar un jadeo, mientras sus tres enormes hermanos corrían hacia la habitación, cayendo sobre los muebles. Su movimiento atrajo la atención de Brooke e inspiró sus siguientes palabras.

"Si tus hijos actuaran de esta manera, diría algo sobre usted, no sobre ellos. Claramente, no es así, porque aquí están sus seres queridos, a su alrededor." Brooke hizo un gesto a los varios miembros de la familia Hill. "Mi padre no es así, y no voy a hablar más de él. Por favor, déjelo ya".

Shayla abrió la boca, y luego la cerró de nuevo con un chasquido. Sus facciones se estrecharon hasta que pareció una nube de tormenta.

"Tranquilízate, Shayla", dijo Della severamente, entrando en la habitación. "No te metas con ella. No es educado. Brooke, cariño, no me parece bien que no tengas ninguna tradición festiva. ¿Te molesta?"

"A veces", admitió Brooke, su corazón seguía latiendo.

"Bueno, aquí hay una fácil. Esto es justo lo que te gusta. Ven al piano y cantemos villancicos. Kenny, ven aquí, querido".

Brooke miró a Shayla y encontró a la mujer que la miraba con una expresión ilegible. Encogiéndose mentalmente de hombros, Brooke se acercó al piano, con Kenneth a su lado.

"¿Conoces "Ven a Predicar en la Montaña?" Della preguntó.

"Lo he escuchado un par de veces, pero no sé la letra", respondió Brooke. "¿Tiene alguna partitura?"

"Cancioneros en la estantería", dijo, indicando una colección considerable a la izquierda del piano.

Brooke tomó un libro y hojeó las páginas. *Gracias, Della, por salvarme de esa conversación.*

Della tocó los acordes de apertura y Kenneth hizo el coro. Brooke siguió durante uno o dos versos, disfrutando del terciopelo líquido de la voz de su amante. Luego se unió a él, seleccionando una línea de alto para poder armonizar con él. Kenneth dio rienda suelta a su enorme voz, saltando una octava hasta el punto más alto de su cómoda gama para que pudieran mezclarse.

Nunca hemos cantado juntos los dos así, se dio cuenta Brooke, recordando cómo una vez había querido hacerlo. *¡Es tan divertido!*

En el siguiente verso, Della se unió, cantando una línea de tenor en su bajo, dulce pero gorjeante timbre que le permitió a Kenneth unirse de nuevo.

Para cuando terminaron la canción, la mayoría de la familia se había reunido alrededor del piano.

Esto es realmente una tradición navideña, Brooke se dio cuenta, *y me han incluido en ella.* Aunque todavía no estaba segura de en qué posición estaba con la madre de Kenneth, Brooke se sentía cautelosamente esperanzada con el resto de la familia.

Shayla no participó en el canto, estudiando a la mujer que su hijo había traído a casa. El firme rechazo de Brooke dolió, pero para ser justos, tuvo que admitir que había tentado a la suerte. *Presionó y fue presionada de vuelta. En eso, al menos, no puedo quejarme. Sí, su familia es su negocio, y sí, alejarse de un padre es algo que pocos harían sin razón.*

La voz de la joven se elevó en alegría, alta y dulce con un toque de la profundidad que los años le traerían eventualmente.

Ella es buena en esto. Seguramente es una cosa que tienen en común.

El glorioso bajo de Kenneth enlazado con su delicada soprano, incongruente como una flauta con un trombón, y sin embargo poseían una armonía inesperada. Ella deslizó su mano en la suya y la apretó suavemente. Él le acarició el pulgar con el suyo.

Shayla suspiró mientras veía que se complementaban bien. *No deberían encajar juntos, pero lo hacen. Es innegable. No es un enamoramiento. No es rebeldía, aunque siempre he visto un indicio de esa terquedad bajo el tan educado "sí señora" de Kenny. No discutió conmigo. Sólo hizo lo que quiso... y ahora lo está haciendo de nuevo.*

"Es sabio". La voz de su madre parecía sonar en su cabeza.

Lo es, Shayla admitió para sí misma. *Podría haberse quedado en casa y seguir nuestros pasos, pero en vez de eso, persiguió sus sueños hasta el otro lado del país y logró un gran éxito. Ahora, está a punto de lanzar una nueva aventura... y esta es la mujer que ha elegido para hacer ese viaje con él.*

Con la espalda recta, los hombros relajados, Brooke parecía una reina, con sus ojos azules brillantes. *Ella también tiene nervios de acero.* El darse cuenta que Brooke era una mujer completa, no una representación del dolor que Shayla había soportado, se quebró en ella de golpe, y por fin vio lo que Kenneth había hecho, lo que su madre había reconocido inmediatamente.

Bueno, está bien entonces.

"¡Brooke, espera!" Shayla llamó.

Brooke se alejó del taxi que la llevaría a ella y a Kenneth de vuelta al aeropuerto. "¿Señora?"

"Quería darte algo".

"¿Oh?"

"Esto". Extendió un cuaderno regular de la universidad, del tipo que una persona puede encontrar en cualquier tienda de descuento o de comestibles.

Brooke lo aceptó y miró la portada, y luego miró a Shayla, con intriga en sus ojos.

"Es una colección de recetas... recetas familiares... todos las favoritas de Kenny".

Me pregunto qué se supone que debo sacar de esto. ¿Está insinuando que no sé cocinar? No soy la mejor pero... "¿Gracias?" No pudo desterrar la pregunta de su voz.

"Siento que sea tan tarde. No tuve tiempo de armar todo antes de Navidad".

"Oh, está bien", le dijo Brooke. "No me importa".

"Son recetas *familiares*", reiteró Shayla. "Las que mamá ha desarrollado a lo largo de los años y que me ha transmitido a mí... y a Star". Ella observó de cerca la reacción de Brooke. Luego, viendo que aún no había dado su opinión, añadió: "Sólo se entregan a los miembros de la familia".

Entonces entendió. "Gracias, señora". Su voz se quebró, pero siguió adelante. "Esto significa mucho para mí".

Sólo para hacerlo más veraz, Shayla añadió, "Si eres la elección de Kenneth, entonces está bien para mí".

Esta vez, la voz de Brooke se cortó por completo. Ella respondió al tan codiciado comentario, sonriendo con ojos llorosos.

Tal vez las cosas estén bien después de todo.

16

---

*U*na semana después, de vuelta en su departamento, Brooke y Kenneth se acostaron juntos en la cama, acurrucados y relajados, después de la pasión.

"Mi mamá llamó hoy", mencionó Kenneth, "mientras estabas en la escuela. ¿Realmente estuviste archivando partituras todo ese tiempo?"

"Te sorprendería el tiempo que toma. ¿Qué dijo tu madre?" Brooke preguntó, sabiendo que le importaba demasiado la respuesta.

"Ella dijo que estaba encantada de conocerte, y que dejaste a un lado muchas preocupaciones."

"Estoy sorprendida", respondió Brooke.

"¿Oh? ¿Por qué?"

"Esencialmente le dije que se ocupara de sus propios asuntos, ¿recuerdas?"

"Oh, sí", dijo Kenneth, sonriendo ante el recuerdo. "Me dijo que eras fuerte. Supongo que eso es lo que quiso decir. Te dije que respetaría tus límites, ¿verdad?"

"Sí, me dijiste", Brooke estuvo de acuerdo, "y tenías razón. Pensé que iba a tener mi propio ataque al corazón cuando ella empezó a presionar, y tuve que decirle que mi padre no era tema de conversación, nunca, y lo más probable es que nunca nos reconciliaríamos".

"Debe haber sido difícil, pero ya te he visto enfrentarte antes. Sabía que lo tenías dentro de ti."

Se acurrucó contra su pecho, disfrutando de la satisfacción y la calidez de su cumplido. "¿Kenneth?"

"¿Sí?"

"Te amo".

"Yo también te amo, nena", le aseguró, poniendo una gran y cálida mano en su espalda. "Mm, ¿Brooke?"

"¿Sí?"

"Tengo una pregunta... una petición para ti."

"¿Qué es, cariño?" Puso su antebrazo en su pecho y se encontró con sus ojos. Incluso en la oscuridad, brillaban con calor y vida... y nervios.

"Te voy a extrañar mucho cuando esté en Europa".

"Oh, lo sé", Brooke estuvo de acuerdo. "Desearía que no tuvieras que ir, pero no sería bueno dejar pasar una oportunidad tan increíble".

"Bien. Sé que estarás trabajando, por supuesto, pero... vi tu calendario escolar en la cocina. Cuando estés en las vacaciones de primavera, estaré en Praga..."

"¡Oh, qué bien!" Brooke exclamó. "Siempre he querido viajar. Hay un increíble reloj del siglo XV en Praga del que oí hablar en el instituto, y me *moriría* por verlo".

"Bueno, podrías", señaló. "Quiero decir, piénsalo. El pasaje es caro, pero podrías quedarte en la habitación conmigo..."

"Oh, cariño, me encantaría, pero no puedo".

"¿Por qué no?", preguntó. "No es por el dinero, ¿verdad?"

"No", le dijo rápidamente. "No es el dinero. Es sólo que... la escuela organiza un campamento de coro cada año durante las vacaciones de primavera. Se reúne cada día, e invitamos a cantantes de toda la ciudad y sus alrededores para que vengan a las clínicas, regionales y grandes ensayos. Practican para la competencia estatal de coros. Yo ayudo todos los años. Es importante para mí".

"Veo", respondió, sus párpados caídos, y sus labios tensos aflojándose. "Suena lucrativo".

"No lo es, en realidad. No recibo ningún pago adicional por este proyecto. Es todo voluntario, así que podemos mantener la matrícula baja y los niños pueden permitírselo".

Bajó las cejas. "Sabes, tu padre no es la única persona que no te trata bien".

Su incongruencia desconcertó a Brooke. "¿Qué quieres decir?"

"Quiero decir, tu trabajo no está tan bien pagado. Decentemente, pero ni siquiera tanto como una escuela pública, ¿tengo razón?"

"Bueno, sí", estuvo de acuerdo, "pero es un honor trabajar allí".

"Estoy de acuerdo. Sin embargo, ¿cuántas cosas haces fuera de las horas de contrato por las que no recibes compensación? ¿Cuántos ensayos después de la escuela? ¿Cuántos coros. ¿Cuántos campamentos? ¿También hay campamentos de verano?"

"Hay", admitió, "pero, Kenneth, eso es sólo parte del juego. Cuando consigas un trabajo, ya lo verás. Hay mucho más en la enseñanza de la música que sólo aparecer durante las horas de contrato. Los días largos son normales".

"Me doy cuenta de eso, Brooke," respondió, "pero recuerda que tienes que mantener las cosas en equilibrio. Tienes que decirles que no a veces, para poder tener una vida".

"¿Qué me estás pidiendo específicamente, Kenneth?", exigió, aunque pensó que lo sabía.

"Diles que no al voluntariado este año", le dijo sin rodeos. "Ven a Praga conmigo en cambio. Si no, ¿te das cuenta de que me voy a mediados de enero y no volveré hasta finales de abril? ¿Te parece bien?"

"¡Claro que no!" Le hizo llover besos sobre su pecho. "Me moriré extrañándote, pero sabíamos que esto iba a pasar, cariño. Es una mierda, pero tu carrera y la mía no siempre coinciden. Tú tienes que irte, y yo tengo que quedarme. Si sólo fuera dentro de un año o así.

Una vez que tenga ese ascenso en la mano, seré mucho más libre de dejar pasar algunos de estos proyectos, pero hasta entonces, tienen que pensar que soy una persona imprescindible. ¿Tiene sentido?"

"Tiene sentido, pero creo que lo estás pensando demasiado. ¿Cuántos años seguidos has hecho este campamento?"

"Cuatro", respondió Brooke. "Desde que empecé".

"¿Y el campamento de verano?"

"Lo mismo".

"Creo que has cumplido con ellos desde entonces. Quiero que pienses en esto. Piénsalo bien, Brooke. Es muy, muy importante para mí que vengas".

Respiró hondo, su deseo por Kenneth y su felicidad luchando con su eterna necesidad de probarse a sí misma en el trabajo. "Veré lo que puedo hacer", dijo al final.

Frunció el ceño. "Sé lo que eso significa. ¿Es mucho pedir, cariño?"

"No lo sé", respondió. "Tengo que tener tiempo para pensar. ¿Puedo tomarme ese tiempo, Kenneth, sin que te enfades conmigo?"

"Supongo", dijo, mostrando abatimiento en su voz. "Aunque esperaba una respuesta más entusiasta. Haz lo que tengas que hacer, Brooke, pero entiende lo mucho que esto significa para mí. Espero que lo puedas solucionar".

"Trataré, Kenneth. Te prometo que sí."

"Bien, nena. Duérmete. Piénsalo. Avísame cuando estés lista".

Se dio vuelta de espaldas a ella e hizo ruidos profundos de sueño.

Bueno, carajo. ¿Cómo se supone que voy a dormir ahora?

"Oh, Dios", gritó Brooke.

"¿Qué pasa?" Nancy habló desde la oficina de al lado.

"Reunión de la facultad a las tres", respondió Brooke. Entonces, se le escapó un lloriqueo petulante. "No quiero ir a una reunión. Quiero ir a casa. Estoy cansada".

"Me he dado cuenta", dijo Nancy. "Ciertamente no has tenido la misma energía últimamente. ¿Es Kenneth, cariño?"

"Sí, probablemente", respondió Brooke. "He estado deprimida desde que se fue. Probablemente no vuelva a la normalidad hasta que él regrese. Lo extraño".

"Por supuesto que sí", dijo Nancy tranquilizándose. "¿Cuánto tiempo ha pasado?"

"Ocho semanas", respondió Brooke con un suspiro. "Ocho semanas, y todavía nos quedan seis semanas. No sé cómo voy a aguantar tanto tiempo".

"Supongo, sólo mantente ocupada", sugirió Nancy. "Pero como ya son las 2:45 p.m., ¿vamos caminando juntas?"

"Bien". Brooke suspiró, se levantó de su escritorio y tomó sus llaves. Cerró la oficina detrás de ella y se unió a Nancy en la sala principal del coro.

Nancy alisó sus rizos gris acero lejos de su cara. "Sabes, Brooke, deberías recibir un poco más de luz solar. Te ves casi gris."

"Me siento gris", respondió Brooke. "Soy una criatura del sol del sur. Esta mierda de invierno me está agobiando. Necesito un poco de aire fresco, pero hace demasiado frío".

"No es tan malo, una vez que te acostumbras", Nancy la tranquilizó.

"¿Cuánto tiempo demora?" Brooke exigió. "Llevo aquí cinco años".

"Bueno, ahora seguro que no lo sé", respondió Nancy, llevándola fuera de la sala del coro y cerrando la puerta tras ellos.

Se dirigieron a un largo pasillo con un brillante suelo de baldosas y el olor de los adolescentes persistiendo en el aire.

"Soy de aquí, así que ya casi no noto nada – es decir, casi no noto el frío. La nieve realmente me molesta, supongo que algunas personas se adaptan y otras no. Tal vez podrías cultivar un interés en los deportes de invierno."

"Podría intentarlo, supongo", respondió Brooke con desgano, su pasión momentánea volviendo a caer en el letargo. "Supongo que podría".

El laberinto de pasillos que conducen de la sala del coro a la cafetería ha sido la pesadilla de los estudiantes de primer año desde que la escuela abrió. A Brooke le había llevado un par de meses descubrirlo. Ahora, podía encontrar su camino en la oscuridad, con los ojos vendados. Aunque, su mente alterada aprovechó la oportunidad para rumiar de nuevo sobre su tristeza. Su humor oscuro se hizo más profundo, coincidiendo con el cielo gris fuera de las altas ventanas rectangulares.

En la cafetería, un olor a macarrones flotaba en el aire, y una mancha de agua de una mopa brillaba en el suelo. Las paredes de bloques de cemento resonaban con conversaciones ociosas. Nancy se unió a varias de sus amigas, mientras que Brooke encontró un asiento cerca de la parte trasera y se hundió en él. Apoyó su cabeza en sus brazos cruzados sobre la mesa.

"¿Estás bien, Brooke?"

Miró al asistente del director de la banda. "Estoy bien, Mike. Este clima me está deprimiendo, eso es todo. ¿Cómo estás?"

"Estoy aguantando", respondió, pasando sus manos por su cabello fino y color arena. "Uno pensaría que ya me habría acostumbrado a ello."

"Tal vez nunca lo hagamos", murmuró. "Tal vez sólo aguantamos, quemando nuestras fuerzas para seguir adelante, y luego pasamos nuestras vacaciones lejos."

"Suena bastante bien", dijo él, sumergiéndose en una silla cerca de ella.

"Muy bien, todo el mundo", llamó el director, acercándose al micrófono. Un fuerte zumbido de retroalimentación amenazó con volar sus tímpanos. "Lo siento. Lo siento. Comencemos. Me gustaría llegar a casa antes de la hora de la cena".

El murmullo se calmó y el silencio cayó sobre la habitación. Alguien tocó un lápiz en una mesa a un ritmo complicado. Un zapato golpeó. Talón, dedo del pie. Talón, dedo del pie. Alguien respiró por la boca. Huff. Huff. Los sonidos desarticulados destrozaron los nervios de Brooke. Exhausta y nerviosa, anhelaba escapar.

Me siento... insegura, se dio cuenta, *como si algo se me estuviera acercando.*

Sacando su teléfono del bolsillo y colocándolo en su regazo, le envió un mensaje a su hermana. Mi intuición me está volviendo loca. Algo se acerca. ¿Qué puede ser?

Un momento después, el teléfono silenciado zumbó en sus manos. Tiré la torre otra vez. Algo SE acerca. Va a sacudirte. Trata de no asustarte. Será lo mejor.

Vaya, gracias, Brooke volvió a escribir.

"Muy bien, muy bien, ¿dónde dejé esa nota?" El director Jones dio palmaditas en los bolsillos: dentro de su blazer, su camisa, ambos pantalones. "Ahí está. En primer lugar, las detenciones han bajado un 10%, así que nuestro equipo de seguridad quiere que recordemos que nuestra nueva iniciativa de disciplina está funcionando, y debemos seguir siendo diligentes y consistentes. Los niños que están aprendiendo no son niños que se meten en problemas".

Algunos profesores asintieron con la cabeza mientras que otros parecían estar rebelados.

Siempre hay alguien dispuesto a protestar por cualquier cambio, no importa lo positivo que sea.

"Mantenimiento comenzará a pintar las aulas la próxima semana. Si recibieron un correo electrónico diciendo que su habitación iba a ser pintada, recuerden retirar cualquier póster, letrero u otro objeto de las paredes".

Los murmullos saludaron el anuncio, no todos demasiado amistosos.

"Un grupo de estudiantes ha solicitado comenzar El Desafío de Rachel. Están buscando un profesor para que sea su patrocinador. Este parece ser un grupo temporal, pero quién sabe si podría significar un despegue y perdurar. Los voluntarios deben enviar un correo electrónico a mi secretaria antes del viernes".

Silencio. Los rostros de todos tomaron una expresión inalterable.

"A continuación, ummm... Oh, sí, hemos calificado para el estado de nuevo, en todos los coros: chicos de primer año, chicas de primer año, mixto, coro de hombres y mujeres. Demos un aplauso a nuestros estimados directores."

Los otros profesores aplaudieron. Nancy se puso de pie. Brooke la saludó.

"Eso me lleva a mi último punto. Nuestra querida directora, la Sra. Nancy Schumacher, ha presentado su retiro, efectivo al final del año escolar. Te extrañaremos mucho, Nancy, y apreciamos todo tu duro trabajo. Tendremos una fiesta de jubilación para ella el 1 de abril, en la sala de profesores del salón de música. Asegúrate de firmar la tarjeta. Está con mi secretaria".

Esperó a que una ronda de murmullos se calmara antes de continuar. "Hemos contratado a una sustituta, que se llama Srta. Lizbeth Gómez. Llegará en julio y ayudará en los campamentos de verano. Si quieren saber más sobre la Srta. Gómez, su biografía aparecerá en el boletín semanal. Eso es todo. Que tengan una buena noche".

Salió sigilosamente. Los profesores volvieron a murmurar mientras se levantaban y se dirigían al estacionamiento, a sus aulas y quién sabe dónde más. Todos menos Brooke. Ella permaneció en la mesa durante un largo momento, no estando segura de recordar cómo respirar.

"Nancy", la llamó, agarrando el brazo de su colega mientras la mujer pasaba arrastrando los pies. "¿Qué está pasando? ¿Quién es Lizbeth Gómez? ¿Por qué no me enteré de esto hasta ahora?"

"No lo sé, cariño", dijo Nancy suavemente. "No me dijeron nada sobre el proceso, y realmente, ¿por qué lo harían? Me voy. A quién traigan no me concierne, así que no me han mantenido al tanto. Tal vez deberías hablar con el director Jones".

"Oh, lo voy a hacer", respondió Brooke. Finalmente se las arregló para respirar a pleno pulmón y se levantó sobre unas piernas que no se sentían muy firmes.

Bajó por pasillos retorcidos, apenas notando los tablones de anuncios llenos de avisos, paredes repletas de pinturas de estudiantes, bocetos y acuarelas, algunas con cintas. Vitrinas llenas de trofeos y esculturas.

Este es un grupo especial de niños con los que trabajar, pensó, distrayendo momentáneamente su mente de su angustia. Aunque, se hundió de nuevo casi inmediatamente.

La oficina del director estaba en una esquina muy iluminada. Las ventanas del piso al techo, tanto dentro como fuera, invitaban a la mayor cantidad de luz solar en todo el edificio. Brooke tomó la manija y abrió la puerta, entrando sigilosamente.

Tanya, la secretaria del director, tenía el cabello que parecía té helado y la cara que parecía una nuez. Profundas fisuras rodeaban los diminutos ojos entrecerrados y una nariz apenas visible. Su boca desaparecía entre las arrugas. Miró a Brooke y sus pliegues se formaron en una expresión estresada e irritable. "¿Puedo ayudarla?"

"Necesito hablar con el director Jones ahora mismo", dijo Brooke. Su deseo de no parecer poco profesional revelando su disgusto haciendo que su tono fuera llano. *Sueno como un maldito robot.*

"Veré si está dentro", dijo, alcanzando su teléfono.

"¿Señorita Daniels?"

Brooke levantó la vista para ver al director Jones parado en la puerta de su oficina.

"Tengo un minuto. Entre."

Brooke comenzó a temblar de nervios y de rabia, tanto que tuvo que colocar cada paso con cuidado para asegurarse de no tropezar ni chocar con nada. A pesar de su cuidado, se raspó el hombro en la puerta. *Debo parecer borracha. Me siento borracha. Me zumban los oídos.*

"Tome asiento", dijo, indicando la silla en el lado no comercial de su escritorio. Se sentó frente a ella. "¿Qué puedo hacer por usted?"

¿Podría realmente ser *tan* inconsciente? "Me sorprendió oír que había contratado a alguien para el puesto de director del coro".

"¿Por qué le sorprendería eso?" preguntó. "Probablemente sabía que la Sra. Schumacher se retiraba antes que nosotros".

"Por supuesto", respondió Brooke. "Lo que quiero saber es, ¿por qué no escuché nada más sobre el proceso?"

"No era necesario", respondió.

"Pero *yo* solicité ese trabajo", declaró Brooke.

"Sí, vi esa solicitud", le informó el Sr. Jones. "¡Qué fastidio! Se suponía que iba a estar en el comité, pero como solicitante, no podía estar".

"En el comité", ¿qué quiere decir? ¿Por qué iba a estar allí? Quería este trabajo. De hecho, después de trabajar aquí con tanto éxito durante tantos años, esperaba conseguirlo".

"No, realmente no la consideramos para el puesto", le dijo sin rodeos.

Las palabras golpearon a Brooke como otro duro golpe a sus entrañas. Ella se inclinó, con el brazo contra su vientre, luchando por respirar. "¿Por qué no?" Arrastró un aliento tembloroso a sus pulmones. "¿Por qué todos mis años de servicio, los premios que mis alumnos han ganado, mis frecuentes elogios, incluso su propio reconocimiento de que el coro ha estado mejor que nunca desde que empecé... por qué no importaba? Me *gané* este ascenso".

"Cálmese, Brooke", le dijo. "Se está poniendo sensible. Ha hecho un muy buen trabajo para nosotros, sí. Todos sentimos que beneficiaba a la escuela, que siguiera haciendo lo que está haciendo."

"Pero no es así como funciona", gritó Brooke, con un tono chillón. "La gente quiere y espera avanzar en sus carreras, no quedarse estancada. ¿Tiene esta Srta. Gómez toneladas de experiencia o algún tipo de grado asombroso o algo así?"

"Ella tiene una maestría, y creo que cinco años de experiencia. Anteriormente estuvo en una escuela católica en Texas."

"¿Cinco años?" Brooke tragó. "¿Cinco? ¡Tengo cinco años *aquí*, en esta escuela!"

"Sí, todos éramos conscientes de ello. Srta. Daniels, realmente necesita calmarse. La decisión ha sido tomada, y esta expresión de sus... emociones se está volviendo desagradable."

Las fosas nasales de Brooke se expandieron. "Me negó un ascenso que me HE GANADO EN TODOS ESTOS AÑOS, por alguien que tiene la misma experiencia que yo, ¿y ahora no quieres oír mis desordenados SENTIMIENTOS al respecto? Lo siento, Bill. No funciona de esa manera. Estoy *furiosa* porque me ha negado el ascenso profesional que he ganado, al darle *mi* trabajo a alguien que no es ni siquiera un candidato más fuerte que yo."

Respiró hondo y continuó su diatriba. "¿Cómo puede siquiera considerar hacer tal cosa? ¿Tiene idea de cuántas horas extras he dedicado, sin compensación ni queja, para mostrarle a todos los que podía lograr dirigiendo el programa, que estaba lista para el siguiente nivel? ¿Sabe cuánto he invertido? ¿Lo que he arriesgado en mi vida personal por este ascenso? Tiene que reconsiderar esta decisión. La Srta. Gómez puede venir como MI asistente. Es lo correcto."

El Sr. Jones levantó una ceja, claramente no impresionado. "El puesto de director nunca fue suyo. Asumirlo no fue una idea sabia, Srta. Daniels. Mire cómo se ha decepcionado a sí misma. Nada cambiará. Todo el comité, así como la junta directiva, está de acuerdo en que está haciendo lo que más necesitamos que haga, al quedarse con los novatos. Hay tan pocos profesores que son tan excelentes como usted con los principiantes. Es un regalo con que la hemos honrado, al mantenerla donde nos hace bien. Una vez que los principiantes hayan aprendido lo que les enseña, cualquiera puede llevarlos al éxito. Está haciendo su mejor trabajo donde está".

"¡Pero así no es como funciona una carrera!" Brooke exclamó, y su tono volvió a subir. "Tengo derecho a avanzar en mi carrera".

"Su carrera no nos concierne", le informó fríamente. "Sólo nuestro programa. Permanecerá en el puesto de asistente por el momento. En el futuro, si el puesto principal se abre de nuevo, será bienvenida a presentarse..."

"No", Brooke respondió rotundamente. Su angustia había despertado por fin su temple, que no toleraría que sucumbiera ante tal injusticia. "No, no lo haré. Me niego. No se sabe cuánto tiempo pasará antes de que la *Srta. Gómez* siga adelante. Podrían ser décadas, y me niego a rogar de nuevo por un ascenso que me gané hace mucho tiempo."

Su corazón empezó a latir con fuerza cuando la única solución al problema se le ocurrió. *Oh, mierda. ¿Podría realmente?* Ella sabía que debía hacerlo. "Le pregunto por última vez. Reconsidere si es correcto que le haga tal cosa a un empleada tan leal como yo siempre he sido."

"No hay manera de que lo reconsidere", le dijo. "Seguirá trabajando con los novatos. Y punto."

"En realidad, no lo haré", dijo Brooke. Ella tragó. "*No* permitiré que esto suceda. No daré mi corazón, mi alma y todo mi tiempo a un trabajo que no me respeta. Si no me da este ascenso, me iré. Encontraré una escuela que aprecie lo que puedo hacer y me recompense con los ascensos apropiados cuando sea el momento adecuado".

"¿Qué?" El Sr. Jones se puso de pie, con la cara como un nubarrón. "¿Prefiere empezar de nuevo como si nada?"

"No", Brooke se recuperó, la rabia se encendió en su interior. "Nunca empezaré en ninguna parte como si nada. Los elogios de mis coros vienen conmigo. Mi éxito viene conmigo. Mi experiencia viene conmigo. A diferencia de aquí, donde se espera que me estanque en la misma posición, puedo llevar mis logros conmigo y encontrar un trabajo que me respete en lugar de aprovecharse de mí. Ya que todos ustedes no me han valorado, ya *no* tendrán mi trabajo con principiantes. Considere esta mi renuncia oficial. Entregaré el papeleo a Recursos Humanos antes de irme hoy. He terminado aquí, a partir del final de este año escolar."

Elevándose en toda su altura, salió de la oficina, dejando a su jefe balbuceando detrás de ella. Mientras bajaba por el pasillo hacia la sala del coro, su corazón palpitante amenazaba con romperle las costillas. Su aliento se quedó atrapado en su garganta, dejándola jadeante.

Oh, Dios. ¿Qué es lo que he hecho? ¿Renunciar a mi trabajo? ¿El trabajo por el que sacrifiqué todo? ¿El trabajo por el que casi pierdo a Kenneth? El trabajo por el que renuncié a cinco años de mi vida, día y noche por... ¿Qué hago ahora?

"Lo que quieras", le susurró una vocecita al oído. "Encuentra otro trabajo. Debería ser fácil. Sal de este frío lugar. Como dijo Autumn, el país está lleno de trabajos que te apreciarían, donde puedes establecer mejores límites y vivir en equilibrio. Lugares con mejor clima y un mejor costo de vida. Piensa en qué más puedes hacer..."

"Ooooh", susurró mientras entraba tambaleándose en la sala del coro.

"¿Estás bien, Brooke?" Nancy preguntó. Se dio vuelta desde el banco de archivadores que se alineaba en la pared de la habitación, frente a la mesa donde los estudiantes dejaban sus mochilas.

"No estoy segura", dijo Brooke. A diferencia de antes, su voz sonaba suave. Se sentía frágil, como si un empujón bien colocado pudiera destruirla en mil pedazos. "Deberías saber que no seré voluntaria en el campamento de vacaciones de primavera este año".

"¿Oh?" Nancy levantó las cejas. "¿Por qué no?"

"Me voy de la ciudad", le dijo Brooke con firmeza.

*K*enneth miró fijamente al techo de su habitación de hotel en Praga. *Las vacaciones de primavera han empezado, y aun así, aquí estoy... solo. No va a venir.*

En algún momento del pasado, una tubería se había filtrado. Las manchas marrones del techo seguían una línea recta y clara hasta la esquina, donde una araña trabajaba duro para construir una telaraña que la criada quitaría en su próxima limpieza.

Sé cómo se siente esa araña, pensó. *He trabajado tan duro para construir algo con Brooke, sólo para que su trabajo venga y lo barra cada vez. La amo, pero siento que estoy golpeando mi cabeza contra la pared tratando, de hacer una vida con ella. Prácticamente tuve que sobornarla para que se mudara conmigo, y el resto ha sido un paso adelante, dos pasos atrás.*

Kenneth soltó un estruendoso y cerrado gemido. *Tenía tantas esperanzas, después del enfrentamiento con su padre, de que pusiera su trabajo en el lugar adecuado de su vida y no siguiera sus pasos, pero parece que el exceso de trabajo es un hábito al que no está dispuesta a renunciar. ¿Estoy de acuerdo con eso? Está bastante claro que nunca cambiará.* Suspiró, girando sobre su lado.

En la calle, apenas visible por la ventana, los coches tocaban la bocina y la grava crujía mientras el tráfico pasaba.

Gente en camino a sus vidas, dirigiéndose al trabajo, para reunirse con amigos para el desayuno. En unas pocas horas, me iré para asistir a mi ensayo diario de la ópera, aunque no lo necesitamos. Es nuestra tercera noche en Praga, y ya tenemos el escenario, la orquesta y todo lo demás resuelto. Es divertido, pero... quiero irme a casa.

"¿Dónde está la casa?", exigió una voz en su cabeza. "¿Dónde está el lugar al que perteneces? Chicago, ¿donde has accedido a quedarte a pesar de que no te gusta mucho el lugar? Atlanta, donde vive tu familia, ¿pero tú no? ¿En algún otro lugar? ¿Un lugar mítico donde pueda construir mi futuro...pero sólo si te vas solo, porque Brooke nunca dejará su trabajo?"

Kenneth sacudió la cabeza. "¿Realmente estoy pensando en romper con ella?" se preguntó en voz alta. "No estoy seguro, pero estar en el segundo lugar en la vida de alguien, tolerable como compañero siempre que no interfiera con su dedicación a su trabajo... Bueno, es una posición poco halagadora en la que estar".

Le dolía, y ahora, sin la presencia convincente de Brooke para tenerlo a sus pies, finalmente se dejó sentir. "Ella no se preocupa tanto por mí como yo por ella", admitió en voz alta. "Le gusto, le gusta hablar y cantar conmigo. Le gusta el sexo. Pero en ninguna parte se compromete conmigo. No si entra en conflicto con su trabajo. ¿Estoy preparado para pasar mi vida como amante de su trabajo?"

Suspiró, sin estar seguro de cuál era la respuesta, pero seguro que la pregunta le afectaba más profundamente de lo que nunca antes le había afectado.

Su teléfono móvil sonó como campanas; el tono de llamada especial de Brooke. Extendió una mano apática y la arrastró hacia él, mirando la pantalla sin mucho interés.

¿Cómo está Praga?

Está bien, le devolvió el mensaje. Una arquitectura genial.

¿Qué has visto hasta ahora? ¿Has ido al reloj astronómico?

Todavía no. Había pensado ir hoy, antes del ensayo.

¿Me envías fotos?

Kenneth suspiró. Empezó a escribir. *Podrías haber tomado fotos tú misma si hubieras decidido venir a verme,* pero luego las borró. *¿Qué sentido tiene?* Bien... Iré en una hora más o menos. Ten tu teléfono a mano.

Lo tendré. Gracias. Te quiero.

"¿En serio me amas?", preguntó al teléfono en voz alta. "¿Me quieres de verdad? A veces me lo pregunto." Dejó el teléfono a un lado y se dirigió a la ducha.

Antes de que pudiera abrir el agua, sonó su teléfono. Esperando que fuera Brooke, lo tomó y contestó antes de que el identificador de llamadas pudiera aparecer en la pantalla.

"¿Hijo?"

Sus hombros se cayeron. "Hola, mamá".

"¿Estoy llamando en el momento adecuado? ¿Qué hora es allí?"

"Son las 9 de la mañana. Está bien".

"Oh, bien. ¿Cómo estás? ¿Dónde estás ahora?"

"Estoy en la República Checa y me va bien". Se recostó de nuevo en la cama y miró fijamente al techo otra vez.

"No parece que estés bien. ¿Qué pasa, Kenny?"

"Nada", respondió, pero un fuerte suspiro desmintió su afirmación.

"Hum. No suenas bien. Escucha, me enteré por tu tío que la Universidad Estatal de Louisiana en Baton Rouge busca un profesor asistente de música... Investigué un poco y también tienen una compañía de ópera..."

"Gracias, mamá, pero pienso quedarme en Chicago", respondió. *¿Pero por qué? ¿Por qué quedarse cuando Brooke no va a estar por aquí la mayor parte del tiempo? Ella trabaja hasta las siete o más tarde casi todas las noches. Los fines de semana. Los veranos. Incluso en las vacaciones de primavera. Siempre que hay algo que hacer, ella está ahí.*

"¿Hay algún trabajo allí?", exigió su madre.

"No muchos", respondió. "Tengo una solicitud en una escuela

secundaria de los suburbios, pero es lo único que he encontrado hasta ahora."

"¿Desde cuándo te has doctorado para enseñar en una escuela?", exigió su madre. "¿No estás sobrecalificado? ¿Incluso te contratarán?"

"Poco probable", admitió, "pero seguiré intentándolo".

"¿Pero por qué?" Shayla exigió, su incredulidad fuerte y clara a pesar de los miles de kilómetros que había entre ellos.

"Le prometí a Brooke", explicó. "Ella está construyendo su carrera allí en Chicago. Prometí no dejar que mi búsqueda de trabajo interfiriera con eso".

"Oh".

¿Qué quieres decir con eso, mamá? ¿Oh? "Entonces, supongo que estoy atascado en este momento."

"Podrías considerar si vale la pena rehacer esa conversación con ella. Tu carrera no es menos importante que la de ella. Podría ser posible que ustedes dos pudieran encontrar un lugar donde ambos tuvieran la oportunidad de avanzar. Tal vez un lugar más cercano a casa..."

"Me encantaría", admitió, "pero Brooke es inflexible. Nunca lo aceptaría".

"¿Has preguntado?"

Suspiró. En la esquina, la araña conectaba los hilos de su telaraña en una maraña desordenada. *Desordenada, como mi vida amorosa.* "Es la base de toda nuestra relación. Tenía tanto miedo de que esto sucediera, que mi carrera y la suya nos separaran, que casi se negó a salir conmigo."

Kenneth se dio cuenta de que estaba compartiendo demasiado con su madre, que nunca había estado totalmente de acuerdo con la relación, eso no era asunto suyo. *Aquí está tu oportunidad, mamá. Háblame de todo esto. Dame permiso. Dame una razón para cuestionar todo lo que he hecho hasta ahora.*

"Bueno, cariño, es difícil," dijo Shayla, midiendo sus palabras cuidadosamente, "¿pero no ha cambiado mucho desde entonces? Han sido una pareja por un tiempo. Han conocido a las familias de cada uno. Viven juntos. Vale la pena volver a conversar, dado que su relación ha madurado".

"No puedo hacerlo", dijo rotundamente. "Hice una promesa". Kenneth suspiró de nuevo. "Tal vez ella tenía razón. Tal vez, si nos preocupamos tanto, no deberíamos habernos relacionado entre nosotros de esa manera."

"Kenny, escucha", dijo su madre, "Puede que no me haya sentido completamente cómoda con Brooke al principio, pero cuanto más lo pienso... tú y ella tienen algo bueno. Si al menos no discutes tu realidad con ella, vas a estar resentido, y eso mata una relación aún más que una conversación difícil".

Shayla hizo una pausa, aunque no lo suficiente para que los pensamientos arremolinados de Kenneth se calmaran. "Las discusiones duras son parte de la relación de todos, especialmente si se casan eventualmente. Nadie recibe un premio por sufrir en silencio. No te hagas eso a ti mismo... o a ella. Habla con franqueza y piensen juntos en una solución."

"No creo que ella lo considere", comenzó.

"No lo sabes. No lo has intentado. La estás subestimando, hijo. Tal vez lo que ella dijo tenía sentido en ese momento, pero ahora, todo es diferente. Es una conversación, no un ultimátum. No te *atrevas* a asumir que es demasiado débil para manejar una discusión difícil. Es mucho más fuerte de lo que crees. ¿Recuerdas cómo me puso en mi lugar?" Shayla se rió del recuerdo. "La estás tratando como una frágil flor, que se marchitará si tiene que hacer algo difícil. No creo que ese sea el caso."

"No lo sé", dijo Kenneth. "Todavía no creo que funcione. Si rompo mi promesa, probablemente me deje".

"Entonces si te deja", dijo su madre sin rodeos, "al menos lo sabrás en vez de suponer. Sólo piénsalo. ¿Me lo prometes?"

"Bien, mamá. Lo pensaré. Tengo que irme ahora. Tengo que ducharme e irme. Te quiero."

"Te quiero, Kenny. Habla con tu dama. Ambos merecen honestidad entre ustedes".

La línea se cortó, y Kenneth se dirigió a la ducha, más confundido que nunca.

～

Una hora más tarde, se encontró mirando un antiguo edificio con una sola torrecilla. Al lado, dos esferas – una con una segunda esfera dentro de ella, la otra anillada en el interior con círculos amarillos concéntricos – se alejaban siguiendo los cielos. Lo miraba con cierto interés.

"Si sólo estuvieras aquí", susurró. "Esto significaría mucho más si lo vieras conmigo."

Mirando el punto de referencia que Brooke quería ver tanto, Kenneth casi podía sentir su presencia. Se sentía como si estuviera parada detrás de él. *No seas estúpido y date vuelta. Ella está en Chicago. Tú estás en Praga. No hay nadie allá atrás, excepto los turistas.*

Sonó la hora. Una escultura de un esqueleto en la esquina del dial superior cobró vida, haciendo sonar una campana. Las cubiertas de dos ventanas sobre el dial se abrieron y una procesión de apóstoles hiperrealistas salió, cada uno se detuvo para "mirar" por las ventanas a la calle de abajo.

La sensación de una presencia familiar creció hasta que fue todo lo que pudo hacer, para fijar sus ojos en el reloj. *Toma la foto*, se instó a sí mismo. *Mándasela y listo. Ella ha elegido sus prioridades. Lo único que puede hacer es honrarlas.* Lo que eso significaría para su relación, estaba seguro de que lo sabía, y el dolor que sentía era como el de un cuchillo atravesándole el vientre.

El tintineo se detuvo y las ventanas se cerraron de golpe otra vez. *Es como nuestra relación. Estuvo bien por un momento, pero el tiempo pasa, y temo que pronto desaparezca.* Desanimado, estudió sus zapatos.

La sensación de presencia aumentó de nuevo, trayendo una sensación de calor que podía sentir en su piel. Los pelos de su nuca se encresparon segundos antes de que su visión se oscureciera, al momento en que dos manos le cubrían los ojos. "¿Adivina quién?"

Se dio la vuelta. "¡¿Brooke?! ¿Qué estás haciendo aquí?"

Sonrió, mostrando los dientes. "Quería sorprenderte. ¡Sorpresa!"

¿Sorprendido? Asombrado más bien. "¿Qué hay del campamento?", preguntó.

"Me salí", explicó. "Era realmente voluntario, ya sabes. Te lo dije, ¿verdad?"

"Lo hiciste", estuvo de acuerdo, "pero también dijiste que probablemente lo harías de todos modos". *Y aun así, aquí estás. ¿Qué significa, Brooke? ¿Qué me estás diciendo al estar aquí?* El imposible contraste entre donde su mente había estado hace unos momentos, y su inesperada aparición lo había dejado confundido y adormecido.

"Cambié de opinión", le dijo. "Además, te extrañaba, y decidí que era más importante pasar las vacaciones de primavera con el hombre que amo que volver a pasarlas en el trabajo. ¿No has dicho siempre que necesito un mejor equilibrio? Quería verte, y quería ver Praga. La oportunidad de hacer ambas cosas era demasiado para dejarla pasar. Además, se me ocurrió que no estaba haciendo un buen trabajo al no ponerte a ti en primer lugar, como mi compañero de vida, y quería corregir eso."

¿Brooke se dio cuenta? ¿Por su cuenta? Dios mío. Ella estaba tomando una decisión, y yo me estaba impacientando. Mamá tenía razón. No debería haber supuesto. Una oleada de alegría se extendió en el corazón de Kenneth, calmando los incómodos momentos.

"Me alegro", murmuró. "Estaba... preocupado. En algún momento, Brooke, el equilibrio tendrá que cambiar. Nuestra relación tiene que estar antes del trabajo, y *ambos* necesitamos la oportunidad de perseguir nuestros objetivos." *Allí. He abordado el tema.*

"Oh, estoy de acuerdo", dijo ella, y él pudo ver por la franqueza de su expresión que la autoprotección que siempre había nublado sus rasgos, se había desvanecido. "Kenneth, necesito decirte algo."

"¿Qué es?" preguntó. *¿Qué se le ocurrirá a continuación para conmocionarme?*

"Yo... um..." sus ojos se dirigieron a un lado, y luego respiró profundamente, levantando y soltando los hombros. "Renuncié a mi trabajo".

"¿Qué?" La mandíbula de Kenneth cayó, y sus ojos se sentían como si se estuvieran saliendo de su cara.

"Sí. ¿Recuerdas que estaba tan segura de que me ascenderían a directora del coro?"

Asintió con la cabeza.

"Ni siquiera me consideraron para el puesto. De hecho, contrataron a alguien con la misma experiencia que yo y le dieron el trabajo que yo quería. Pensaron que estaría feliz de seguir siendo la asistente para siempre".

"Vaya. Eso es un desastre", le dijo.

"Estoy de acuerdo", respondió ella, levantando la mano y poniéndola en la nuca. "No toleraría que me trataran así, entonces presenté mi dimisión, efectiva al final del año escolar, y no tengo intención de ir más allá por nada, de aquí hasta entonces. Han acaparado mi vida – con mi desafortunado consentimiento – durante demasiado tiempo. Voy a reclamarla".

"Entonces, ¿qué significa eso para nosotros?", preguntó. "¿A dónde vamos desde aquí?"

"Supongo que perseguir tu sueño. Es tu turno. Aplica en todas partes. Te seguiré dondequiera que sople el viento."

Esto es tan grande que casi no puedo asimilarlo. ¿Realmente, finalmente puso su trabajo en la perspectiva adecuada? ¡Vaya! "No, eso no funciona para mí", le dijo Kenneth solemnemente. Con un dedo, alisó un mechón de pelo de su cara.

"¿Qué quieres decir?"

"Quiero decir, Brooke, que tenemos que ir a donde puedan apoyarnos a ambos. Donde ambos podamos perseguir nuestros sueños... codo a codo. Nadie sacrificándose. Nadie quedándose fuera".

"Eso suena genial", dijo. "Mm, ¿Kenneth?"

"¿Sí, amor?"

"¿Podemos enfocar nuestra búsqueda en algún lugar... más cálido? Para ser honesta, ya no quiero soportar el invierno. No estoy preparada para ello".

"Oh, claro", estuvo de acuerdo. "Hay grandes oportunidades musicales en Texas, Nuevo México, Oklahoma. ¿Nos podemos quedar al sur de la línea Mason-Dixon? Mi mamá mencionó Baton Rouge, para empezar".

"Me encantaría," estuvo de acuerdo.

"Entonces deberíamos estar bien. ¿Brooke?"

"¿Sí?"

"Te amo". La acercó, y el calor de su innegable conexión se hundió en la herida, curando su corazón, curando su vínculo y dejándolos listos para enfrentar un futuro que ninguno de ellos podía prever.

Está bien, Kenneth pensó. *Mientras estemos juntos, yendo donde sople el viento, estaremos bien.*

NOTAS DEL AUTOR

No soy directora de coro, y no lo he interpretado en la televisión, pero he estado en coros – de iglesias, comunidades, escuelas y universidades – desde que tengo memoria. Algunos de mis mejores recuerdos son cantar con el Valley Symphony Chorale, que es la base del coro en el que cantan Brooke y Kenneth. Para mí, con un trabajo de alta tensión, cantar es como una terapia. Los directores de coro, ya sea pagados o voluntarios, proporcionan una salida necesaria para mucha gente. Trabajan cuando otros están de vacaciones, trabajan extra en las vacaciones, trabajan de noche y los fines de semana, todo para que la música pueda seguir fluyendo. Son héroes anónimos... sin doble sentido.

SOBRE EL AUTOR

En el mundo de la palabra escrita, Simone Beaudelaire se esfuerza por alcanzar la excelencia técnica, al tiempo que promueve una visión del mundo en la que lo sagrado y lo sensual se mezclan en historias de personas cuyas relaciones se basan en la fe, pero que no son menos apasionadas por ello. Explícitas sin disculpas, pero de innegable clase, las más de 20 novelas de Beaudelaire tienen como objetivo hacer que los lectores piensen, lloren, recen... y se sientan un poco acalorados y dispuestos.

En la vida real, el álter ego de la autora, enseña composición en un colegio comunitario en una pequeña ciudad del oeste de Kansas, donde vive con sus cuatro hijos, tres gatos, y su marido y compañero – el escritor Edwin Stark.

Como escritora de romances y académica, Beaudelaire se dedica a promover el valor retórico del romance con la esperanza de superar el estigma asociado con el mayor género femenino de la literatura.

Gracias

Gracias por tomarse el tiempo de leer *"Donde sople el viento"*. Si disfrutaron este libro, por favor consideren contarles a sus amigos y publicar una breve reseña. No hay nada más valioso para un autor que los elogios de sus lectores. ¡Su tiempo y apoyo son muy apreciados!

CPSIA information can be obtained
at www.ICGtesting.com
Printed in the USA
BVHW030411230321
603189BV00016B/529/J

9 781034 625551